W0315065

Collection dirigée par Glenn Tavennec

L'AUTEUR

Dès son premier roman, Adam Silvera intègre la prestigieuse liste du New York Times best seller. Depuis, tous ses romans ont obtenu cette distinction et de multiples critiques élogieuses. Il a longtemps travaillé au rayon jeunesse d'une librairie, avant de travailler comme community manager et critique de livres pour la jeunesse et les jeunes adultes. Il est né et a grandi dans le Bronx et vit désormais à Los Angeles. Enfin, il est mystérieusement et inexplicablement grand.

ADAM SILVERA

FILS DE L'INFINI

traduit de l'anglais (États-Unis) par Constance de Mascureau

roman

R

Loi n° 49-956 du 16 juillet 1949 sur les publications destinées à la jeunesse et aux jeunes adultes.

Titre original : *Infinity Son*
First published in the United States by HarperTeen, an imprint of HarperCollins Publishers.
Typography by Erin Fitzsimmons
Copyright © 2020 by Adam Silvera
All rights reserved including the rights of reproduction in whole or in part in any form.
Traduction française : © Éditions Robert Laffont, S.A.S., Paris, 2021
ISBN 978-2-221-24753-2
ISSN 2258-2932
Dépôt légal : septembre 2021
Éditions Robert Laffont – 92, avenue de France 75013 Paris

Cher lecteur,

Tu seras peut-être surpris de découvrir que j'ai écrit un roman de fantasy, pourtant ça fait dix ans que cette histoire est dans les tuyaux.

J'ai grandi avec Harry Potter, mais la seule fois où j'ai vu des ados gay en uniformes de Poudlard, c'était dans des fanfictions. Pour être honnête, ça ne m'a pas étonné – il n'y avait pas non plus de X-Men gay dans mes dessins animés du samedi matin. J'ai beau être un fan inconditionnel de *Harry Potter* et de *X-Men*, ces deux séries m'ont presque formaté à ne pas attendre de sorcières lesbiennes dans *Charmed* ou de chasseurs gay dans *Supernaturals*. Je n'espérais trouver de héros homosexuels dans rien de ce que je lisais ou regardais. Pour ça, je savais qu'il fallait aller chercher dans le minuscule rayon LGBTQ d'une librairie, mais je n'avais pas encore fait mon coming-out et j'avais peur que ces bouquins me trahissent. Et puis dans ces histoires, il n'y avait pas la magie que j'aimais tant. Cette magie sur laquelle je me suis mis à écrire quand j'avais dix-huit ans, dans la toute première version de cette histoire – alors intitulée *Le Cycle des célestes*. Les personnages principaux étaient hétéros, parce que j'étais persuadé que cette histoire ne pourrait dans le cas contraire jamais être publiée.

J'ai compris que je me trompais complètement en lisant *La Cité des ténèbres*, de Cassandra Clare. Je dis souvent pour rigoler que j'avais tout de suite deviné qu'un des chasseurs d'ombres était gay, alors qu'en réalité j'ai complètement halluciné quand ça a été confirmé noir sur blanc. Ce n'est pas tout : il y avait un sorcier bisexuel, aussi puissant que séduisant. Je lis très lentement, mais j'ai été tellement pris par cette histoire d'amour sur fond de guerre entre les forces du bien et du mal que j'ai dévoré la trilogie en une semaine. La lecture de cette série m'a fait tellement de bien qu'elle m'a non seulement aidé à faire mon coming-out quelques mois plus tard, mais également motivé à écrire des histoires dans lesquelles je pourrais moi aussi sauver le monde en restant moi-même.

Même si l'ébauche de cette histoire mettait en scène des héros hétéros, cette histoire n'est plus. Et à l'image des phénix de ce livre, une incarnation plus forte a vu le jour, dans laquelle un ado gay doté de pouvoirs porte le poids du monde sur ses épaules et tombe amoureux d'un jeune métamorphe.

Fils de l'infini m'a déjà apporté beaucoup de joie, et je serais vraiment comblé s'il aidait d'autres gens à prendre conscience qu'ils ont toujours été des héros, eux aussi.

Avec tout plein d'amour,

Adam

Pour ceux qui ne croient pas pouvoir être des héros. Il est temps de s'envoler.

Un immense merci à Amanda et Michael Diaz pour toutes ces soirées passées à discuter inlassablement des théories sur Harry Potter, *et pour avoir lu ma fanfiction. Je vous dédie mon premier roman de fantasy.*

La peur est un phénix.
Tu peux la regarder se consumer un millier de fois, et pourtant, ça ne l'empêchera pas de revenir.

Leigh BARDUGO, *La Cité corrompue*

UN

FRÈRES

Emil

On n'a qu'une seule vie. Et contrairement à mon frère, je tiens à tout prix à réussir la mienne.

On aura dix-huit ans à minuit, et même si personne ne s'attend à ce que Brighton devienne un adulte du jour au lendemain, il devrait faire des efforts. Ça fait un bail qu'on n'est plus les gosses qui jouaient à avoir des superpouvoirs, comme ceux des célestes en goguette dans les rues ce soir. Leur vie n'est pas toujours rose, et pourtant Brighton continue à ignorer les gros titres sinistres qui s'étalent quotidiennement dans les journaux. Pas moyen de lui faire ouvrir les yeux ; mais pour moi, c'est terminé. Fini de me déguiser en Marcheur du Ciel héroïque pour Halloween, et fini de mater des célestes et des créatures s'affrontant dans des cages avec leurs pouvoirs innés. Ras-le-bol. J'ai tiré un trait là-dessus.

Il faut que je me calme. N'allez pas croire qu'on ne s'entend pas, on est comme cul et chemise avec Brighton. Si quelqu'un l'emmerde, il aura affaire à moi, même si je ne sais pas du tout me battre. Mais purée, il y a vraiment des fois où je me demande si on est bien jumeaux, ou si Brighton n'a pas été échangé à la naissance ou secrètement adopté. J'ai dû lire trop de bandes dessinées sur les élus pour penser des trucs pareils.

Ce soir on est à une fête de quartier, et Brighton est déchaîné. Il essaie de dégoter des interviews à droite et à gauche pour sa websérie documentaire, *Les Célestes de New York*, mais personne ne fait attention à lui. Les gens sont trop occupés à fêter l'arrivée du Rêveur couronné, une constellation qui se détache faiblement sur le ciel obscur et va y demeurer pendant presque un mois, avant de disparaître de nouveau pour soixante-sept ans.

C'est un plaisir de voir les célestes faire la fête, car ça n'arrive pas souvent. Les dernières fois qu'ils se sont rassemblés ainsi, c'était pour manifester contre les actes de violence et d'injustice à leur égard, qui ont doublé en neuf mois. Ce n'est pas toujours facile d'être gay, mais depuis le Blackout – la pire attaque que New York a connue depuis que je suis né –, c'est pire encore d'être un céleste ; les gens les traitent comme des terroristes.

Cette soirée me fait penser à ma première Gay Pride. Ma famille et mes amis savaient déjà que j'étais gay et ça ne posait aucun problème à personne, mais pour être honnête, j'étais toujours tendu en présence d'inconnus : seraient-ils prêts à m'accepter ? C'est là qu'il serait bien pratique de pouvoir lire dans les pensées. Pendant le défilé, je m'étais senti soulagé et en sécurité, heureux et plein d'espoir, et j'avais eu l'impression que ces sentiments formaient une corde indestructible qui nous reliait tous. C'était la première fois que je respirais librement au milieu d'inconnus.

Je me demande combien de célestes respirent comme ça ce soir.

Debout derrière son trépied, Brighton filme les gens qui passent sous les barnums installés le long du trottoir puis dirige sa caméra vers l'immense silhouette couronnée qui vacille dans le ciel.

— Tout sera différent demain, je le sens, déclare Brighton. On va vouloir nous filmer aussi.

— Ouais, peut-être.

Brighton laisse planer un silence gênant.

— Tu me crois jamais. Mais tu verras.

— Peut-être qu'il est temps de laisser tomber, je dis. Tu vas déjà vivre des tas de choses palpitantes, avec ton départ dans une université à l'autre bout du pays la semaine prochaine, ta websérie et…

— Il y a des gens qui obtiennent des pouvoirs le jour de leurs dix-huit ans, m'interrompt Brighton.

— Dans les livres et les films.

— Qui sont tous basés sur des histoires de célestes, dont les pouvoirs se manifestent traditionnellement à dix-huit ans.

— Mais c'est tellement rare.

— Rare veut dire que c'est peu probable, pas impossible.

Je me tais, car Brighton a toujours le dernier mot. Je n'ai pas envie qu'on se dispute le jour de notre anniversaire. Le problème, c'est qu'il n'interprète pas mon silence comme un signe de capitulation.

— Le timing est parfait, Emil. Le Rêveur couronné amplifie le pouvoir de tous les célestes, et si Abuelita nous a transmis ne serait-ce qu'une once de lumimagie, elle pourrait devenir bien plus puissante. C'est juste que… je le sens déjà.

— Tu le sens ? C'est encore une de tes arnaques de faux voyant ?

Brighton secoue la tête en rigolant.

— C'était le bon temps, mais nan. Je déconne pas. J'arrive pas à l'expliquer, c'est un truc puissant que je sens dans mes tripes.

— Alors on n'a qu'à parier vingt dollars sur ce truc que tu sens dans tes tripes.

De l'argent facile pour m'acheter un nouveau roman graphique.

— Tope là.

On se fait un check en sifflant – c'est notre marque de fabrique.

On commence à faire la queue devant l'immeuble new-yorkais typique dans lequel des gens entrent : Brighton meurt d'envie d'aller à la rave-party organisée sur le toit. Juste devant nous, deux femmes portent la traditionnelle cape courte des célestes. Je réprime une grimace en me rappelant qu'il y a deux ans encore, on en avait plusieurs chez nous pour jouer. On était à mille lieues de se douter de leur caractère sacré, jusqu'au jour où Prudencia, notre meilleure amie, nous l'a expliqué. Je m'étais dépêché d'en faire don à un centre d'hébergement du quartier. Une fois les femmes entrées, on monte les quelques marches jusqu'au videur discret qui bloque la porte.

— Soirée réservée aux célestes, dit-il.

— On est des célestes, réplique Brighton.

Pendant quelques instants, des galaxies scintillantes recouvrent l'iris marron des yeux de l'homme – c'est ainsi qu'on reconnaît les célestes.

— Prouvez-le-moi.

Brighton le regarde fixement, comme si des étoiles et des comètes allaient se mettre à tourbillonner dans ses yeux s'il se concentrait suffisamment.

— Désolé de vous avoir dérangé. (Je descends les marches en tirant Brighton derrière moi.) Tu pensais vraiment lui faire gober que t'avais des pouvoirs ? Tes yeux ne sont pas une fausse carte d'identité, je lui dis en rigolant.

Ignorant ce que je viens de dire, Brighton montre du doigt un escalier de secours.

— On va monter discrètement par là et filmer des images exclusives.

— Quoi ? Non. Mec, c'est juste une soirée. Personne n'en aura rien à cirer.

— Il y aura peut-être un rituel.

— Ça ne nous regarde pas. Moi, je reste là.

Il retire la caméra du trépied.

— OK.

Je regarde l'heure sur mon portable.

— C'est notre anniversaire dans un quart d'heure. On n'a qu'à se balader en attendant.

Brighton lève les yeux en direction du rooftop.

— Donne-moi juste cinq minutes. Ça pourrait être bien pour ma websérie.

Je m'assois sur le trottoir avec son trépied.

— C'est pas comme si je pouvais t'en empêcher.

— Cinq minutes, répète Brighton en commençant à monter l'escalier de secours. Et tiens-toi droit!

Tout le monde n'est pas obnubilé par sa posture et ses muscles. Il y a des gens, comme moi, qui se tiennent avachis et camouflent leur corps maigrichon dans des chemises informes, en attendant le jour où ils pourront se replier sur eux-mêmes et disparaître complètement.

Pendant l'absence de Brighton, je ne résiste pas à l'appel d'Instagram. En ouvrant l'application, je tombe sur un post de ma vidéaste animalière préférée, qui filme les phénix – des oiseaux de feu renaissant de leurs cendres – dans toute leur splendeur. Aujourd'hui, elle a publié une vidéo d'un phénix *ouragan flamboyant* volant dans un orage au Brésil. En scrollant sur mon fil, je tombe sur le coach dont les abdos me sont devenus très familiers ces derniers mois. Même si je m'amuse un peu avec son programme d'entraînement, je suis très loin de ressembler à ce mec, ou à la dizaine d'autres types musclés accros au fitness que je suis sur Insta. Le mantra qu'il a posté ne m'inspire pas plus que ça ce soir, alors je range mon téléphone et j'essaie de m'imprégner du monde réel.

Cette fête de quartier est vraiment incroyable.

Des enfants courent dans les airs et des gens font griller des aliments avec les rayons de soleil qui jaillissent de leurs paumes. J'espère que Nicholas Creekwell, le premier garçon pour lequel j'ai vraiment craqué, fait la fête à sa façon ce soir. C'était mon binôme en physique et il est tellement passionné de chimie qu'il va suivre des cours d'alchimie à l'université pour apprendre à préparer des potions. Il est encore plus sympa que beau, et j'ai vraiment halluciné le jour où il a dématérialisé la porte de mon casier pété afin d'en sortir la calculatrice dont j'avais absolument besoin pour mes exams d'algèbre. Je n'ai jamais raconté à personne son secret, surtout pas à Brighton. Nicholas avait beau me faire confiance, il n'était pas prêt pour une relation alors on est restés amis. Malgré moi, je me demande parfois si ça se serait passé autrement si j'avais eu des abdos tablette de chocolat.

Non loin de moi, quelqu'un vend des magnifiques jumelles argentées. Même si j'adorerais casser ma tirelire pour en acheter une belle paire, maman ne manquera pas de me rappeler que les livres d'université ne sont pas gratuits. Elle a déjà du mal à joindre les deux bouts à cause des factures médicales astronomiques de papa. Atteint d'un cancer des os, mon père s'était porté volontaire pour participer à un essai clinique fondé sur l'alchimie du sang, mais le traitement n'a fait qu'aggraver son état et il est mort en mars. Fasciné par les étoiles, il était impatient de contempler le Rêveur couronné de ses propres yeux. Peut-être que je découvrirai toute la magnificence de cette constellation le jour où j'aurai les moyens de m'offrir des jumelles, et que papa la verra dans une autre vie – si on croit à ce genre de choses.

Je suis tiré de mes pensées par un martèlement de talons sur les graviers. En détournant les yeux du barnum en face de moi, je vois approcher une jeune femme d'une vingtaine d'années. Sa peau est luisante de transpiration comme si elle avait couru un marathon, pourtant elle n'a pas vraiment la tenue adéquate pour un jogging nocturne. Elle porte un blazer mal taillé auquel il manque une manche, et son bras paraît brûlé par le soleil en comparaison avec la pâleur de son visage. Elle est poursuivie par deux silhouettes qui volent dans les airs : une fille planant à environ trois mètres du sol, et un garçon porté par un vent balayant toutes sortes de déchets sur son passage.

Je me lève d'un bond et je m'empresse de m'éloigner de ce qui est sur le point de me tomber dessus. Je me tourne vers l'escalier de secours et j'aperçois Brighton au troisième étage.

— Brighton, reviens !

La femme trébuche sur le trottoir et s'étale sur le ciment. Je devrais aller l'aider plutôt que de rester sans rien faire comme un naze, mais la peur me cloue au sol. La femme se relève et agrippe le piquet d'un barnum, le métal se met aussitôt à rougeoyer. Des flammes blanches remontent le long de son bras, comme si quelqu'un l'avait arrosé d'essence avant d'y mettre le feu. L'auvent n'a aucune chance de résister, et une montagne de feu se propage aux tentes voisines. Les célestes sont déjà considérés comme des gens dangereux, et cette pagaille ne contribuera pas à améliorer l'opinion publique à leur égard.

Je laisse tomber le trépied en sentant une main saisir mon épaule.

— Ça va ? demande Brighton.

Je reprends mon souffle.

— Tirons-nous d'ici.

— Attends une seconde.

Captivé par le chaos qui règne, Brighton lève sa caméra.

— Tu plaisantes.

Je lui attrape le bras, mais Brighton se dégage.

— Il faut que je filme ça.

— T'es complètement taré.

Pour quelqu'un qui est sorti deuxième de notre promo, Brighton peut parfois être vraiment con. Si c'était n'importe qui d'autre, je le laisserais en plan tout de suite. Je n'ai pas la fibre d'un héros, même si je prétendais le contraire quand j'étais plus jeune. J'ai trop envie de vivre pour prendre des risques pareils. Mais Brighton rêve de ce genre de scènes d'action pour sa websérie. La plupart des célestes dans les parages se montrent plus intelligents et quittent aussitôt les lieux. Certains d'entre eux se téléportent si vite que je ne les aurais pas vus disparaître si j'avais cligné des yeux.

Les deux silhouettes dans les airs sortent de l'ombre. À la lueur du clair de lune, l'emblème des Marcheurs du Ciel scintille sur leur gilet pare-pouvoirs, telle la constellation qui a inspiré leur nom.

— Maribelle et Atlas ! crie Brighton en brandissant son poing libre.

Qu'a fait cette femme pour avoir les Marcheurs du Ciel à ses trousses ? Lorsque son bras s'embrase une nouvelle fois, je distingue nettement ses yeux. Contrairement à ceux des célestes, aucun corps astral n'y tourbillonne. Ils sont sombres, et un unique anneau orangé y flamboie : une éclipse, la marque des spectres. J'espère de tout mon cœur que les spectres seront mis en prison, jusqu'au dernier. Ils volent leur sang à des créatures pour acquérir des pouvoirs, c'est un crime odieux. Et il est hors de question qu'on s'attarde ici alors que ce spectre possède le feu du phénix ; le pouvoir de lancer du feu est déjà suffisamment flippant. Je m'apprête à entraîner Brighton quand je remarque avec inquiétude la lueur qui brille dans son regard. On sait pourtant très bien à quel point il est risqué de consommer du sang de créature.

Les spectres échangent leur vie contre des pouvoirs, et je prie pour que mon frère ne fasse jamais l'erreur de prendre cette tragédie pour un miracle.

DEUX
HÉROS

Emil

Le spectre lance un jet de flammes blanches qui se déploient dans les airs comme des ailes au son d'un cri strident de phénix.

— Frangin, cette nana est un spectre, dit Brighton.

— Elle a dû obtenir son pouvoir d'un phénix *auréolé* ou…

Je m'interromps quand je vois Maribelle Lucero s'éloigner des flammes en tournoyant gracieusement puis s'abattre sur le spectre. Maribelle est jeune – je dirais qu'elle a le même âge que nous, mais je devrais demander confirmation à Brighton car il connaît sûrement l'âge et la couleur préférée de tous les Marcheurs du Ciel –, elle a la peau brun clair, et ses tresses brunes fouettent l'air comme une corde tandis qu'elle envoie plusieurs crochets du droit au spectre. Pendant ce temps, Atlas Haas plane au-dessus des barnums, ses cheveux blonds balayés par le vent, et s'efforce de contenir l'incendie à l'aide des bourrasques tempétueuses qui s'échappent des paumes de ses mains. C'est un combat perdu d'avance. Le feu se propage en direction d'immeubles et d'un bar décrépi, les habitants et les clients évacuent les lieux précipitamment.

Mon cœur tambourine dans ma poitrine – *tire-toi de là, tire-toi de là, tire-toi de là, tire-toi de là.*

— Bright, il faut y aller.

— Alors vas-y.

Je suis sur le point de lui arracher sa caméra pour la balancer comme un ballon de foot, lorsque le bar explose dans un grondement assourdissant. Le souffle de la déflagration prend Atlas par surprise. Perdant le contrôle, il s'écrase sur une moto garée dans la rue. Je m'abrite avec Brighton sous l'auvent d'une épicerie tandis que des briques pleuvent du ciel. Les vagues de chaleur brûlante me rappellent un peu la sensation que j'avais quand on faisait cuire des flans dans la minuscule cuisine de notre défunte Abuelita. Puissance mille.

Alors que Maribelle se précipite à la rescousse d'Atlas, le spectre recommence à lancer des flammes blanches.

— Maribelle, attention ! crie Brighton.

Elle se retourne vivement, mais la force du feu la précipite contre une portière de voiture avec une violence extrême, comme si elle avait été poussée par quelqu'un possédant une force surhumaine.

— Non..., souffle Brighton.

La plupart des clients du bar et des habitants de la rue ont déjà disparu, comme des génies avec un fort instinct de survie. Une femme de petite taille avec des étoiles dans les yeux ouvre d'un coup les vannes d'une borne d'incendie et dirige le puissant jet d'eau vers les flammes qui se propagent, mais elle est dépassée par l'ampleur du feu. De nombreux spectateurs assistent à la bataille en poussant des cris d'encouragement. À quelques mètres de là, un type à la peau pâle et aux cheveux blond foncé couverts par la capuche de son pull filme toute la scène avec un téléphone, dont la coque est décorée d'un loup jaune. Il n'a pas l'air paniqué, sans doute parce que ce n'est pas la première fois qu'il est témoin d'un combat. Et il n'ouvre pas des grands yeux fascinés, contrairement à Brighton, qui est toujours envahi par des sensations fortes quand il filme.

Atlas se relève avec difficulté. Penchée en avant, la femme spectre respire profondément tout en générant un autre jet de flammes blanches qui émet un bruit strident, plus faible cette fois. Elle s'apprête à passer à l'attaque en tendant le bras mais s'arrête brusquement en voyant rouler dans sa direction une grenade-gemme de la taille de mon poing. La citrine éclate en fragments épais. Parcourue par des décharges électriques, la femme spectre s'effondre en se tordant de douleur.

J'ai l'impression que je vais vomir, et peut-être même me pisser dessus. C'est une chose de voir des gens se faire attaquer sur Internet, mais c'en est une autre d'en être témoin dans la réalité. Couverte de sueur, Maribelle se dirige vers Atlas en boitant, sa main plaquée contre son gilet pare-pouvoirs. Celui-ci semble avoir absorbé l'essentiel de l'impact.

— Trop cool ! crie Brighton, comme chaque fois qu'il obtient une super note à un contrôle ou qu'il gagne un match.

Il se précipite vers Maribelle et Atlas.

Pris de vertige, je reste pétrifié pendant quelques secondes qui me paraissent interminables, avant de finir par suivre Brighton. J'essaie d'ignorer les hurlements du spectre, mais je ne peux pas m'empêcher de me demander ce qui s'est passé dans la vie de cette femme et comment elle en est arrivée là. Le son des sirènes hurlantes me fait reprendre mes esprits. Des ambulances, des camions de pompiers et des chars d'exécuteurs couleur or métallisé bouclent le coin d'un pâté de maisons. Je cours vers Brighton, laissant derrière moi le bar dévasté encore en proie à des flammes blanches et orangées qui projettent d'immenses ombres terrifiantes de l'autre côté de la rue.

Brighton s'est agenouillé à côté de Maribelle et Atlas, qui tentent de reprendre leur souffle.

— Vous avez été incroyables, dit-il, sans cesser de les filmer. Je suis un grand fan.

Sans faire attention à lui, Maribelle se raidit en voyant des exécuteurs sortir des chars.

— Il faut qu'on y aille, grogne-t-elle.

— Ouais, ils ne vont pas apprécier que tu aies lancé une grenade, dit Atlas.

— Même si j'avais lancé des boules de neige, ces salauds m'accuseraient encore de transformer les rues en zones de combat, rétorque Maribelle.

Brighton a déjà sorti son téléphone.

— Ça vous dérange que je prenne une photo rapide avec vous deux ?

— Bright, mec, laisse-les partir, je dis.

— OK, OK.

Quatre exécuteurs s'approchent avec des baguettes en criant à tout le monde de ne pas bouger. J'ose à peine respirer. Il n'est pas inhabituel que des célestes deviennent des exécuteurs, mais la majorité d'entre eux n'ont pas de pouvoirs et apprennent à passer à l'attaque au premier signe de danger. Trop de célestes sont morts prématurément à cause d'exécuteurs un peu nerveux.

— Bouge pas, je dis à Brighton.

Les exécuteurs portent un casque en bronze et un gilet pare-pouvoirs turquoise, et je regrette de ne pas avoir le même équipement qu'eux. Je sens ma respiration s'accélérer et mes jambes chanceler, et je suis terrifié à l'idée que ces tremblements puissent faire croire aux exécuteurs que j'ai un pouvoir.

Au milieu de la rue, une exécutrice pointe sa baguette sur le spectre tandis qu'une autre lui passe des gantelets et des chaînes pour neutraliser provisoirement ses pouvoirs.

J'observe avec nervosité Atlas avoir un échange muet avec Maribelle, le dos tourné aux exécuteurs. Prenant une profonde inspiration, Maribelle hoche la tête. Des comètes se mettent à flamboyer dans ses yeux tandis que ceux d'Atlas tourbillonnent comme des milliards d'étoiles prises dans un trou noir. Atlas roule sur le côté et Maribelle s'élève dans les airs. Soudain, une rafale de vent nous précipite contre une voiture tandis que des sorts fusent autour de nous, pétaradant comme des feux d'artifice. Je jette un coup d'œil à Brighton pour m'assurer qu'il va bien puis je me mets à l'abri sous la voiture pour observer la scène. Des exécuteurs tombent à terre et leurs baguettes s'échappent de leurs mains. Soulevé par un vent puissant, Atlas attrape Maribelle et s'envole avec elle au-dessus d'un immeuble, hors de portée des sortilèges jetés dans leur direction.

— Emil, on y va. Lève-toi. Allez.

La tête baissée, Brighton s'éloigne des exécuteurs en courant. Maintenant que les Marcheurs du Ciel sont partis, il se décide enfin à y aller. Évidemment.

Je n'ai jamais été le genre de personne à courir dans les couloirs, à bavarder en classe ou à traverser la rue au feu rouge, parce que je déteste avoir des ennuis. Mais alors que je détale à toutes jambes sur le trottoir en décrivant des zigzags pour éviter les éventuels tirs des exécuteurs, j'ai l'impression d'être possédé par un fantôme héroïque. Si Brighton ne s'était pas barré, je serais resté immobile, face contre le béton et bras étendus en espérant que les exécuteurs se rendraient compte que je ne suis pas dangereux. Depuis le Blackout, on ne peut pas prendre le risque d'être associé aux Marcheurs du Ciel.

Quelques pâtés de maisons plus loin, on saute dans un bus qui roule en direction de la maison. Il n'y a personne à l'arrière et on en profite pour s'allonger. On est en nage, et je me prends à rêver de pouvoir me renverser un bidon d'eau sur la tête.

— Ça va ? je demande à Brighton, tout en massant le coude sur lequel je suis tombé et en essayant de respirer malgré la vive douleur que je ressens au niveau des côtes.

Les bras de Brighton sont tout écorchés par sa chute, mais il n'a pas l'air de s'en soucier. Il est complètement euphorique, et j'aurais bien besoin que son enthousiasme déteigne un peu sur moi pour noyer la panique que je ressens.

— C'était surréaliste ! On a rencontré le couple le plus incroyable de la planète ! Atlas a même fait souffler ses vents sur nous. J'espère que c'est dans la boîte, dit-il en tapotant sa caméra, avant de me regarder avec insistance. Où est mon trépied ?

— Oh, je sais pas, j'ai dû le laisser quelque part entre le spectre qui lançait des flammes et les exécuteurs qui nous tiraient dessus. Je peux aller le récupérer.

— T'inquiète, dit Brighton.

— C'était ironique.

Brighton visionne les images qu'il a prises.

— Je devrais pouvoir m'en acheter un autre avec les revenus publicitaires de cette vidéo.

— Comment est-ce que tu peux penser à ta vidéo dans un moment pareil ? Des exécuteurs nous ont tiré dessus, et Maribelle a failli tuer quelqu'un.

— Personne ne lui aurait fait de reproches si elle l'avait tué. Ce spectre a foutu une sacrée merde.

Je ne connais rien de la vie de cette femme, pas même son nom. J'ignore s'il y a une once de bon en elle, et pourtant je n'ai éprouvé aucune joie à la voir couchée à terre avec une baguette pointée sur elle. Qui sait si les exécuteurs vont l'enfermer dans les Limites avec les autres personnes qui possèdent des pouvoirs, ou s'ils vont la faire disparaître ?

Je n'aime pas la tournure que prend cette conversation. Cette fois on ne s'engueule pas pour un truc débile, comme quand Brighton me pique une chemise parce qu'il a besoin d'une nouvelle fringue pour une vidéo, ou quand je lui emprunte son vélo sans le lui demander.

La sonnerie de mon téléphone retentit. C'est un texto de Prudencia, qui nous souhaite à tous les deux un joyeux anniversaire ; pour la première fois, on a oublié de le fêter à minuit. Cette dix-neuvième année commence mal, et papa aurait été déçu. Je suis tellement énervé qu'il est hors de question que je fasse un check à Brighton et que je prétende que tout va bien.

— Pourquoi tu es dans cet état? demande Brighton en détachant les yeux de sa caméra. Parce que ça m'aurait été égal que le spectre crève? Les Marcheurs du Ciel prennent moins de vies qu'ils en sauvent, mais s'ils doivent tuer, je leur fais confiance pour éliminer les bonnes personnes.

Même si je n'ai aucune envie de me disputer avec Brighton – je suis du genre à me mettre à chialer quand je suis en colère, et mon frère me met vraiment en rogne –, je ne peux pas m'empêcher de répliquer.

— C'est pas à nous de décider qui a le droit de vivre ou non.

— Depuis le Blackout, les règles du jeu ont changé, réplique Brighton. Je ne vais pas reprocher aux gentils de tuer des méchants.

Je suis à deux doigts de descendre du bus et de rentrer tout seul à la maison à pied.

— C'est pas un jeu.

— Tu comprends très bien ce que je veux dire. Des gens meurent pendant les guerres, c'est inévitable. (Brighton se penche en avant et me donne un petit coup sur le genou.) Si on avait des pouvoirs, on aurait pu les aider. Les Reys de Lumière, pas vrai?

Il nous appelle comme ça depuis qu'on a dix ans, c'est-à-dire à l'époque où on a appris que notre nom de famille, Rey, voulait dire *roi.* Rien ni personne ne pouvait nous empêcher de fantasmer en imaginant que notre nom était sans doute un signe prophétique signifiant qu'on était destinés à accomplir de grandes choses – les jumeaux héroïques doublement puissants et capables de communiquer à travers la ville sans téléphone. Au final nous sommes complètement ordinaires mais le nom est resté, même si le lien fraternel qui nous unit donne parfois des signes de faiblesse.

— Ouais, eh bien remercie les étoiles qu'on n'ait pas de pouvoirs, je réponds. Je n'ai aucune envie d'avoir du sang sur les mains.

— C'est différent quand on tue quelqu'un pour sauver le monde, frangin.

— Un héros ne devrait pas faire de victimes.

Pour une fois, il n'a rien à répondre à ça.

On se mesure du regard comme après une partie d'échecs déclarée nulle. Les deux rois vivent, mais il n'y a pas de gagnant.

TROIS

LE RÊVEUR

Brighton

Le monde est sur le point de découvrir que je ne suis pas n'importe qui.

Je vais gagner le gros lot avec cette vidéo, sans même avoir eu besoin de jouer. J'avais déjà vu des célestes accomplir des miracles avec leurs pouvoirs, comme cette fois incroyable où un homme en costume est tombé sur les rails du métro alors qu'un train approchait; c'est un peu cliché, mais c'est arrivé : avant que je puisse le sauver héroïquement, un petit garçon a attrapé l'homme par le poignet et l'a soulevé jusqu'au quai comme s'il était aussi léger que la poupée qu'il tenait dans son autre main. Le problème, c'est que ces moments se produisent si vite qu'ils sont très difficiles à filmer. Voilà pourquoi la bataille de pouvoirs que je viens de mettre en ligne va faire beaucoup de bruit.

Je me repasse la vidéo en boucle. Pile au moment où je vois pour la millionième fois les exécuteurs jeter leurs sorts, Emil se redresse d'un coup dans son lit et me dit d'arrêter avec ça. Je mets mes écouteurs et j'augmente le volume. Je sais que je devrais dormir si je veux être en forme demain pour tous les fans que je vais rencontrer, mais c'est plus fort que moi. Je continue à rafraîchir la page toutes les minutes pour suivre le nombre de vues et lire les commentaires. Au bout d'une demi-heure, les statistiques sont bonnes, mais l'accueil que les couche-tard réservent à ma vidéo n'est pas à la hauteur de mes espérances. Malgré tout, je sais que les trente mille abonnés de ma chaîne, les Brightsiders, rempliront leur rôle et feront circuler cette vidéo d'ici demain matin – ils ne résisteront pas.

Je ferme mon ordinateur portable avant de le poser sur mon bureau encombré d'affaires : ma caméra Nikon, des papiers de bonbon, des bandes dessinées et une liste inachevée de vidéos que j'espère tourner quand je serai installé à Los Angeles. Puis je me glisse sous les couvertures et m'étends sur le dos pour ne pas appuyer sur mon épaule encore douloureuse. J'ai hâte de montrer mon hématome à mes fans. Je suis fier de cette blessure de guerre, peu de gens peuvent se vanter de s'être fait malmener par les vents d'Atlas.

J'espère tellement que le Rêveur couronné nous comblera le jour de notre anniversaire. Si nos pouvoirs latents se manifestent, je sais qu'Emil changera de refrain et arrêtera de me dire d'oublier notre fantasme de devenir les Reys de Lumière, les champions du peuple. Avec les livres et les films de notre enfance, on a été abreuvés d'histoires d'ados ordinaires qui découvrent qu'ils sont spéciaux, genre des élus ou des sorciers oubliés. Ça se passe rarement comme ça dans la vraie vie, pourtant, qui sait…

Peu probable mais pas impossible, c'est suffisant pour un rêveur.

La porte de notre chambre claque contre le mur avec une telle force que mon dessin d'enfant des Marcheurs du Ciel tombe par terre. Maman se tient dans l'encadrement et respire profondément en se tenant la poitrine ; ça doit de nouveau être son cœur qui fait des siennes. Paniqué, je me précipite vers elle en manquant de trébucher sur mes couvertures.

Si peu de temps après avoir perdu papa, on s'apprête à voir maman mourir.

— Appelle les secours ! je crie à Emil, qui reste pétrifié dans son lit.

Maman secoue la tête. Ses yeux sont remplis de larmes.

— Il y a eu une attaque pendant la fête de quartier où vous étiez, et j'ai dû l'apprendre par les informations ? J'étais convaincue que j'allais trouver votre chambre vide…

Emil reprend ses esprits et vient l'enlacer.

— On va bien, maman, désolé. On est rentrés tard et j'étais encore sous le choc, je crois.

Les paroles de maman résonnent dans ma tête.

— Tu as vu ça aux infos ?! Ma vidéo a été choisie ?

— C'est toi qui as filmé ça ?! hurle maman.

Pendant qu'Emil raconte à maman qu'il a essayé de m'éloigner de la bataille hier soir, j'attrape mon téléphone. Et en voyant toutes mes notifications, je n'ai aucun regret d'avoir insisté pour rester. Je vais sur YouTube et je découvre que ma vidéo a été visionnée quatre-vingt-dix mille fois. Même si c'est trois fois plus que mon précédent record, je m'attendais à beaucoup plus de vues. Mais il est encore tôt, et puis j'ai déjà gagné quelques milliers d'abonnés. Dans les commentaires, les internautes me remercient d'avoir filmé le combat. D'après un de mes abonnés, je suis moi aussi un héros à ma façon, et je souris en lisant cela.

Impatient de savoir quels sont les sites Internet et les chaînes qui ont fait circuler ma vidéo, j'ouvre Twitter, ma principale source d'informations. BuzzFeed a tweeté un article intitulé « Un vlogger filme le combat explosif des Marcheurs du Ciel ».

— BuzzFeed parle de ma vidéo !

J'ai fait des centaines de quizz sur BuzzFeed, et voilà que je suis cité sur ce site. C'est trop cool !

En ouvrant l'article, je tombe sur des Gifs en pagaille, mais je ne reconnais pas les angles de prise de vues de ma vidéo. Je remonte vite vers le haut de l'article, et je me rends compte que le lien indiqué renvoie au compte d'un autre youtubeur, LesAventuresDeMina.

— J'y crois pas.

Sa vidéo a dépassé le million de vues.

J'appuie sur « Play ». Mina était apparemment en train de tourner une vidéo pour son vlog : elle a dû interrompre sa dégustation de la glace aux rayons de lune faite maison d'un céleste quand le premier barnum a pris feu. Des dizaines de gens sont passés devant elle en courant, mais il a fallu qu'elle continue à filmer !

Pour me voler la vedette.

J'oublie complètement Emil et maman et je continue mes recherches sur Internet. Putain de BuzzFeed, qui a choisi la vidéo de Mina plutôt que la mienne. Si j'en crois mes statistiques, elle a quand même dû être un peu appréciée. Des tas de journaux parlent du combat, comme le *New York Times*, CNN, le magazine *Time*, le Scope Source et le Huffington Post, mais sur tous les sites c'est la vidéo de Mina qui est diffusée. Elle est en première place sur la liste des vidéos tendance de YouTube.

— C'est pas juste, je dis.

— Qu'est-ce qui se passe ? demande Emil.

— Je me suis planté. C'est une autre vidéo qui fait un énorme buzz.

Je travaille trop dur pour continuer à être le deuxième. Au lycée, je me suis donné à fond pour obtenir les meilleures notes parce que je rêvais du moment où je traverserais la scène sous les applaudissements du public pour prononcer mon discours de major de promo. J'avais prévu de raconter mon histoire de gosse du Bronx que personne ne s'attendait à voir réussir. Quand le proviseur adjoint m'a convoqué dans son bureau pour me féliciter d'être le deuxième de la promotion, j'ai failli péter les plombs. Si je me suis retenu, c'est uniquement pour ne pas prendre le risque que quelqu'un de moins bon que moi obtienne ma place sous le feu des projecteurs, même s'ils n'éclairaient que la seconde place. Ça a déjà été suffisamment pénible de se taper le discours d'une personne moins intelligente que moi.

Maman s'assoit sur le lit d'Emil.

— J'ai eu un coup au cœur à cause de vous, et tu t'inquiètes parce les gens ne regardent pas assez ta vidéo ?

— Je suis désolé, d'accord ?

Je n'arrive pas à détacher mes yeux du nombre croissant de vues de la vidéo de Mina.

— Ne me parle pas sur ce ton, Brighton.

— Maman, tu ne te rends pas compte de l'argent que j'aurais pu gagner si ma vidéo avait plus circulé.

— Aucune somme d'argent ne m'aidera à me sentir mieux ; tu te prends pour un adulte, et à cause de ça, j'ai failli perdre tout ce qui compte encore pour moi.

Elle ne me regarde plus aussi souvent qu'avant, et parfois j'ai l'impression que ça lui fait trop de peine parce que je ressemble beaucoup à papa, avec mes yeux verts et tout le reste. Peut-être aussi qu'elle veut s'empêcher de penser à mon départ samedi après-midi ; je vais commencer une nouvelle vie et étudier le cinéma, et elle va rester seule à New York avec Emil, qui a été accepté dans une université de niveau médiocre. Même si on me payait, je ne voudrais pas continuer à vivre dans cet appartement, où j'ai vu papa souffrir pendant sept mois. J'ai eu tellement d'espoir quand des alchimistes lui ont proposé de participer à un essai clinique. L'idée était de transfuser à mon père du sang d'hydre, cette créature capable de se guérir elle-même et de régénérer ses têtes multiples, afin de lui transmettre son essence et toutes ses propriétés.

J'étais seul à la maison quand mon père est mort étouffé par son propre sang à la suite de ces injections.

Je *suis* un adulte.

QUATRE

ORDINAIRE

Brighton

Je reste barricadé dans notre chambre le temps de me calmer. La porte est fermée à clé, et j'ignore maman quand elle m'appelle pour le petit déjeuner. J'ai beau mourir de faim, je ne veux plus manger de tortillas grillées aux haricots frits et à l'avocat sans papa. Il avait appris cette recette assez facile en hommage aux origines portoricaines de maman, et il la réussissait super bien. Je n'ai pas envie de prétendre que les tortillas de maman sont aussi croustillantes que les siennes. Et encore moins de prendre un petit déjeuner en famille dans le séjour en parlant du fait que c'est notre premier anniversaire sans lui. Ça fait trop pour moi.

Je suis mieux ici, de toute façon. Papa nous avait fait remarquer un jour que notre chambre ressemblait à un sanctuaire pour célestes avec des lits. Il y a quelques années, à l'époque où les Marcheurs du Ciel étaient plus populaires, ils avaient accepté que leur image soit utilisée pour récolter de l'argent, et j'ai eu la chance de pouvoir me procurer plusieurs produits dérivés avant l'arrêt de leur fabrication : un poster de Maribelle et de ses parents, Aurora et Lestor Lucero, près de la fenêtre ; des figurines en édition limitée des premiers Marcheurs du Ciel, Bautista de Leon, Sera Cordova, les Lucero, Finoa Simone-Chambers, et Konrad Chambers ; le jeu de cartes que j'apportais au lycée ; des porte-clés avec le sceau des Marcheurs du Ciel – une constellation représentant un être en marche, les poings, les pieds et le cœur illuminés par des étoiles scintillantes. Bien qu'il n'existe pas de produits officiels de la nouvelle génération de Marcheurs du Ciel, j'ai accroché au-dessus de mon bureau des impressions encadrées des différents membres – dont une signée par Wesley Young reçue en contrepartie de ma donation dans le cadre d'une campagne de financement destinée à l'achat de matériel pour l'un de leurs refuges secrets.

C'est moi qui devrais être célèbre aujourd'hui, et pas une nana de vingt et un ans qui va sans doute écrire un bouquin sur son voyage culinaire à travers le pays pendant son année de césure.

Quelques heures plus tard, je m'arrache de mon lit et je prépare la rencontre de cet après-midi. J'ai dépensé de l'argent dans des bracelets phosphorescents personnalisés pour mes Brightsiders, des blocs-notes avec mon logo pour inciter les gens à s'intéresser aux célestes, et quelques tee-shirts. J'ai pris exemple sur un youtubeur new-yorkais non binaire, Lore, qui profite toujours des rencontres avec ses fans pour vendre des goodies. J'ai dit à Emil que ma journée ne serait pas perdue si je récupérais au moins soixante pour cent de mon argent, mais je pense en gagner plus. Une fois que ça sera fait, je créerai un vrai battage publicitaire autour de moi.

Je sors de la chambre pour permettre à Emil de s'habiller. Allongé sur le canapé, il lit un roman graphique tandis que maman regarde les infos d'un air absent.

— Il faut qu'on parte bientôt, je dis.

— T'as fini de te torturer l'esprit? demande Emil.

Je me gratte le menton, mais j'arrête en me rappelant que papa faisait toujours ça avec sa barbe quand il était contrarié. Je me tourne vers la télé.

«… nous attendons la réaction du sénateur Iron suite à la mort d'un spectre non identifié, la nuit dernière», annonce la présentatrice de Channel One, avant d'avertir les téléspectateurs que les images s'apprêtant à être diffusées sont susceptibles de heurter la sensibilité du public.

Emil détourne les yeux de son livre.

— Elle est morte?

Sur l'écran apparaît non pas la femme spectre de la fête de quartier, mais un homme debout sur le rebord d'un toit. Il possède également le feu blanc du phénix, mais contrairement à la femme d'hier soir, ses deux bras sont embrasés, et les flammes se déploient comme d'immenses ailes – des ailes qui tiennent bon face aux puissantes rafales. Bien qu'il semble hésitant, le spectre s'élance dans le vide et prend son envol. Il s'élève de plus en plus haut dans le ciel quand soudain un de ses bras se détache de son corps. Laissant échapper un hurlement de douleur mêlée de panique, il fait une chute libre comme un oiseau abattu en plein vol.

La vidéo est coupée avant qu'il s'écrase par terre, et la présentatrice réapparaît sur l'écran.

« Les urgences médicales .dépêchées sur place ont trouvé le spectre agonisant. Elles ont cru qu'il se rétablirait car son bras était en train de se régénérer, mais il est mort quelques minutes plus tard. »

— Il a fait repousser son bras ? (Emil regarde fixement le plafond, comme s'il allait y trouver des réponses.) Les phénix *freux chanteurs* sont les seuls qui soient capables de régénérer des parties de leur corps comme ça, mais il leur faut plusieurs heures. Et leur feu est violet, pas blanc.

Je n'en sais pas autant qu'Emil sur les phénix, pourtant il était loin d'avoir toujours des bonnes notes à ses devoirs sur les créatures.

— Il faut croire qu'un autre phénix en est capable. Ça ne serait pas le premier raté de l'alchimie du sang.

On reste silencieux pendant un moment.

Même si les alchimistes qui s'occupaient de papa ne lui avaient pas garanti un rétablissement complet, ils s'étaient montrés très arrogants : ils se trouvaient particulièrement intelligents d'avoir eu l'idée de mettre au point une potion possédant les propriétés régénératives du sang d'hydre et de l'injecter dans l'organisme des malades. Je me demande combien de temps papa aurait encore vécu parmi nous si on l'avait laissé dépérir sans leur « aide ».

La présentatrice laisse l'antenne au sénateur Iron, et maman augmente le volume en maugréant.

Edward Iron, le sénateur senior de New York, possède une abondante chevelure brune et sa peau pâle a subi plus d'une injection de Botox, il porte des lunettes à monture imposante, et un costume qui coûte sans doute plus cher que le montant de notre loyer mensuel.

« Les incidents qui ont eu lieu la nuit dernière dans notre ville, provoqués à quelques heures d'intervalle par des spectres, sont symptomatiques de la crise à laquelle notre pays n'a pas échappé. Si elle est élue présidente, la représentante du Congrès, Mme Sunstar, accordera davantage d'opportunités et de liberté aux siens, alors que nous avons justement besoin de règles plus strictes pour éviter des horreurs semblables à celles que les habitants ont découvertes à leur réveil ce matin. Mes adversaires ont fait campagne contre moi en affirmant que seuls les spectres étaient impliqués dans le conflit, mais le Blackout m'a malheureusement donné raison : les Marcheurs du Ciel sont dangereux… (Fermant les yeux, le sénateur marque une pause puis hoche la tête.) Nous œuvrons jour et nuit pour localiser les Marcheurs du Ciel et les appréhender. »

La présentatrice reprend la parole :

« Comme vous le voyez, il est toujours difficile pour le sénateur Iron d'évoquer le Blackout, pendant lequel il a perdu son fils, Eduardo. Celui-ci était en visite scolaire à l'observatoire de la Nuit-des-Temps lorsque les Marcheurs du Ciel ont détruit le bâtiment avec leurs pouvoirs en janvier dernier, ôtant la vie à six cent treize personnes. »

Je maintiens la théorie que j'ai exposée à l'époque sur YouTube : je pense que quelqu'un a piégé les Marcheurs du Ciel lors du Blackout afin de servir ses intérêts personnels.

Mais après tout, qui suis-je pour affirmer ça ? Demandez ce qu'il en pense à un major de promo.

Quant à Eduardo Iron, je ne verserai pas une larme pour lui. Lorsqu'il était en vie, il passait son temps à dire du mal des célestes, à les martyriser et à inciter les autres à la violence envers eux. D'autres personnes méritent mon chagrin.

On se ressaisit avant de sortir retrouver Prudencia, qui nous attend devant l'entrée du parc. Enfin un peu de soleil dans ma journée.

Prudencia Mendez est superbe : elle porte un tee-shirt noué à la taille, un short bleu marine et des bottes qui lui donnent un air d'archéologue. Ses cheveux noirs sont attachés en une longue queue-de-cheval, et, comme toujours, la montre de sa mère décédée, qui ne la quitte jamais bien qu'elle ne fonctionne pas, orne son poignet. Je m'approche d'elle pour la serrer dans mes bras, mais elle plisse ses yeux marron et me repousse.

— J'ai failli ne pas venir, mais je voulais pouvoir vous taper. Vous êtes vraiment cons, vous auriez pu y passer.

— Ça va, il ne nous est rien arrivé, je dis.

— On n'est pas ininflammables, réplique Emil.

Je jette un regard noir à ce traître.

— Allez Prudencia, reconnais que j'ai été courageux de filmer ce combat comme un vrai journaliste.

— T'es pas journaliste, juste un fan qui se fout de sa vie et de celle de son frère. (Il n'y a aucune légèreté dans sa voix.) Ta vie vaut plus que quinze minutes de gloire, Brighton.

— M'en parle pas. Ma vidéo n'a même pas encore atteint les cent mille vues.

— C'est ton nouveau record, fait remarquer Emil. Tu as fêté ton premier millier de vues il n'y a pas si longtemps que ça.

— Les rêves grandissent, je réplique.

— C'était un vrai cauchemar hier, reprend Prudencia. Un cauchemar que je connais bien. J'ai déjà perdu mes parents dans une bataille de ce genre, alors assurez-moi que vous ficherez le camp la prochaine fois que vous vous retrouverez au milieu d'un chaos pareil ; si vous ne pouvez pas me faire cette promesse, je veux plus de vous dans ma vie.

Hors de question de lui briser le cœur.

— C'est promis.

— Pareil, ajoute Emil.

Prudencia laisse échapper un profond soupir et nous serre tour à tour contre elle. Je savoure son étreinte, et j'ai l'impression qu'elle me garde plus longtemps dans ses bras qu'Emil – sans doute à cause de l'ambiguïté qu'il y a entre nous depuis qu'on s'est rencontrés au lycée.

Ça n'a jamais été le bon moment. Je n'ai eu qu'une seule et unique copine pendant mes deux premières années de lycée, Nina. J'ai fini par rompre avec elle lorsque je me suis enfin avoué que Nina était davantage une amie pour moi, et que Prudencia, elle, était bien plus que ça. Mais avant que je puisse lui parler de mes sentiments, Prudencia a commencé à s'intéresser à un type de notre classe, Dominic. Parmi tous les mecs avec qui Prudencia aurait pu sortir, il a fallu qu'elle choisisse un céleste capable de se déplacer à travers les ombres.

Pendant des semaines, j'ai traité Dominic de snob parce qu'il refusait de figurer dans ma websérie ; et même si je ne l'admettrais jamais à voix haute, même devant Emil, ma nouvelle coupe de cheveux, super courte, est peut-être un peu inspirée de celle de Dominic. Au final leur couple n'a pas duré, à la fois à cause de la tante de Prudencia, une femme très intolérante, et des parents de Dominic, qui tenaient à ce que leur fils sorte uniquement avec d'autres célestes pour préserver leur lignée – comme s'il pensait déjà à devenir père à son âge ! Fatigués de devoir cacher leur relation, Dominic et Prudencia ont fini par se séparer.

Il reste encore quelques jours avant mon départ ; peut-être que d'ici là, les choses pourront enfin se concrétiser entre Prudencia et moi. Et qu'on trouvera un moyen d'avoir une relation à distance.

On s'enfonce dans le parc Murmure, qui doit son nom à Gunnar Murmure, un céleste ayant acquis tardivement ses pouvoirs, connu pour avoir dirigé la Bataille éternelle de la Pierre Fontaine contre des gangs de nécromanciens. Bien que les manuels scolaires attribuent la victoire contre ces fous invocateurs de fantômes à des soldats ordinaires – en oubliant au passage qu'ils se sont battus avec des baguettes magiques, des grenades-gemmes et des gantelets tous fabriqués sans exception par des célestes –, je n'hésite pas à parler à tout le monde de la gloire de Gunnar et de ma fierté d'être originaire du Bronx, comme ce héros qui a permis d'éviter une catastrophe. La statue de Gunmar a été érigée près du lac, à l'endroit où son pouvoir de clairvoyance s'est manifesté à ses vingt-trois ans. Je sens une certaine électricité dans l'air chaque fois que je m'en approche, comme si j'étais moi aussi sur le point de découvrir que je suis un céleste qui aurait un jour un parc à son nom, ou au moins un avenir plus cool avec Prudencia.

Mais aujourd'hui, en m'avançant vers le monument en bronze de Gunnar, je suis envahi par une angoisse nouvelle. Alors que je pensais trouver des dizaines de Brightsiders sagement occupés à m'attendre dans l'ombre projetée par le salut militaire de Gunnar, je distingue seulement... un, deux, trois, quatre, cinq, six... sept. Sept personnes.

— Personne n'est venu, je dis.

— Je vois des fans qui te font signe.

— Sept personnes.

— Il est encore tôt.

— Et il y a du monde dans le métro, ajoute Prudencia.

— Vous avez d'autres excuses ? (Je montre du doigt le ciel bleu.) Peut-être qu'on devrait aussi mettre ça sur le dos de la météo ? Allez, finissons-en.

Je me force à sourire et je réponds à mes fans en agitant la main.

Je discute avec les six Brightsiders – la septième personne est seulement le pote d'un d'entre eux – qui me parlent de leurs vidéos préférées. Emil nous filme, et je me sens de plus en plus embarrassé. Dire que je m'étais imaginé avec une foule de gens autour de moi dans cette vidéo. Jamais quelqu'un du calibre de Lore n'aurait besoin d'apprendre le nom de ses fans ou d'avoir de longues conversations avec eux en dehors de la section des commentaires. Refoulant ces sentiments négatifs, je m'efforce d'afficher un visage reconnaissant en voyant arriver quelques autres personnes au compte-gouttes. Une fois l'heure écoulée, je m'allonge au bord du lac avec Prudencia et Emil, en me servant des tee-shirts non vendus comme oreiller.

— Je sais que tu espérais autre chose, dit Prudencia en trempant ses pieds dans l'eau. Mais tu as ensoleillé leur journée.

— Je suis un échec sur tous les plans. D'abord j'avais la meilleure vidéo, et elle n'a pas fait le buzz. Alors que, franchement, j'étais en plein cœur de l'action. Et puis cette rencontre a été un bide, et... bref.

Je me tais, pour ne pas donner à Prudencia l'image d'un mec qui passe sa vie à se plaindre; je ferai mon minable plus tard devant Emil. Je rassemble tout mon bazar et me dirige droit vers la sortie du parc. Sur le chemin j'aperçois des célestes qui jouent au disque-lumière, une sorte de Frisbee que les participants font apparaître et qu'ils contrôlent avec leur énergie, mais je ne suis pas d'humeur à regarder d'autres gens se la raconter avec leurs pouvoirs alors je trace ma route.

À mesure que les heures passent je me sens de plus en plus tendu, à l'affût d'un événement extraordinaire. Sous ma douche. Pendant que je me change. Alors qu'on dîne avec maman dans le restaurant vegan préféré d'Emil, à Brooklyn. Une fois à la maison, je m'isole sur le toit de notre immeuble pour contempler la silhouette brumeuse du Rêveur couronné. Je remarque à peine Emil qui arrive par l'escalier de secours.

— Ça va? demande-t-il en me jetant mon sweat à capuche.

J'ai beau être gelé, je ne peux pas me résoudre à l'enfiler.

— Il ne va rien se passer, hein ?

— Non, mais c'est pas grave. Avec toutes les histoires que tu publies sur *Les Célestes de New York*, tu es déjà un héros.

— Plutôt un *sidekick*, je rétorque. Ça te dérange pas qu'on ne devienne pas les champions du peuple ?

— On n'a pas besoin d'être des élus ou je sais pas quoi pour faire le bien.

On reste assis en silence et j'adresse une prière muette au Rêveur couronné pour que ma vie change. Lorsque minuit sonne, je tourne le dos aux étoiles. On descend l'escalier de secours, avant de se faufiler par la fenêtre de notre chambre pour se mettre directement au lit où on s'endort, aussi tristement ordinaires que ces dix-huit dernières années.

CINQ

UN CYCLE DE PHÉNIX

Emil

C'est vraiment la poisse que la clim de la rame soit tombée en panne par cette journée chaude de septembre. Mais pour une fois, le métro me permet d'arriver au musée des Créatures naturelles assez tôt pour que je puisse m'y promener un peu avant de commencer le boulot. Lorsque je pénètre dans le hall d'entrée bien frais, mon dos est trempé. Par chance, ça ne se voit pas, grâce à mon polo de travail que j'ai commandé une taille au-dessus de la mienne. Après avoir montré mon sac à la sécurité et attaché mon badge, je m'arrête une seconde pour contempler avec émerveillement l'énorme fossile noir d'un dragon primitif, suspendu au plafond étoilé. Même si ça craint de penser que je ne verrai jamais de dragons, ce n'est peut-être pas plus mal qu'ils aient tous disparu ; au moins, on n'a pas besoin d'avoir peur que des alchimistes mettent la main sur du sang de dragon. Vu comme les gens continuent à traquer des créatures vivantes pour obtenir leurs pouvoirs, je ne serais pas étonné qu'elles appartiennent bientôt toutes au passé.

Pour aller plus vite, je traverse la galerie « En perpétuel mouvement », qui ne fait plus honneur à son nom à cause des importantes restrictions budgétaires du musée ; les œuvres n'ont pas changé depuis l'exposition d'art métamorphe du mois de juillet. J'évite le hall des basilics, sombre et froid, parce que merci mais non merci. J'ai dû passer par là pour mon premier jour de travail, et ça m'a suffi. Je déteste les serpents depuis la fois où je suis allé au zoo avec ma classe de sixième et qu'un basilic aveugle s'est jeté sur la barrière derrière laquelle je me tenais, espérant me dévorer avec sa gueule pleine de dents pointues.

J'arrive au niveau de l'allée qui débouche sur deux cages d'escalier, une qui mène en bas et l'autre en haut ; j'ai appris pendant notre parcours d'intégration qu'elles avaient été conçues ainsi volontairement, par égard pour la guerre opposant depuis toujours les hydres et les phénix, qui semblent programmés pour s'éliminer mutuellement. La visite de la « maison des hydres » en bas commence de façon assez innocente, avec des illustrations d'hydres domestiquées par des pêcheurs pour qu'elles les aident à attraper des poissons et à tenir à distance des créatures marines dangereuses. Mais les images exposées deviennent de plus en plus flippantes à mesure qu'on s'aventure dans les salles. Dans la dernière, on peut voir un combat entre une horde d'hydres et une nuée de phénix luttant à mort pour un territoire. Je me souviens être resté sans voix et avoir eu le cœur brisé en visionnant pour la première fois la vidéo d'une gigantesque hydre à sept têtes happer des phénix en plein vol et les dévorer tout crus.

Je n'y suis jamais retourné non plus.

Je monte au pas de course l'escalier en colimaçon jusqu'à ma salle préférée, la Véranda. Au-dessus de l'entrée, un magnifique vitrail représente un œuf et un phénix reliés par un anneau de feu. Maman nous avait emmenés ici pour nos treize ans. Brighton avait trouvé ça intéressant, mais il en avait vite eu marre, que je m'attarde devant tous les panneaux – à l'époque, je lisais lentement, et c'est d'ailleurs toujours le cas aujourd'hui – et que je veuille me faire prendre en photo devant tout ce que je voyais, pour le cas où je n'aurais jamais l'occasion de revenir.

Il y a des tonnes de choses intéressantes dans la Véranda : des flûtes permettant d'imiter le cri du phénix pour essayer de communiquer avec lui ; des arbalètes de bois et de fer en forme d'ailes ; des éventails aux plumes vertes et bleues ; des chandeliers de cérémonie pour les croyants qui prient le feu du phénix à la mort de leurs proches, dans l'espoir qu'ils se réincarnent ; des coquilles d'œufs de toutes les tailles, couleurs et textures ; un sablier empli de cendres ; des masques d'argile munis de becs imposants et des vestes en cuir aux manches couvertes de plumes, proches de ceux que portent encore aujourd'hui les Chevaliers auréolés ; des larmes fossilisées ; une rangée de terminateurs d'éternité, ces armes cruelles destinées à tuer le phénix et à mettre fin à son cycle de résurrections, munies d'une poignée en ivoire calciné et d'une lame dentelée aussi jaune que le sang d'hydre qui a servi à leur fabrication.

— Excusez-moi, m'interrompt quelqu'un avec un accent britannique – de loin mon accent préféré.

Je me retourne nerveusement et découvre un garçon séduisant avec une peau pâle constellée de taches de rousseur, une barbe de quelques jours et des cheveux roux en bataille. Il porte un tee-shirt de New York, et je me demande s'il fait du tourisme ou s'il a perdu un pari. Il montre du doigt mon badge.

— Tu bosses ici, non ?

— Ouais.

Je sens mon visage s'enflammer, et regrette amèrement de ne pas pouvoir devenir invisible pour cacher mes joues cramoisies.

— Tu as besoin d'aide ?

— À quelle heure ont lieu les visites guidées ?

— Au début de chaque heure.

Le garçon jette un coup d'œil à sa montre.

— Je vais voir un spectacle à dix heures et demie. Ça t'ennuierait de me faire faire un tour rapide ? Je ne poserai pas trop de questions, promis.

Avec une voix comme ça, il peut me poser toutes les questions qu'il veut. Ma journée de boulot ne démarre officiellement que dans dix minutes, mais ça ne me dérange pas du tout de commencer un peu plus tôt pour passer du temps avec lui.

— C'est d'accord. Tu es tout seul ?

— Oui. (Il me tend la main, et je la serre avec enthousiasme.) Moi, c'est Charlie.

Je ne devrais pas faire ça. Je suis loin d'être aussi cultivé que Brighton, qui a toujours réponse à tout, mais pour une fois, c'est un sujet que je maîtrise très bien. Les pensées se bousculent dans ma tête, et j'essaie de faire taire la petite voix qui me dit que mon jean et mes bottes marron préférées achetées chez Emmaüs ne me vont pas aussi bien que je le croyais. Ça ne me dérange même pas que Charlie ne soit visiblement pas de New York – c'est à ça que sert FaceTime.

— Alors, qu'est-ce que tu veux savoir ?

— J'ignorais qu'il existait autant de phénix différents, dit Charlie en se passant la main dans les cheveux comme un mannequin.

— Il y en a des tas, je confirme, tout en me demandant si le vert des yeux de Charlie me fait plus penser à une émeraude ou au feuillage d'un arbre au printemps.

Je m'imagine déjà passer des heures au téléphone avec lui dans la nuit pour entendre sa voix, quand je me rappelle que je suis censé être un guide qui connaît son sujet et que c'est à moi de parler.

— Regarde ça, je dis en montrant du doigt les répliques de phénix suspendues au plafond. Parmi les dizaines d'espèces qui existent, le conservateur de ce musée, Kirk Bennett, a mis en valeur certaines des plus connues pour les visiteurs. Déambuler dans cette salle en admirant les phénix au-dessus de ma tête, c'est une de mes activités préférées.

— Est-ce que tu peux m'en parler ?

— De mes activités préférées ?

Je ne sais pas par où commencer.

— Des phénix, rectifie Charlie avec un sourire.

J'ai soudain très chaud, et ça n'a rien à voir avec les rayons de soleil qui filtrent à travers la verrière. Reprenant mes esprits, je pointe tour à tour du doigt chaque phénix comme si c'était une étoile, et je raconte leur histoire à la façon d'une constellation : les *doyens couronnés*, qui naissent vieux ; les *nageurs célestes*, qui vivent sous l'eau et sont capables d'enflammer l'océan avec leurs flammes couleur azur ; les *séculaires*, qui ne pondent qu'une fois tous les cent ans ; les *obsidiennes*, qui se distinguent par leurs plumes noires luisantes et leurs yeux si foncés que je croyais qu'ils n'en avaient pas ; les *fils du souffle*, qui plongent au cœur du combat comme des missiles et explosent contre leurs ennemis, avant de ressusciter quelques instants plus tard au milieu de champs de cendres ; les *ouragans embrasés*, qui font apparaître des tempêtes d'une violence extrême grâce à leurs ailes immenses, trois fois plus grandes que leur petit corps. Après lui avoir parlé des *engloutisseurs de soleil*, qui soufflent un feu brûlant et se consument plus vite que n'importe quelle autre espèce, je m'arrête pour reprendre ma respiration.

— Incroyable, commente Charlie.

Il s'approche de la réplique d'un des phénix les plus célèbres de l'histoire. Juché sur un perchoir en bronze, le phénix *astre gris* possède des yeux gris perle, un ventre gris, une queue sombre, des ailes jaunes et une couronne dorée. Devant l'oiseau sont exposées des photos des spectres Keon Maximo et Bautista de Leon.

— Explique-moi un truc. J'ai lu plein de choses sur le *tueur de reine*, qui griffait les yeux des dragons – ça, c'est un vrai phénix ! Qu'est-ce que ces deux hommes ont bien pu trouver au phénix *astre gris* ?

Tout ce que je trouvais attirant chez Charlie disparaît brusquement : son accent anglais n'a plus rien d'agréable à écouter, et ses yeux verts ne m'inspirent plus aucune poésie. Et puis il faudrait qu'il se décide : soit il se laisse vraiment pousser la barbe, soit il se rase, mais cette barbe de trois jours ne ressemble vraiment à rien.

— On ne devrait jamais faire de mal à des créatures innocentes, sous aucun prétexte, je dis, sur la défensive, sans réussir à le regarder dans les yeux. Et puis tu sous-estimes carrément les phénix *astre gris*. À chacune de leurs résurrections, leur feu est plus puissant et leur instinct plus aiguisé. Ils savent se battre, mais ce ne sont pas des armes. Ils sont tellement… bienveillants. Ils viennent au secours des voyageurs blessés dans la nature et protègent tous les animaux, toutes les créatures.

— Ces brutes les ont quand même tués, dit Charlie. Pourquoi ?

Je regarde fixement la photo pas très nette de Keon Maximo, l'alchimiste qui est devenu le tout premier spectre. Ses cheveux blond cendré flottent sous la capuche de sa cape, ses yeux perçants couleur ardoise regardent vers la gauche et il mord sa fine lèvre inférieure.

Alors que je m'apprête à essayer de lui donner une réponse, une voix se fait entendre derrière moi :

— Keon Maximo est responsable de ce chaos.

C'est Kirk Bennett, le conservateur du musée, un homme d'une trentaine d'années d'une intelligence remarquable. J'aimerais bien qu'il me prenne sous son aile. Il s'exprime énergiquement en agitant les mains, et mon regard est attiré par les *nageurs célestes* bleu vif tatoués sur son poignet pâle :

— Personne ne connaît le mobile de Keon, mais les historiens pensent que l'explication tient en quatre mots : il voulait du pouvoir.

— Vous avez eu de la chance que ce mec intervienne, fait remarquer Charlie.

Il montre la photo de Bautista de Leon : il a les yeux marron, les cheveux très courts et une légère barbe. Il porte le premier gilet pare-pouvoirs des Marcheurs du Ciel, sur lequel l'emblème a été peint à la bombe.

— Il est compliqué de retracer son passé car on ne possède malheureusement pas de témoignages directs, explique Kirk. Bautista est considéré comme un héros par certains parce qu'il a enrayé la menace des spectres, tandis que d'autres estiment que, étant un spectre lui-même, il ne pouvait pas être un héros, et qu'il s'est simplement contenté d'éliminer la concurrence pour pouvoir régner sur la ville. Bien qu'on ignore toujours si ses pouvoirs provenaient réellement d'un phénix *astre gris*, l'opinion publique ne lui a pas pardonné d'avoir perpétué le cycle de violence envers les créatures.

— Ils n'ont même pas acquis tous les pouvoirs des phénix, fait remarquer Charlie. Ces hommes ne sont jamais ressuscités, pas vrai ?

Kirk secoue la tête.

— Heureusement non. Les phénix ne renaissent pas tous à la même fréquence, bien sûr, mais aucun des spectres ayant volé leur sang n'a jamais réapparu. Si leur pouvoir de résurrection fonctionnait aussi chez les humains, ce serait une tragédie pour les phénix du monde entier.

Il lève vers moi ses yeux qu'abritent des lunettes d'écaille.

— Tu ne devrais pas être en train de travailler, toi ?

— Je pensais que tu travaillais déjà, fait remarquer Charlie.

— Passe une bonne journée, je dis pour rester professionnel.

Je pars sans le regarder.

J'adorerais travailler dans la Véranda mais ce n'est pas pour ça qu'on m'a engagé, alors je descends l'escalier pour rejoindre la boutique de souvenirs. Un après-midi, alors que j'étais dans la Véranda en tant que visiteur et que je réalisais des esquisses des phénix suspendus, Kirk m'a complimenté sur mes dessins et je lui ai confié que je rêvais de devenir guide ici un jour. Il est revenu quelques instants plus tard avec un formulaire de candidature. J'ai cru que ce serait pour travailler avec lui, mais non, il y avait seulement un poste disponible dans la boutique de souvenirs. Même si ce n'était pas le boulot que j'espérais, ça me permettait au moins de mettre un pied au musée.

Mon collègue Sergei est derrière le comptoir, il me jette un regard en biais qui me rend nerveux. Je me tripote les ongles avant de badger et de le remplacer à la caisse pour qu'il puisse vaquer à d'autres occupations dans le bureau. La boutique est plus remplie qu'à l'ordinaire – un gamin fête son anniversaire au musée –, mais je m'active et la file d'attente s'évanouit en quelques minutes.

Les produits vendus ici ont tous un lien avec les phénix, et si j'étais plus riche, je rendrais tout l'argent de mon salaire au musée en achetant ces estampes réalisées par des artistes locaux. Après avoir remis de l'ordre parmi les phénix *tempête de cendres* du rayon des peluches, je le réapprovisionne en phénix *ivoire commun*; bien que ces peluches soient trop blanches par rapport à la réalité, elles se vendent comme des petits pains. Je suis en train de faire l'inventaire avec un stylo en fausse plume de phénix lorsque je vois Kirk entrer dans la boutique.

Kirk est petit et sa barbe épaisse me rappelle papa. Il porte toujours un costume trop grand pour lui, et je me demande s'il cache son corps, lui aussi, ou s'il ne sait simplement pas choisir des fringues qui lui vont. Ça ne me regarde pas, et il faut que j'arrête de me comporter comme les gens qui font des remarques sur mon corps à moi.

Tu ressembles à un squelette.

Tu devrais manger plus.

Tu as l'air malade.

Tu es rachitique.

Quand Kirk passe à la boutique, c'est généralement pour vérifier le chiffre des ventes du livre qu'il a écrit sur une de ses expéditions – il n'est jamais bon. Mais je sais qu'il n'est pas là pour ça aujourd'hui.

— Je suis désolé d'avoir joué au guide avec ce garçon, je lâche immédiatement, puisque Kirk est certainement venu me remonter les bretelles. Il s'intéressait aux phénix et il était mignon, je n'ai pas pu résister. Si j'avais su qu'il avait des idées aussi débiles sur l'alchimie du sang, je me serais tiré.

— Tous les pays ont leur lot de personnalités historiques malfaisantes, mais cela fait longtemps qu'aucun monstre de l'acabit de Keon n'a foulé leur sol, et qu'un massacre aussi grave que celui du Blackout ne s'est pas produit. Les étrangers ne comprennent pas à quel point la situation est devenue tendue aux États-Unis. (Kirk ouvre le dossier et fait défiler des pages où sont notées des listes de caisses scellées et les rotations des agents de surveillance.) Il n'y a toujours pas de poste libre pour toi dans la Véranda, mais j'aurais bien besoin d'un coup de main sur un projet qui pourrait rapporter assez d'argent au musée pour nous permettre de renouveler les expositions.

— Ça m'intéresse, je dis. Enfin, je ne sais pas de quoi il s'agit, mais je suis partant.

— C'est un événement hors norme. Le musée va organiser une soirée de gala à la fin du mois, mais ça doit rester secret encore quelques jours. Ce sera absolument unique. Les invités vont assister à l'éclosion d'un œuf de phénix *séculaire*.

— Sérieux ?

Jamais je n'aurais imaginé voir un jour de mes propres yeux un phénix *séculaire*, et encore moins voir naître l'un d'entre eux.

Kirk a les yeux qui brillent.

— Ce n'est pas tout, Emil. Comme tu le sais peut-être, les phénix *séculaires* sont une espèce extrêmement rare… Même lorsqu'ils ressuscitent, ils ne se reproduisent pas souvent. Mais l'œuf en question était couvert de plumes et gris cendré !

Je reste silencieux tout en essayant de comprendre où Kirk veut en venir, mais en vain. Je sais que je ne devrais pas me comparer avec un spécialiste reconnu en sciences des créatures, qui possède des années d'expérience dans l'élevage de phénix et la construction d'habitats, mais c'est plus fort que moi : plutôt que de me réjouir d'apprendre quelque chose, je me sens toujours stupide.

— Qu'est-ce que ça veut dire ?

— Un œuf de phénix *séculaire* n'est couvert de plumes que lorsque c'est un premier-né.

— C'est donc le premier cycle de vie de ce phénix !

— Le monde va pouvoir être témoin du premier souffle d'Aurora.

— Où est l'œuf en ce moment ?

— Aurora est gardée par des Chevaliers auréolés dans un lieu sécurisé, et elle y restera jusqu'à l'approche de sa naissance pour être protégée de la convoitise des trafiquants et Verseurs de sang. Lorsque nous annoncerons la raison d'être de ce gala, ils essaieront certainement de mettre la main sur elle. Nous prendrons soin d'Aurora pendant son premier mois de vie, puis nous la libérerons dans la nature.

Je pense alors aux spectres avec du sang de phénix qui ont fait les gros titres cette semaine.

— Aux infos, ils ont dit qu'un spectre avait fait repousser son bras avant de mourir, pourtant son feu ressemblait à celui d'un phénix *auréolé*, *ivoire commun* ou *doyen couronné*. Ça n'a pas de sens, si ?

Kirk regarde autour de lui dans la boutique, comme si cette incohérence le travaillait aussi.

— Ce qu'un spectre recherche avant tout, c'est le pouvoir. Ça ne m'étonne pas que certains passent leur vie à tenter de repousser les limites du possible, comme Keon quand il a découvert l'alchimie du sang. Mon instinct me dit que quelqu'un a dû trouver le moyen de multiplier les capacités des spectres. Le monde est en perpétuelle évolution, et je crains que nous ne soyons bientôt les témoins d'un tournant particulièrement sombre de notre histoire, surtout avec l'arrivée du Rêveur couronné. Préparons-nous et prions pour que personne ne fasse de mal à Aurora.

Même s'il est rare que je cache des choses à Brighton, je vais garder ce secret rien que pour moi. Il se barre en Californie dans deux jours, et ce projet avec Kirk est l'occasion pour moi d'avancer. De me transformer. De vivre ma petite renaissance personnelle. Je vais cravacher à l'université – pour de vrai cette fois, sans baisser les bras au bout d'une semaine –, me préparer à la naissance d'Aurora, et en boucher un coin à Brighton quand il découvrira que je suis devenu un expert des phénix. Il faut vraiment que j'en mette plein la vue à Kirk. Ça serait tellement fou d'appeler Brighton, de lui payer un billet pour New York et de lui permettre de tourner des images exclusives du premier mois d'Aurora pour sa websérie.

Si j'y arrive, peut-être que, pour une fois, je n'aurai pas l'impression d'avoir des années de moins que mon frère alors qu'on est nés à sept minutes d'intervalle.

Peut-être que j'arrêterai enfin d'avoir l'impression d'être le *sidekick*.

SIX

LES CÉLESTES DE NEW YORK

Brighton

Ma dernière journée à New York commence mal.

Ça fait six mois aujourd'hui que papa est mort, et maman me fait la gueule parce que j'ai préféré continuer à faire mes valises plutôt que lui parler de mes émotions. Après ça, j'ai essayé de me changer les idées en postant une nouvelle vidéo sur ma chaîne, pour un petit moment de plaisir immédiat. Il n'y a rien de plus kiffant que de regarder les commentaires apparaître et le nombre de vues augmenter. Mais les Brightsiders n'ont pas semblés impressionnés, c'est le moins qu'on puisse dire. Ils n'en ont rien à battre du directeur adjoint d'une agence de voyages spécialisée dans la téléportation des célestes interdits d'avion à cause de leurs pouvoirs jugés dangereux. Ils ont préféré m'assaillir de questions sur ma dernière vidéo, en me demandant pourquoi je ne m'étais pas donné plus de mal pour dégoter une interview d'Atlas et Maribelle. Quand est-ce que j'aurais pu faire ça? Pendant que les exécuteurs se prenaient un café?

Mes fans ne réfléchissent parfois pas beaucoup.

Pour couronner le tout, on est super en retard au festival des Rêveurs du vendredi à cause d'Emil, et c'est vraiment l'enfer de se frayer un chemin dans la foule à Central Park. J'espère que ma websérie finira par être diffusée ailleurs que sur YouTube – je ne dirais pas non à une émission en prime time –, mais j'ai dû faire une croix sur toutes les images incroyables que j'aurais pu filmer si on était arrivés plus tôt. Tout ça parce qu'Emil est resté super tard au musée pour travailler sur un mystérieux projet dont il refuse de nous parler, à Prudencia et moi. Je m'en fiche pas mal, je n'attends rien de très palpitant de la part d'un musée en faillite. Il aurait pu nous rejoindre là-bas mais, comme depuis l'autre soir, il est terrorisé par les exécuteurs, je lui avais promis qu'on l'attendrait.

Des dizaines d'entre eux sont postés en rang le long d'une allée. Avec sa respiration saccadée, Emil a vraiment l'air suspect.

— Et si c'était les mêmes qui nous avaient tiré dessus ? demande Emil.

— Ça m'étonnerait.

— Vous voulez qu'on s'en aille ? propose Prudencia.

Emil me regarde. Je ne sais pas quelle tête je fais, mais en tout cas il secoue la tête.

Super.

Je reconnais que c'était flippant de voir des immeubles exploser et des exécuteurs lancer des sortilèges. Mais moi, ça ne m'a pas tellement choqué. Mon anxiété – je ne sais même pas si on peut appeler ça comme ça – a toujours plutôt concerné les cours, et elle ne se manifeste jamais aussi fort que celle d'Emil, même quand je suis très stressé. Comme pendant que j'attendais les lettres d'admission à l'université, et que mon premier choix m'a mis sur liste d'attente.

— Désolé, je suis vraiment pathétique, dit Emil alors qu'on passe devant les exécuteurs.

— Tu n'es pas pathétique, et il ne va rien t'arriver, je lui assure.

C'est tout ce que je trouve à lui dire. De toute façon, il faudrait plus que des mots pour l'aider à se calmer et à se remettre du traumatisme qu'il a subi.

J'ai beau adorer mon frère, je pense qu'on a besoin de passer du temps chacun de notre côté. Une fois que j'aurai déménagé à Los Angeles, je pourrai me concentrer sur moi-même. Emil va devoir apprendre à se débrouiller, sans moi dans les parages. Ça ne nous fera pas de mal. Des frères devraient pouvoir vivre leur vie sans se gêner mutuellement.

Je fais de mon mieux pour me contrôler, d'autant que Prudencia m'a déjà vu m'apitoyer sur moi-même une fois cette semaine, mais je dois vraiment prendre sur moi : des centaines de spectateurs sont déjà installés partout sur des couvertures de pique-nique, on est hyper loin de la scène et il n'y a plus assez de lumière pour filmer. J'installe malgré tout ma caméra. Même si le Rêveur couronné n'a rien fait pour moi depuis son apparition dans le ciel, peut-être que ce soir il me donnera enfin un os à ronger et que je pourrai au moins enregistrer des images acceptables.

On a déjà raté l'interview de mon artiste préférée, Himalia Lim. C'était sa première apparition publique depuis qu'elle a décidé de parcourir en volant les quartiers les plus chauds du Bronx et d'y peindre sur les murs pour redorer leur blason. Ça craint : je vais devoir mater ça sur la chaîne YouTube de quelqu'un d'autre, et en plus on arrive pile pendant le concert du groupe d'Oak. Je me suis désabonné du compte Instagram d'Oak il y a quelques mois, depuis qu'il a arrêté de poster des vidéos sur son pouvoir de floraison. À la place il ne publie plus que des photos ultra sexy de lui torse nu avec des légendes complètement débiles qui n'ont aucun lien avec ses abdos. Je me suis penché sur ses stats et je dois reconnaître qu'il s'est bien débrouillé parce que les gens s'intéressent beaucoup plus à ses muscles qu'à l'effet de son pouvoir de lumimagie sur l'évolution des jardins. Je ne le juge pas, on fait ce qu'on peut avec ce qu'on a pour devenir célèbre.

Alors que je mets ma caméra en place pour filmer l'événement principal, une céleste se met à flotter pile dans mon champ de vision. Son faux tatouage phosphorescent est génial, mais ce n'est pas ça qui va faire augmenter mon nombre de vues.

— Ça va ? demande Prudencia.

— Elle me bloque la vue.

— Laisse-la tranquille. Elle ne doit pas avoir souvent l'occasion d'utiliser son pouvoir en public.

Elle pose la main sur mon épaule et je croise son regard.

— De toute façon, tu devrais ranger ta caméra, Brighton. Après tout, c'est notre dernière soirée ensemble.

Elle aurait pu être tellement différente si j'étais seulement venu pour profiter du festival avec Prue, assis avec elle sous les étoiles. Si ma dernière vidéo avait fait le buzz, j'aurais pu me permettre de souffler un peu. Mais je n'atteindrai jamais mes ambitions sans bosser dur chaque fois que j'en ai l'occasion.

— Si je ne me donne pas à fond, jamais je ne mettrai le pied sur cette scène.

— C'est vrai, dit Prudencia, sur un ton qui semble plutôt vouloir dire : « Dommage pour toi. »

Peut-être.

Lore apparaît sur scène sous les acclamations de la foule. Iel a la vie que je voudrais avoir. Iel est rapidement devenu une célébrité sur Internet, après avoir commencé par faire le buzz grâce à sa campagne pour devenir le tout premier président américano-coréen non binaire de son lycée, inspirant d'autres personnes à suivre sa voie. Iel a atteint le million d'abonnés en un an sur YouTube en postant toutes sortes de contenus, aussi bien des sketchs que des infos sur les actions héroïques des célestes, afin de faire face aux médias qui s'acharnent contre eux. Lore a même eu l'opportunité de rencontrer Wesley Young en décembre dernier à l'occasion de l'anniversaire du Marcheur du Ciel : ils ont discuté ensemble de grossophobie et d'acceptation de soi pendant que Wesley jouait avec des chiots. Et voilà que Lore s'apprête à réaliser une interview qui va faire passer le reste d'entre nous pour des amateurs.

— Merci pour votre amour, New York, dit Lore dans le micro, sa robe argentée scintillant tellement qu'on a l'impression de voir des étoiles sur la scène. J'arrive à peine à croire que cette femme si inspirante nous fasse l'honneur de sa présence. Alors vite ! faisons-la monter sur scène avant qu'elle ne change d'avis. Je vous demande un tonnerre d'applaudissements pour la candidate pour qui j'ai hâte de voter en novembre : la représentante du Congrès, Nicolette Sunstar !

Une immense clameur retentit lorsque Nicolette Sunstar apparaît sur la scène dans un tailleur-pantalon jaune et serre Lore dans ses bras, avant de s'asseoir avec iel. On dirait deux amis de longue date alors qu'en réalité ils ont sans doute seulement échangé quelques mots en coulisses. Mme Sunstar félicite Lore avec tant de chaleur pour sa victoire aux élections de son lycée qu'on dirait qu'elle met celle-ci sur le même plan que sa candidature à la présidentielle.

La conversation prend ensuite une tournure plus sérieuse. Lore demande à Sunstar ce que ça signifie pour elle d'être la toute première céleste noire candidate à la présidence, avant de rappeler à tout le monde ses grands combats : de meilleures opportunités professionnelles pour les lumimagiciens afin qu'ils ne soient plus obligés de gagner leur vie en rechargeant des baguettes, des grenades-gemmes et des chaînes – donc des armes dont les exécuteurs se servent ensuite contre eux ; protéger les célestes enceintes qui se font assassiner ou bien emprisonner sous terre par les autorités, loin des étoiles qui leur donnent du pouvoir, afin d'empêcher leurs enfants de développer leur véritable potentiel ; destituer les exécuteurs corrompus afin que les lumimagiciens puissent vivre en paix – et surtout pas dans des refuges ; condamner les alchimistes comme Luna Marnette, la cheffe des Verseurs de sang, qui font à l'évidence plus de mal que de bien malgré l'argent qu'ils font gagner aux exécuteurs.

J'ai abandonné l'idée de filmer car tout le monde aura de meilleures images que moi. Lorsque Sunstar nous demande de lui prêter une attention particulière, je tends l'oreille, comme tous les autres participants du festival.

— À de multiples reprises, mes adversaires – le sénateur Iron, en particulier – ont opprimé ceux qui avaient des pouvoirs, tout en cherchant eux-mêmes à devenir plus puissants, dit Sunstar avec la douceur d'une mère racontant une histoire du soir à son enfant. La mort de l'épouse et du fils du sénateur représente une tragédie, personne ne peut le nier. Il est cependant injuste de punir tout le monde pour les erreurs commises par certains. J'aimerais sincèrement mener une vie ordinaire de mère et m'inquiéter pour les réunions parents-professeurs plutôt que pour la marche du monde. Une vie d'épouse qui tâche d'entretenir la flamme dans son couple plutôt que de protéger son pays. Mais en tant que céleste, je trouve primordial de vouloir voir ma communauté en sécurité et épanouie. Je ne peux pas rester les bras croisés et attendre que d'autres fassent le travail à ma place.

Sunstar s'avance jusqu'au bord de la scène.

— Il m'est arrivé d'éprouver du désespoir, d'avoir l'impression qu'il n'y avait pas de lumière au bout du tunnel. Mais grâce à vous tous, je suis convaincue que cette lumière existe. Regardez autour de vous. Vous n'êtes pas seuls à espérer. Vous êtes là parce que vous croyez, ajoute-t-elle en levant le poing. Nous ne laisserons pas les ténèbres nous submerger. Nous devons tout faire pour que les étoiles restent dans le ciel !

Une lumière dorée jaillit de la main de Sunstar et éclate comme un feu d'artifice sous le Rêveur couronné.

Sous les applaudissements du public, le mari de Sunstar, Ash Hyperion, la rejoint sur scène, accompagné de leur fille, Proxima. Il faudrait un miracle pour qu'ils accèdent à la Maison-Blanche. Une foule se presse vers la scène en espérant leur dire un mot. Lorsque je vois Lore se faire prendre en photo avec la famille Sunstar, ma jalousie atteint son paroxysme et je préfère m'éloigner.

Ce soir, j'ai une mission : devenir aussi génial et digne d'attention que Lore. Si je ne suis pas destiné à devenir un céleste, alors tout le monde se souviendra de moi comme du plus extraordinaire des humains ordinaires.

Accompagné d'Emil et de Prudencia, je vais parler avec d'autres participants et je leur pose des questions sur Sunstar et sur le monde en général. Je filme un groupe de filles en train de scander le slogan « Pour que les lumières restent dans le ciel ! », qui est rapidement repris par d'autres. J'interviewe ensuite une céleste aux cheveux bleus qui me parle de son sentiment d'insécurité en présence d'exécuteurs, malgré sa capacité à créer un bouclier autour de son corps. D'autres célestes viennent nous voir, parmi lesquels une vieille dame qui affirme que la violence actuelle des exécuteurs n'avait pas atteint un tel niveau depuis l'apparition des spectres une soixantaine d'années plus tôt, lorsqu'elle était encore petite fille. Un homme dont les poings lumineux se zèbrent d'éclairs lorsqu'il les heurte l'un contre l'autre fait une déclaration troublante : il affirme que si un exécuteur ose le menacer avec sa baguette, il n'hésitera pas un instant à le frapper en premier.

— Brûle ces images, me dit Emil alors que l'homme part en trombe, des éclairs jaillissant entre les paumes de ses mains.

— Sans blague.

Jamais mes vidéos ne seront utilisées pour nuire à des célestes, je le jure sur ma vie.

Mon attention est attirée par quatre jeunes qui se tiennent près du lac. Deux d'entre eux se tournent autour avec les poings levés, comme s'ils s'apprêtaient à se battre. Le troisième filme la scène sur son téléphone, et le dernier les observe en rigolant, une glacière à la main.

— Regarde ça.

— Ils vont quand même pas regarder ces deux mecs se taper dessus sans rien faire, dit Prudencia en se précipitant vers eux. Eh, ça suffit !

— Je vais te pulvériser, dit l'adolescent avec des taches de rousseur.

Un lumimagicien…

Je tire Prudencia en arrière, inquiet qu'elle puisse se faire blesser. J'ai comme l'impression qu'on va assister à notre deuxième bataille de pouvoirs en une semaine. Décidément, le Rêveur couronné fout vraiment le bazar.

— Pas si je te détruis en premier, rétorque l'autre, un garçon en tenue de sport, avec des muscles saillants.

Taches-de-rousseur ouvre la bouche et plisse les yeux, mais aucun feu n'apparaît. Alors que je me demande si Monsieur Muscles brûle de l'intérieur, il brandit son poing vers le ciel et le fait tourner comme s'il s'attendait à provoquer une tornade. Le type avec la glacière se tord de rire, mais je ne vois pas bien ce qu'il y a de drôle, à part son horrible *man bun.* Ces deux mecs qui continuent à se battre sans pouvoirs n'a rien d'hilarant, c'est juste troublant.

Emil s'approche prudemment.

— Qu'est-ce qui se passe ?

Je hausse les épaules.

— Peut-être qu'ils tournent un film et qu'ils ajouteront les effets spéciaux après ?

Ces derniers temps, mes films indépendants préférés mettent en scène des acteurs célestes avec leurs vrais pouvoirs, mais Hollywood préfère de loin les effets spéciaux, moins risqués sur un plateau de tournage.

— On est dans le champ de vision et ça n'a pas l'air de les déranger, fait remarquer Prudencia.

Taches-de-rousseur et Monsieur Muscles commencent à transpirer alors qu'ils continuent à faire des mouvements dans le vide. C'est un des trucs les plus bizarres que j'ai jamais vus. Ça me rappelle les fois où Emil et moi, on se battait avec des pouvoirs imaginaires, sauf que nous, on était gamins. Ces deux types sont trop vieux pour jouer à faire semblant. Ils se balancent d'avant en arrière et clignent des yeux rapidement, puis finissent par arrêter de gesticuler. Taches-de-rousseur fait un check à Monsieur Muscles.

— Tu vas bien ? Ça paraissait tellement réel !

— Je t'ai balancé contre les arbres, dit Monsieur Muscles en se marrant.

Alors qu'ils s'éloignent, Man Bun leur crie d'en parler autour d'eux.

— Qu'est-ce que c'était que ce truc ? je demande.

L'autre mec s'arrête de filmer et range son téléphone.

— Du business.

— Quel genre de business ? demande Emil.

Le mec se retourne et marque un temps d'arrêt en regardant Emil, puis il le dévisage en silence.

— Ça s'appelle le Breuvage, répond Man Bun à sa place en plongeant la main dans sa glacière pour en sortir une fiole contenant un liquide couleur or clair qui ressemble à du champagne.

C'est la première fois que je vois ça.

— Avec du sang d'illusionniste, on crée des potions hallucinatoires qui permettent aux consommateurs d'expérimenter ce que ça fait d'avoir des pouvoirs. C'est pas donné, mais la sensation est hyper réelle. Ça aide les gens à se défouler.

J'ai déjà testé la réalité virtuelle, qui permet de se mettre dans la peau d'un céleste, mais je n'arrive jamais à oublier que c'est un jeu. Ce truc me semble plus convaincant.

— Combien coûte cette fiole ?

Je n'ai pas beaucoup d'argent sur moi, ni en général, mais il faut absolument que je mette la main là-dessus.

— Trois cents.

Le monde de possibilités que j'entrevoyais s'écroule brusquement. Je n'ai pas récupéré la somme que j'avais investie, puisque je n'ai rien vendu pendant ma rencontre avec les Brightsiders, et je ne gagne que des cacahuètes avec les pubs sur YouTube car le trafic généré par mes vidéos est trop faible.

— Si tu me laisses le temps de trouver un distributeur, je peux aller jusqu'à deux cents.

— Est-ce qu'on fait des ristournes, James ? demande Man Bun.

— Pas de ristournes, Orton.

Orton remet la potion dans la glacière.

— Attends.

Emil essaie de m'éloigner d'eux.

— T'as pas la thune pour ça. On rentre à la maison.

Je l'ignore.

— Je gère une chaîne YouTube qui s'appelle *Les Célestes de New York*. Vous en avez entendu parler ? (Ils me dévisagent comme si je leur avais demandé de m'expliquer le sens de la vie.) Je publie des portraits de gens, je raconte leur histoire et en quoi consistent leurs pouvoirs. Je peux vous aider à faire connaître le Breuvage à plus de monde. Je vous propose un deal. Vous me donnez cette potion, et je fais de la pub pour vous. Est-ce que vous utilisez votre propre sang ?

Orton sourit.

— Je suis supérieur aux célestes. (Une éclipse lumineuse flamboie soudain dans ses yeux, qui reprennent rapidement leur aspect normal.) Et également supérieur aux autres spectres.

C'est une occasion unique. C'est de ça que j'ai besoin pour faire décoller ma chaîne : un profil spécial.

— Je n'ai encore jamais interviewé de spectre, je dis.

— Ne lui donne pas la parole, proteste Prudencia. Il est en partie responsable des problèmes de notre pays.

— Tu ne connais pas mon histoire, réplique Orton.

Je prépare ma caméra.

— Raconte-la-moi. Je veux tout savoir : ce qui t'a attiré vers l'alchimie du sang, comment tu as fait ton choix de créature, où tu as trouvé un alchimiste réputé, et quand tu as obtenu tes pouvoirs.

— C'est tout ? demande Orton.

— On ne donne pas d'interviews, intervient James.

Il est plus petit qu'Orton, et même s'il a parlé d'une voix ferme, je trouve qu'il dégage plutôt une aura de second.

— Accorde-moi juste dix minutes. Quinze max, je dis.

Prudencia me fait face avec un air de défi.

— Il y a tellement peu de spectres qui font le bien avec leurs pouvoirs. Arrête d'essayer de faire de la pub pour quelqu'un de peu recommandable.

— J'ai juste envie de mieux comprendre, je me défends.

— Non, tu veux des conseils pour savoir comment faire pareil.

Je suis secoué par son accusation, mais je garde la tête haute.

— Mon père est mort à cause de l'alchimie du sang. Jamais je ne m'infligerais un truc pareil. Et même si je le faisais, je te rappelle que Bautista était un spectre, et qu'il a formé un groupe de héros extraordinaires. Pourquoi est-ce que ça arrange tout le monde d'oublier ça ?

Prudencia montre Orton du doigt.

— Ce mec est un dealer de potions, Brighton, pas un héros.

— Je suis pas sourd et j'ai des sentiments, fait remarquer Orton.

— La créature à qui tu as fait du mal en avait aussi, intervient Emil, sans oser lever les yeux.

Orton l'ignore.

— Je permets aux gens de réaliser leurs rêves.

Prudencia serre les poings.

— Tu devrais faire autre chose de ta vie. Salut.

Elle part en trombe. Cette interview aurait pu avoir un impact énorme pour moi, mais tant pis. Je la suis.

— Tu aurais dû me soutenir, Brighton, dit-elle.

— Je voulais l'interviewer.

— Tu es tellement obsédé par ça, et…

— L'alchimie du sang est potentiellement mortelle, j'aimerais mieux comprendre la psychologie des gens qui sont prêts à risquer leur vie pour obtenir des pouvoirs. Surtout après ce qui est arrivé à mon père…

— Euh, les gars ! nous interrompt Emil avec un air encore plus paniqué que lorsqu'il a aperçu les exécuteurs plus tôt dans la soirée. Le spectre nous suit.

SEPT

DORÉ ET GRIS

Emil

Une fois n'est pas coutume, je regrette de ne pas avoir de pouvoirs. Au lieu de devoir courir à toute blinde dans le métro, je pourrais me téléporter avec Brighton et Prudencia. Je me contenterais même d'un pouvoir de défense, genre la capacité de faire apparaître un bouclier pour nous protéger. Je n'arrive pas à croire qu'on risque de se faire attaquer et qu'on ignore tout des pouvoirs d'Orton. Va-t-il nous fondre dessus à la façon d'un basilic ? Nous détruire avec des flammes comme un phénix ? Nous paralyser avec des illusions tel un fantôme ?

— Grouillons-nous ! je dis alors que le métro arrive.

On se faufile dans le wagon bondé, et les portes se referment avant qu'Orton et James puissent y entrer. Orton regarde le train démarrer avec un sourire.

Je reprends mon souffle et observe fixement Brighton.

— La prochaine fois, tu peux éviter de faire copain-copain avec le mégalo ?

— Il était très sympa jusqu'à ce que vous commenciez à l'agresser, réplique Brighton.

— Ne rejette pas la faute sur nous, dit Prudencia.

— Je fais des reportages sur la vie des gens, son histoire aurait pu nous apprendre des tas de trucs !

Brighton s'interrompt brusquement en prenant conscience que des passagers nous regardent. À l'autre bout du wagon, un homme se tient debout sur la banquette avec son téléphone dirigé vers nous. Je m'apprête à dire à Brighton de se calmer, quand les portes situées entre les wagons s'ouvrent, laissant place à Orton et James.

Je sens mon cœur tambouriner dans ma poitrine. C'est impossible, le train avait démarré.

— Vous retournez pas, mais ils sont là. (Comme un idiot, Brighton regarde derrière lui.) Qu'est-ce que je viens de dire ?

— Comment ils ont réussi à rentrer ? demande Prudencia.

— On éclaircira ça plus tard, dit Brighton. Restez calmes, ils ne peuvent rien nous faire. Il y a trop de monde.

Je n'y crois pas du tout. Orton se fiche qu'il y ait du monde, sinon il ne se serait pas donné autant de mal pour nous retrouver. Si on arrive à descendre de cette rame et à rentrer à la maison, je ne quitterai plus jamais ma chambre. Je n'ai aucune envie de figurer dans les putains de statistiques des victimes de spectres qui foutent la merde. Je suis tellement furax contre Brighton ; mais, alors qu'Orton bouscule les gens pour passer, le complexe de héros de Brighton prend le dessus et il se place devant Prudencia et moi.

— On n'a pas eu l'occasion de se dire au revoir, lance Orton.

Prudencia secoue la tête.

— T'es content de toi ?

— Prudencia, arrête, je dis.

Certains préfèrent mourir debout, mais moi je suis de la team « rester en vie ».

— Ton copain voulait connaître mon histoire, commence Orton. J'en avais marre d'être un souffre-douleur, alors je suis devenu un dieu.

— On n'est pas là pour ça, intervient James en tirant sur le bras d'Orton.

— Les célestes naissent gorgés de lumimagie, mais t'emparer d'un pouvoir qui ne t'est pas destiné témoigne d'une force bien supérieure. Des tas de minables meurent en essayant d'y parvenir. (Orton serre le poing.) Pas moi.

Orton n'arrête pas de la ramener sur sa prétendue supériorité, pourtant ça ne doit pas être sorcier d'avoir le dessus sur trois ados sans pouvoir. Une vague de terreur m'envahit alors et je supplie les autres passagers de nous aider, mais ils reculent. Seuls quelques-uns crient à Orton de nous laisser tranquilles, tandis que les autres sortent leur téléphone pour filmer la scène. Ils seraient sans doute prêts à tout si j'étais leur série préférée sur le point d'être annulée. Au lieu de ça, je m'apprête à devenir un gros titre auquel ils se contenteront de jeter un coup d'œil avant de passer à autre chose.

C'est fou, mais la panique qui m'étreint est encore plus forte que lorsque les exécuteurs nous tiraient dessus. Je n'étais qu'un figurant pendant ce combat de pouvoirs, un anonyme sans visage perdu dans la foule, qui devient au choix une victime ou un survivant avec une histoire à raconter. Cette fois, je suis une cible.

— Reculez, dit Brighton.

Orton approche son visage si près de celui de Brighton que leurs nez se touchent.

Je m'interpose alors, parce que personne n'a le droit de menacer mon frère de cette façon.

J'avais beau être nul en bio, je sais que ce n'est pas normal que mon cœur batte aussi vite et aussi fort.

— T'as gagné. Tu es un dieu. On la ferme.

Avec un sourire, Orton nous tend la main.

— Alors faisons la paix.

Autour de son avant-bras, je remarque deux cicatrices profondes et récentes, presque chirurgicales, et même plus régulières encore. J'ai beau ne pas être rassuré, je préfère ne pas le vexer, alors je m'avance pour lui serrer la main, mais Orton la retire.

— T'allais utiliser tes pouvoirs, dit-il.

Je secoue la tête.

— Quoi ? Non ! On n'a pas de pouvoirs, t'inquiète pas pour…

Je m'interromps, mais le mal est fait. Un sourire sinistre se dessine sur les lèvres du spectre, et je me rends compte que j'ai merdé. J'aurais dû mentir, parce qu'Orton n'en a rien à cirer de la vérité, tout ce qui lui importe, c'est qu'on ploie devant lui.

Orton m'attrape par le bras et me précipite vers les portes du wagon. Ma tête heurte la barre avec violence, et la douleur me fait penser que ça ne va pas être beau à voir. Je me retrouve face contre terre dans une flaque de café froid, un filet de salive s'échappe de ma bouche. Je prends une profonde inspiration et j'essaie de me relever, mais je suffoque. Tout se met à tourner autour de moi et des larmes s'échappent de mes yeux. Une main se pose sur mon épaule et je sursaute, persuadé que c'est Orton. Je suis soulagé de voir Prudencia, qui me demande si ça va.

Le chaos envahit le wagon.

Brighton se jette sur Orton, parce qu'on est tous les deux animés par la même volonté débile de se protéger mutuellement. Avec stupéfaction, je le vois passer à travers le corps du spectre comme si celui-ci n'était qu'une image projetée. Ça n'a pas de sens. Seuls certains célestes ont le pouvoir de traverser les matières solides, et les spectres n'ont encore jamais réussi à leur voler leurs dons.

Je me lève, le dos en compote. Je constate avec énervement que les autres passagers s'en contrefoutent – ils sont trop occupés à nous filmer en train de nous faire tabasser. Prudencia lève la main comme pour donner une claque dans le dos d'Orton, mais il lui envoie un coup de pied dans le ventre et elle s'écroule sur moi.

— Ça va ? je demande à mon tour.

Prudencia montre Brighton du doigt. Il se relève, le visage rouge, et frappe le spectre par-derrière. Orton se retourne d'un coup, agrippe Brighton à la gorge et l'entraîne avec lui. Il traverse la porte et s'apprête à jeter Brighton hors du train en marche.

— BRIGHTON !

Je suis saisi de frissons et j'ai soudainement chaud, comme si j'avais de la fièvre. J'ai mal aux dents, mon cœur bat la chamade, ma gorge me brûle, ma lèvre inférieure enfle. Une étrange sensation de chaleur se déploie dans ma poitrine, comme si on y versait de l'acide. Ma vision se trouble, j'ai l'impression d'évoluer dans un nuage de vapeur. Un grognement monte en moi et s'intensifie jusqu'à devenir un rugissement mélodieux. Et puis soudain, plus rien. Je n'ai aucune idée de la violence avec laquelle j'ai été frappé – peut-être que l'adrénaline m'empêche de ressentir la force du choc. Mais en voyant mon frère sur le point d'être précipité sur la voie par ce taré, je suis envahi par une violente terreur : si je ne suis pas assez rapide, la prochaine fois que je le verrai, il sera étendu mort sur les rails, méconnaissable. Jamais je n'ai eu aussi peur de ma vie.

Mon poing est en feu.

Les flammes qui s'en échappent sont grises et dorées, mouvantes et épaisses. Elles dégagent une chaleur brûlante, pourtant ma peau ne fond pas. Je n'en crois pas mes yeux, mais étrangement je vais bien. La lumière du feu attire l'attention des passagers qui se figent soudain. Même le spectre recule, en me dévisageant avec un effroi mêlé d'admiration.

Brighton, étouffé, respire bruyamment. Sa vie a beau être en danger, une expression de surprise se lit dans son regard. Reprenant ses esprits, il décoche un coup de coude dans l'estomac d'Orton et se libère de son étreinte. Des flammes se propagent le long du bras d'Orton, blanches comme celles des autres spectres qu'on a vus cette semaine – ils font sûrement partie du même gang –, puis il se jette sur moi. Je me mets en position de défense; je dois absolument tenir jusqu'à la prochaine station pour qu'on puisse s'enfuir et trouver de l'aide. Je suis maigrichon et je ne sais pas me battre, mais le désespoir me donne le courage de balancer mon poing en direction du spectre. Des flammes jaillissent de ma main, petites et rapides, et six fléchettes de feu viennent s'enfoncer dans l'épaule et l'estomac du spectre avec un bruit strident. Orton est propulsé en arrière, mais au lieu de s'écraser contre les portes, il passe à travers et tombe sur le quai qui vient d'apparaître tandis que le métro atteint la station.

Les passagers poussent des acclamations, et je reste pétrifié.

Je viens quand même pas de…

J'ai pas tué Orton, si ?

Sale type ou non, une vie est une vie. Ce n'est parce que j'ai des pouvoirs que ça m'autorise à tuer.

Mais comment ? D'où ils sortent, ces pouvoirs ?! Comment c'est possible ? Pourtant, il n'y a aucun doute.

Mon poing est une torche de flammes grises et dorées qui brûlent avec une splendeur déroutante. J'agite ma main et je souffle dessus comme si c'était une bougie. Les flammes perdent de leur intensité puis disparaissent.

Tout le monde va bien. Brighton et Prudencia me regardent fixement, on croirait qu'ils découvrent un inconnu tombé du ciel pour les sauver.

Je me sens survolté. Endolori comme si je m'étais fait piétiner par tout un gang de spectres, et non par un seul d'entre eux, et même si je ne vois pas le plaisir qu'on peut avoir à prendre une douche froide, je me sens prêt à plonger dans une de ces baignoires en acier remplies de glaçons. Brighton ressent sans doute la même chose.

Ma peau me brûle, comme la fois où j'ai attrapé à main nue une poêle chaude en préparant un petit déjeuner avec Brighton pour l'anniversaire de mariage de nos parents, il y a quelques années.

Les portes du wagon s'ouvrent. On descend sur le quai tandis que des passagers continuent à filmer. J'aimerais qu'ils arrêtent, car les exécuteurs se ficheront bien de savoir que c'était de la légitime défense. Si j'ai tué Orton, je ne pourrai jamais me le pardonner. De fines volutes de fumée s'échappent de la poitrine du jeune homme, qui se soulève et s'abaisse doucement.

Il est vivant.

Je suis tellement soulagé que j'ai envie de chialer. Mais mes nerfs sont de nouveau mis à l'épreuve quand je vois un exécuteur s'approcher, sa baguette métallique pointée vers mon torse.

— Tout le monde à terre.

Le regard de l'exécuteur oscille entre nous.

J'aimerais tellement lui expliquer que j'ignore totalement comment tout ça est arrivé, mais je tombe à genoux en même temps que Brighton, Prudencia et James.

— C'est lui qui nous a attaqués, déclare Prudencia.

L'exécuteur se penche au-dessus d'Orton. Mais tandis que l'homme est sur le point de s'emparer du gantelet à sa ceinture, les yeux d'Orton s'ouvrent, emplis d'ombre. Il se lève d'un bond, le poing embrasé par le feu du phénix, et frappe l'exécuteur en pleine mâchoire. L'homme est projeté dans les airs et retombe au sol avec fracas. Deux autres exécuteurs foncent vers nous, armés de leur baguette, ils lancent des éclairs en direction d'Orton.

Je me relève aussitôt et je m'enfuis à toutes jambes avec Prudencia, Brighton et James. Alors qu'on monte les marches quatre à quatre, un téléphone tombe de la poche de James. Malgré la panique, je reconnais le loup jaune sur la coque : j'ai vu le même dessin sur le téléphone du garçon qui filmait aussi la bataille le soir de l'apparition du Rêveur couronné.

James ramasse son portable et s'enfuit *illico*, comme s'il craignait pour sa vie. Je le poursuis dans l'escalier, déterminé à assembler les pièces du puzzle. Lorsqu'on arrive au niveau du portillon d'accès, James s'enfonce dans la foule en bousculant tout le monde sur son passage. Je garde les yeux rivés sur la sortie, mais il ne réapparaît pas. Il s'est volatilisé.

C'est nouveau. Personne n'a jamais eu aussi peur de moi auparavant. En même temps, c'est la première fois que mon poing prend feu.

— Je crois qu'il était là le soir de la fête de quartier, je dis en reprenant mon souffle.

Brighton secoue la tête. Il a les yeux rouges comme s'il était au bord des larmes. Je me tais avec un air gêné, parce que je n'ai jamais su quoi faire dans ces moments-là.

— T'as des pouvoirs.

— On dirait. Je sais pas. (J'emmène les autres vers la sortie du métro avant que les exécuteurs ou Orton puissent nous rattraper.) Il était moins une pour notre lignée.

— Joue pas à ça avec moi. On a vu tes yeux. Comment tu as pu me cacher ça ?

Je m'arrête au coin de la rue en attendant que le feu passe au vert et je me tourne vers mon frère.

— Qu'est-ce qu'ils avaient, mes yeux ?

Brighton me regarde fixement.

— Ils brûlaient comme ceux d'un spectre.

C'est impossible.

— Je ne sais pas ce que vous avez vu, mais je n'ai jamais touché à l'alchimie du sang.

— Tes yeux étaient sombres, m'accuse Brighton.

Prudencia pose sa main sur l'épaule de Brighton.

— Calme-toi. Les yeux de certains célestes brillent d'un éclat plus sombre que les autres. (Elle se tourne vers moi.) Tu n'avais jamais manifesté le moindre pouvoir avant aujourd'hui ?

— Vous croyez vraiment que j'aurais pu vous cacher un truc pareil ?

C'est à notre tour de traverser la rue. Je ne sais pas comment on va rentrer à la maison, peut-être en bus, mais il est hors de question qu'on reprenne le métro. J'avance à grands pas car je suis pressé d'arriver chez nous, de faire profil bas et de réfléchir à ce que signifie tout ça.

— Mais le feu, alors ? C'était du feu du phénix, pas vrai ? demande Brighton.

Je m'arrête au milieu de la rue.

Je suis tellement bouillant que j'ai l'impression que, cette fois, c'est tout mon corps qui va prendre feu. J'essaie de me rappeler un céleste qui produit des flammes similaires aux miennes, en vain. Seuls les spectres possèdent ce pouvoir. C'était le feu d'un phénix *astre gris*, j'en suis certain à présent. Comment ce sang de phénix s'est-il introduit en moi ? Ce mystère me ronge de l'intérieur comme un poison. Je suis pris d'une sensation de vertige, celui des jours où je ne mange pas assez, mais en dix fois pire. Je m'effondre en pleine rue, et mon frère et ma meilleure amie essaient de me rattraper au milieu des klaxons des voitures. Je perds connaissance, incapable de penser à autre chose qu'à la rapidité avec laquelle ces flammes dorées et grises vont réduire en cendres tout ce qu'il y a de bien dans ma vie.

HUIT
LE BUZZ

Brighton

Un jour, j'ai prétendu être capable de prédire l'avenir.

La veille de notre quatorzième anniversaire, Abuelita nous a raconté des histoires sur son pouvoir en nous mettant au lit, Emil et moi. Ses visions n'avaient rien d'extraordinaire, elles ne l'informaient du futur qu'avec une ou deux minutes d'avance. Elle savait quand il fallait accélérer le pas pour ne pas rater un train, ou bien quand le téléphone allait sonner. Mais de temps en temps, il lui arrivait d'avoir une vision digne de ce nom – comme le jour où elle a rencontré Abuelito dans le métro et a su qu'ils finiraient par se marier.

Au milieu de la nuit, j'ai réveillé Emil pour lui dire que j'avais eu une vision dans laquelle le propriétaire de notre épicerie de quartier préférée se faisait agresser. Emil a essayé de me convaincre que ce n'était qu'un rêve, mais je me suis enfoncé dans mon mensonge en affirmant que j'éprouvais une sensation différente, très réelle. Et que j'avais hérité ce pouvoir d'Abuelita.

On est sortis en douce par l'escalier de secours – Emil était plus aventurier à l'époque (d'autant que j'avais réussi à le convaincre que son pouvoir allait sûrement se manifester aussi si on faisait équipe pour sauver William). On est restés surveiller la boutique pendant un moment, et on a même persuadé William de fermer plus tôt. Mon bobard était réussi, Emil a vraiment cru que notre présence avait empêché un désastre. On est rentrés à la maison, et quand je me suis rendu compte qu'il était de plus en plus frustré que son pouvoir n'apparaisse pas, même s'il était super heureux pour moi, j'ai fini par me sentir coupable de le mener en bateau et je lui ai tout avoué. Emil m'a donné un gros coup sur le bras afin de me punir de l'avoir réveillé à trois heures du mat pour lui raconter une fausse vision d'un faux crime, mais ensuite il a choisi d'en rigoler et a dit que ça aurait été génial qu'on obtienne vraiment des pouvoirs le jour de notre anniversaire. Deux élus, ça aurait été encore mieux qu'un seul.

Je passe en avance rapide jusqu'à aujourd'hui ; je n'avais vraiment rien vu venir.

Ça ne peut pas être réel.

J'essaie de réveiller Emil dans la rue en le secouant, sans résultat. Son pouls bat toujours, mais entre son front bouillant, sa bosse sur le crâne et sa lèvre éclatée, je ne l'ai jamais vu dans un aussi sale état. Mon cœur bat encore plus fort que tout à l'heure quand on s'est battus dans le métro. Des conducteurs sortent de leur voiture et des piétons appellent les secours, mais on n'a pas le temps d'attendre une ambulance. Prudencia se dépêche de héler un taxi, et on installe Emil sur la banquette arrière.

— Hôpital Darden, le plus vite possible ! je crie au chauffeur, la tête de mon frère reposant sur mes genoux.

Le chauffeur a un moment d'hésitation avant de démarrer.

— Faites attention à ce qu'il ne mette pas de sang sur ma banquette.

— On devrait l'amener à la clinique des célestes, dit Prudencia d'une voix ferme en réprimant ses larmes.

Je suis encore en état de choc à l'idée que mon frère remplisse les conditions pour bénéficier des soins réservés aux lumimagiciens.

— Personne ne s'occupera d'Emil mieux que maman.

— Emil a perdu du sang, et c'est un sang spécial, il aura peut-être besoin d'un traitement spécial, Brighton. Il vaut mieux qu'il soit ranimé par des célestes qualifiés.

Je hoche la tête.

— Emmenez-nous au Centre Vega, à Concourse, demande Prudencia.

J'enfonce mes ongles dans le bras d'Emil. Je m'en fous si ça lui fait mal ; peut-être que ça le réveillera.

— Pourquoi est-ce qu'il ne m'en a pas parlé ?

— J'ai du mal à croire qu'Emil soit volontairement devenu un spectre, dit Prudencia. Je ne sais pas ce qui s'est passé. Peut-être qu'il a bu une potion sans le savoir. Emil aime trop les phénix pour leur voler leur essence.

Je sais qu'elle n'a pas tort, mais il y a un truc tellement bizarre dans tout ça. Je me rends compte avec étonnement qu'Emil me manque déjà, et que j'ai envie de raconter des conneries avec lui ; c'était tellement débile de croire que son absence ne me pèserait pas quand je partirais faire mes études. On se penchera sur cette histoire de sang de phénix plus tard. Pour l'instant, je suis complètement flippé par l'état de mon frère, et je suis déjà nostalgique des moments où on jouait à se poser des questions absurdes. Par exemple, qu'est-ce que je ferais si j'avais soudain deux bras supplémentaires, ou comment Emil s'occuperait s'il était enfermé dans une pièce vide pendant une semaine ? Les réponses n'intéressaient que nous ; je me mettrais au catch si j'avais quatre bras, et Emil s'entraînerait à faire la roue s'il n'avait pas d'autre occupation. C'est le genre de trucs dont on parle avec quelqu'un qu'on connaît depuis toujours. Emil n'a pas le droit de mourir maintenant, on a encore tellement de choses à se dire, même quand on sera des vieillards sur nos lits de mort.

Je laisse Prudencia appeler maman car je tremble trop pour le faire, je l'entends lui dire qu'elle nous retrouve à la clinique.

En arrivant au Centre Vega pour le soin des célestes, on traîne Emil dans le hall d'entrée jusqu'à ce que des infirmiers l'installent sur un brancard et l'emmènent dans une salle où on nous interdit d'entrer. Je n'essaie même pas de m'occuper l'esprit en lisant un magazine dans la salle d'attente. Ça n'a pas marché pendant les innombrables heures passées à attendre papa, et je sais que ça ne marchera pas non plus aujourd'hui. Je marche de long en large entre l'accueil et les toilettes, en sentant le regard de Prudencia posé sur moi. J'ignore pendant combien de temps j'arpente les couloirs, mais je finis par être tiré de mes sombres pensées en entendant ma mère crier mon nom.

— Où est-ce qu'il est? demande maman, la main sur son cœur.

— Les médecins s'occupent de lui.

En voyant nos têtes, maman nous attire tous les deux dans ses bras.

— Est-ce que ça va? Vous avez besoin de vous faire examiner aussi?

Maman passe ses doigts sur ma paupière gonflée.

— Qu'est-ce qui s'est passé?

— On rentrait à la maison quand… (Je m'interromps brusquement. Je ne parlerai pas des pouvoirs d'Emil, c'est à lui de décider s'il veut le faire.) Un spectre s'en est pris à nous dans le métro. On s'en est sortis, mais ensuite Emil s'est évanoui en pleine rue. On a décidé de l'emmener ici au cas où ce serait une réaction à l'attaque du spectre.

Maman fond en larmes.

— Comment il va? Quels pouvoirs avait ce spectre?

— C'était bizarre, répond Prudencia. Il était capable de passer à travers nous et à travers la porte comme un céleste, mais il possédait aussi le feu du phénix.

— Dans quel état est Emil? Il a été brûlé?

— Non, maman.

Elle prend une profonde inspiration en tremblant. On l'emmène vers la salle d'attente et Prudencia lui tient compagnie pendant que je reste près de la porte derrière laquelle se trouve mon frère.

J'ai recommencé à faire les cent pas, quand mon téléphone se met à sonner sans s'arrêter. Un flot de notifications sans fin défile sur mon écran, et je lis des commentaires tels que *Toi aussi t'as des pouvoirs ?* ou encore *Mets en ligne une interview de ton frère !* Je m'arrête enfin de marcher.

Je me suis fait tagger dans plusieurs vidéos, dont les miniatures sont toutes des photos recadrées d'Emil avec le feu du phénix. Je me dépêche de cliquer sur celle qui fait le buzz, même si j'ai déjà vu la scène de mes propres yeux. En regardant le moment où le feu gris et doré illumine soudain le poing de mon frère, je me concentre sur sa réaction : il a l'air aussi choqué que tout le monde.

Le nombre de vues de la vidéo n'arrête pas d'augmenter. Quelqu'un qui ne connaît pas Emil pourrait croire qu'il est super populaire sur Internet, alors qu'il ne poste quasiment jamais rien sur son compte Instagram et qu'aucun de ses posts n'atteint même les mille likes. Je jette un coup œil aux autres comptes d'Emil sur les réseaux sociaux. Le nombre de ses abonnés sur Twitter a explosé, passant des deux cents et quelques personnes intéressées par ses réflexions diverses sur les jeux vidéo, les livres documentaires et la défense des phénix, à six mille. Je ne peux qu'imaginer la réaction d'Emil quand il découvrira tout ça à son réveil. J'ai juste un rôle secondaire dans la vidéo, et pourtant ça me fait déjà tout drôle que des centaines de milliers de gens sachent désormais qui je suis. Après avoir regardé un Gif du poing enflammé d'Emil, je vais sur Instagram, où son nombre de followers a grimpé en flèche. Sous la dernière photo qu'il a publiée, tout le monde laisse des commentaires sans aucun lien avec sa critique de roman graphique.

Les gens lui demandent s'il fait cavalier seul ou s'il fait partie d'une bande.

Jamais Emil ne va réussir à garder tout ça pour lui.

J'ai beau savoir qu'il risque de mourir, je ne peux pas m'empêcher d'être hyper jaloux de ma superstar de frère.

NEUF

LES MARCHEURS DU CIEL

Maribelle

Je suis devenue la plus détestée des célestes encore en vie.

Je reste terrée dans ma chambre à Nova Grace, cette ancienne école primaire réservée aux célestes défavorisés, transformée en refuge pour les gens que nous secourons. Une grande partie de ceux qui résident ici éprouvent de la rancune envers moi, mais ils ne s'avisent pas de me le dire en face étant donné qu'on leur offre un abri. Tout le monde est convaincu que mes parents sont responsables du Blackout, et même lorsque j'aurai enfin réussi à prouver le contraire, la lignée des Lucero sera toujours considérée comme coupable du récent déferlement d'intolérance à l'égard des nombreux célestes, traités comme des terroristes.

Si le monde veut oublier que mes parents étaient des héros, je devrais peut-être arrêter de le sauver.

Je fais taire cette pensée.

Quand j'étais petite, je menaçais souvent mes parents de m'enfuir quand les choses ne se passaient pas comme je voulais. Maman m'avait fait promettre de ne jamais prendre de décision quand la rage habite mon cœur; si j'avais toujours envie de quitter l'endroit où on était installés provisoirement une fois que je me serais calmée, elle m'aiderait à faire mon sac, m'embrasserait sur le front et me ferait ses adieux.

Je prends plusieurs inspirations profondes pour revenir à la réalité. Je continuerai à protéger les célestes car c'est la meilleure façon pour moi d'honorer la mémoire de mes parents, même si j'ai souvent l'impression que ce que je fais ne sert à rien. Le monde semble déterminé à s'embraser lui-même, et notre mouvement ne sera jamais assez puissant pour l'en empêcher. Surtout pas avec notre cheffe actuelle. Peut-être qu'on réussira au moins à détruire Luna Marnette et ses Verseurs de sang, puisque les exécuteurs ne semblent pas vouloir s'en charger.

Les yeux rivés sur mon écran d'ordinateur, je visionne pour la millionième fois les images de la scène qui s'est produite à l'observatoire de la Nuit-des-Temps il y a neuf mois. L'unique caméra de sécurité de la salle était dirigée sur des élèves et professeurs visitant l'établissement dans le cadre d'une sortie scolaire. Ils sont tous rassemblés autour d'un énorme télescope en bronze, et je scrute leurs visages à la recherche d'une fille. Quand je vois des éclats de verre commencer à pleuvoir d'en haut, je me prépare à ce qui va suivre. Maman et Finola passent à travers le plafond, la main de ma mère enserrée autour du cou de la mère d'Iris. Entrant par la porte, papa et Konrad s'efforcent de séparer leurs épouses mais Finola réussit à se dégager grâce à sa force surhumaine et les envoie tous les trois valser dans les airs. Un instant plus tard, ils s'écrasent par terre près d'elle.

Je ne détourne pas les yeux quand Finola se lance à la poursuite de maman ; c'est inutile, ces images sont gravées dans ma mémoire au fer rouge. Maman plaque au sol le fils du sénateur Iron, Eduardo, puis sort de son gilet pare-pouvoirs deux grenades-gemmes rubis. Elle en envoie une dans le coin le plus éloigné de la salle, et papa prend son envol pour la récupérer. Maman lance l'autre grenade au-dessus de la tête de Finola, et Finola et Konrad se précipitent pour essayer de l'attraper au vol.

Sans succès.

C'est le début de la fin. Des lumières rouge électrique se propagent dans toute la salle telles des vagues déchaînées qui se rejoignent au centre. Quelque chose percute violemment le télescope, et quelques instants plus tard, l'observatoire n'est plus qu'un amas de verre, de sang, de fumée et de flammes.

Au milieu de ce chaos, seule une fille se tient encore debout, émergeant de la fumée : de stature menue, elle a de grands yeux et la peau claire. Malgré la dévastation autour d'elle, elle affiche une sérénité étrange. Puis elle tourne le dos à la caméra et disparaît dans la fumée, se volatilisant comme un mirage. Sauf que je sais qu'elle est réelle. Il existe même des forums sur Internet dédiés à la recherche de son identité. Est-elle responsable de cette destruction ? S'agissait-il d'une élève protégée par son pouvoir ? Détient-elle des informations sur ce qui s'est réellement passé ? J'ai besoin de réponses.

J'aurais pu empêcher tout ça si j'avais accordé plus d'importance à ce rêve, dans lequel je faisais mes adieux à maman et papa sous les étoiles. J'étais habituée à ce que mes parents partent combattre pour la bonne cause, mais ce matin-là, alors qu'ils s'apprêtaient à aller mener une enquête à proximité de l'observatoire, j'avais la tête qui tournait et je me sentais troublée et nerveuse. J'ai failli leur demander de ne pas y aller, mais je me suis ravisée. C'est la dernière fois que j'ignore mon intuition.

Trois coups rapides sont frappés à ma porte, et Atlas apparaît.

— T'es présentable ? Je suis avec Wesley.

— Ça va.

Deux mots qui correspondent à la réalité et qui en même temps ne pourraient pas en être plus éloignés.

Atlas s'approche de moi et m'embrasse sur le sommet du crâne tandis que Wesley entre dans la pièce. Ils empestent tous les deux et auraient bien besoin d'une douche. Atlas n'améliore pas son cas en retirant négligemment ses baskets, mais curieusement, l'odeur de ses chaussettes trempées de sueur m'apporte un certain réconfort. Elle me rappelle l'époque de nos séances d'entraînement après le Blackout. Je réussissais à donner l'impression que tout allait bien et à rester concentrée pendant plusieurs heures, mais je finissais par craquer en pensant à tous les chamboulements dans ma vie. Je balançais du matériel, parce que j'étais désormais orpheline. Je donnais des coups de poing dans les murs, parce qu'Iris et moi n'étions plus meilleures amies. Je hurlais de toutes mes forces, jusqu'à ce qu'Atlas réussisse à me calmer et me mette au lit. On enlevait alors nos bottes, et je me laissais aller dans ses bras.

Je n'arrive plus à dormir sans ses bras autour de moi.

— Comment ça s'est passé ? je demande en relisant mes notes.

— On a découvert que le travail manuel n'était pas notre truc, répond Atlas.

— Parle pour toi, dit Wesley en s'installant sur le pouf qu'Atlas s'est approprié quand on s'est tous installés à Nova. Tu m'as ralenti.

— Tu cours dix fois plus vite que n'importe qui, proteste Atlas.

— C'est pas ma faute si tu es né avec le mauvais pouvoir, réplique Wesley.

Atlas et Wesley se servent de leurs périodes de repos pour mener ce qu'ils appellent des « quêtes secondaires », afin de rapporter de l'argent. On a un peu de trésorerie grâce aux dons sur Internet, mais dans ce monde post-Blackout, les gens ne sont plus aussi gentils et reconnaissants qu'avant. On a besoin de sous pour payer les illusionnistes qui nous permettent de nous camoufler et de rester en sécurité, pour acheter de la nourriture, des lits et des vêtements pour ceux que nous secourons, et pour des tonnes d'autres dépenses auxquelles aucun d'entre nous n'était préparé lorsqu'on est soudain devenus les nouveaux visages de notre mouvement.

— Je pensais qu'on faisait une pause avec la « fille mystère », remarque Atlas.

— C'est la seule survivante.

Atlas s'accroupit à côté de moi et plonge ses yeux aussi gris que des nuages de pluie dans les miens. J'ai du mal à soutenir son regard.

— Est-ce que tu as mangé quelque chose, Mari ?

Après la mort de mes parents, je suis devenue tellement maigre que je ne me reconnaissais plus dans le miroir. J'ignorais mon estomac qui hurlait famine parce que se nourrir revenait à vivre, et que je ne savais pas comment y arriver dans un monde qui détestait mes parents et regrettait que je ne sois pas morte avec eux. Atlas admirait mes parents, surtout maman, pour les avoir aidés, Wesley et lui. Il prenait toujours soin de moi, même quand je lui disais des choses ignobles pour le faire fuir. Un soir, je me suis retrouvée à frapper à sa porte parce que je n'en pouvais plus de pleurer toute seule. Il m'a fait regarder ses comédies romantiques préférées pour me distraire, et, petit à petit, je me suis mise à manger tout ce qu'il m'apportait. Grâce aux attentions d'Atlas, l'idée d'être en vie a cessé de me sembler si désolante. J'ai même appris à prendre à nouveau soin de moi.

Neuf mois plus tard, il m'arrive encore de déraper.

— Je mangerai tout à l'heure, je réponds.

— Si je vais t'acheter des bananes frites et un gâteau plein de crème, tu veux bien qu'on se détende ce soir et qu'on mate un film ?

Je hoche la tête, en faisant tourner une mèche de ses cheveux blonds autour de mon doigt.

— Ça te tente, Wesley ? demande Atlas.

Wesley porte la main à son cœur et rejette la tête en arrière en poussant un soupir théâtral.

— Vous m'aimez assez pour accepter que je m'incruste à votre soirée en amoureux ? Je suis flatté. Mais ça fait deux semaines que je n'ai pas réussi à voir mes femmes. Je devrais peut-être laisser Ruth souffler un peu et mettre Esther au lit.

— Bonne idée, j'approuve.

Ruth est cachée dans un autre refuge à Philadelphie avec leur fille de trois mois. Bien qu'un pouvoir de clonage soit très utile à quelqu'un qui élève seule sa fille tout en prenant soin des autres, le quotidien de Ruth serait sûrement plus simple si Wesley était toujours auprès d'elle.

Mais pour pouvoir vivre en sécurité, il nous faut d'abord prouver au monde que les Marcheurs du Ciel sont des héros et que les célestes sont aussi des êtres humains. Que nous sommes davantage que des outils à qui on demande – ou qu'on force, comme en prison – de charger les baguettes, les grenades-gemmes et les chaînes qu'ils utilisent contre nous.

Après le départ de Wesley, Atlas dépose un baiser sur ma main.

— Je reviens dans une demi-heure.

Parfois, j'aimerais qu'on n'ait jamais besoin de quitter cette chambre. Depuis la faillite et la fermeture de l'école Nova Grace au mois de mai, j'ai eu du mal à me sentir bien ici en sachant pertinemment qu'on devrait tôt ou tard déménager de nouveau, lorsque notre planque serait découverte – ce qui arrivera inévitablement. J'ai même hésité à défaire mes bagages. Mais en rentrant à Nova un soir, j'ai trouvé les murs décorés de guirlandes lumineuses, et mes affaires préférées réparties dans la chambre : les jumelles de papa suspendues près de la fenêtre ; les lunettes de lecture de maman posées sur le livre de contes de fées colombiens qu'elle me lisait quand j'étais jeune – enfin, plus jeune – et la bouteille de vin céleste qu'Atlas m'a offerte il y a deux mois pour mes dix-huit ans, et que je réserve pour le jour où j'innocenterai mes parents. Il a transformé cette salle d'histoire en un lieu où on se sent chez nous, et je prie les étoiles pour que les exécuteurs ne nous trouvent jamais, parce qu'il nous sera impossible d'emporter tout ça.

— Reviens vite.

Alors qu'Atlas s'apprête à sortir, la porte s'ouvre et Iris entre dans notre chambre sans y avoir été invitée. Je me crispe aussitôt. Les choses ont bien changé depuis l'époque où on partageait tout toutes les deux : nos fringues, nos jouets, notre lit, nos secrets. Je ne me permets pas de faire irruption dans sa chambre, et elle n'a aucun droit d'entrer comme ça dans la mienne.

— Excuse-toi, je lui lance.

— Commence pas, répond Iris. On a un innocent à sauver. Où est Wesley ?

— Il vient de partir, intervient Atlas.

— On a besoin de tout le monde sur le pont.

Malgré sa petite taille, Iris parvient à dégager une impression de puissance et de domination.

— Pourquoi ? C'est qui, ce céleste ?

— C'est un spectre, répond Iris.

C'est la première fois que je rigole depuis des semaines. Ça fait du bien.

Iris me lance un regard noir.

— Je suis sérieuse, Maribelle. Ça fait un moment que j'essaie de localiser d'autres spectres qui possèdent le feu blanc du phénix, comme ceux qu'on a vus depuis le retour du Rêveur couronné. Internet s'excite autour d'une vidéo dans laquelle on voit l'un d'entre eux en attaquer, sauf que celui-ci semblait surpris de ce qui lui arrivait. Je ne pense pas que ce soit un des gars de Luna, et je parie qu'elle va envoyer des Verseurs de sang pour le traquer.

— Attends. On part en mission de sauvetage, ou on essaie de faire tomber le gang ?

— On fait d'une pierre deux coups.

Je n'ai jamais rencontré quelqu'un qui soit devenu un spectre pour de bonnes raisons, et je n'aime pas l'idée qu'on risque notre peau pour un type qui est probablement aussi avide de pouvoir que tous les autres. On se prépare rapidement, en espérant que le spectre ne nous fera pas un sale coup et qu'on rentrera vivants de cette opération. Mais juste au cas où, Iris embrasse sa petite amie Eva sur le seuil.

On est mieux placées que quiconque pour savoir que les êtres chers ne rentrent pas toujours à la maison.

DIX

L'ÉNIGME

Emil

Tout mon corps est endolori, comme si j'avais fait une chute de plusieurs mètres.

Je me réveille en gémissant dans une chambre d'hôpital. Brighton se lève d'un bond et me regarde avec des yeux encore plus rouges que lorsqu'il passe une nuit blanche à monter ses vidéos.

— Tout va bien, dit-il. Reste allongé.

Les lumières éblouissantes du plafond me font mal aux yeux. Pour me calmer, j'inspire profondément en essayant de penser à des choses qui me rendent heureux. Ma visite de la Véranda pour mon treizième anniversaire me vient aussitôt à l'esprit, mais le bonheur lié à ce souvenir s'estompe tout aussi rapidement. Comment ce garçon qui s'est fait prendre en photo devant des magnifiques répliques de phénix s'est-il retrouvé avec leur sang en lui ?

— Je n'arrive pas à comprendre. J'ai rien fait. Jamais je ferais ça.

— On réfléchira à ça plus tard, répond Brighton. Pour le moment, il faut qu'on s'occupe de maman. Elle a pété un câble quand elle t'a vu dans ce lit, et Prudencia l'a emmenée à la cafétéria pour l'aider à reprendre ses esprits.

— Est-ce qu'elle sait ? Pour moi ?

— Je lui ai dit qu'on s'était fait attaquer par un spectre. Elle ne sait rien de tes pouvoirs, mais il va être difficile de garder ça secret.

Il me tend son téléphone. Une vidéo de la bagarre dans le métro a été vue des milliers de fois. Ça fait tout drôle d'être spectateur du moment où ces flammes dorées et grises sont apparues pour la première fois. J'arrive même à distinguer la silhouette vacillante d'un phénix dans le feu.

— Ils m'appellent « Aile-de-feu », je dis en lisant les premiers commentaires. Je ne suis pas un super-héros de bande dessinée.

— Ouais, et puis il y a mieux comme nom, renchérit Brighton.

— Je sais vraiment pas comment j'ai réussi à nous sortir de là. Je n'essayais même pas de lancer ces fléchettes de feu sur lui.

— J'en sais rien non plus, en tout cas tu as super bien joué au héros.

J'ai du mal à accepter une telle reconnaissance.

— J'ai fait ce qu'il fallait pour éviter qu'un de vous deux soit tué ; ça ne fait pas de moi un héros. C'est du bon sens.

— Des tas de gens ont l'air d'avoir un autre avis.

— Qui, par exemple ?

Brighton me tend mon portable.

— Tous tes nouveaux abonnés.

Je vais sur Instagram. Je n'ai jamais vu un tel déluge de notifications. J'actualise le fil deux ou trois fois, et mon nombre d'abonnés continue à grimper en flèche. Peut-être que je pourrais utiliser cette nouvelle célébrité pour sensibiliser les gens à la protection des créatures. Sauf que tout le monde me traiterait d'hypocrite puisque j'ai du sang de phénix en moi. Sans savoir comment c'est arrivé.

J'ai un appel en absence de Nicholas, ainsi qu'un long texto dans lequel il me dit qu'il est là pour moi, si j'ai besoin de parler avec quelqu'un qui comprend ma situation un peu mieux que les autres. La sollicitude de Nicholas est pour moi une lumière dans les ténèbres. Il se préoccupe vraiment de moi, pas comme tous mes anciens camarades de lycée qui veulent soudain me voir. Ça alors, comme c'est curieux. Ils ont subitement retrouvé mon numéro de téléphone, alors qu'aucun d'eux ne semblait l'avoir le jour de mon anniversaire. J'ai deux messages vocaux du musée. Un de Kirk, qui me demande de le rappeler, sans doute pour me maudire d'avoir volé du sang de phénix, et un autre de Sergei, qui a peur que son boulot à la boutique de souvenirs devienne infernal à cause de ma nouvelle popularité. Comme si j'allais retourner bosser cette semaine. Ou un jour.

— Tu crois que cette histoire va finir par être oubliée ?

— Franchement? demande Brighton en secouant la tête. J'ai vu des tas de vidéos de gens qui découvrent leurs pouvoirs, mais personne n'a jamais suscité un tel engouement. Du feu de phénix comme le tien?

Pour qu'ils passent à autre chose, il faudrait quelqu'un avec le pouvoir de ranimer les morts.

Super.

— On devrait en parler à maman avant qu'elle l'apprenne par quelqu'un d'autre.

— T'es sûr que t'es prêt ?

— Non, mais je préfère que ça vienne de moi.

— Je resterai avec toi quand tu lui diras, promet Brighton.

Quand j'étais petit (et que j'ignorais encore la cruauté du monde), je m'imaginais toujours épouser un prince, tandis que Brighton rêvait d'une princesse qui s'assiérait sur le trône à côté de lui. On ne s'est jamais posé trop de questions là-dessus, et nos parents non plus. Ça faisait tellement longtemps que je parlais de princes charmants que je n'ai jamais eu besoin de faire mon coming-out à ma famille, mais en grandissant, quand j'ai découvert le mot qui correspondait à ma conception de l'amour – vivent les *gay* –, ça a été génial de l'annoncer à des nouvelles personnes dans ma vie, et surtout de voir à quel point j'étais à l'aise avec ce mot. Il me semble aussi normal d'être gay que d'avoir les yeux noisette ou les cheveux toujours en bataille. J'ai compris plus tard qu'une telle acceptation, sans a priori, était un miracle.

En revanche, le mot *spectre* me met mal à l'aise, et je ne sais pas comment je vais trouver le courage de dire à maman que j'en suis un. Ça me terrifie. Est-ce qu'elle acceptera de me parler de nouveau un jour ? Va-t-elle me mettre à la porte ? Je ne pourrai pas loger chez Prudencia, puisque sa tante ne veut pas entendre parler de lumimagie. Peut-être que je m'installerai à Los Angeles avec

Brighton et que je dormirai sur un matelas gonflable dans son dortoir. Rien que l'idée de laisser maman toute seule me fend le cœur. J'espère qu'elle continuera à m'aimer.

Maman et Prudencia sont de retour, et je sens ma poitrine se serrer quand elles me serrent dans leurs bras.

Maman me caresse les cheveux.

— Comment tu te sens, mon Emilio ?

Je suis en panique et perdu. Mais je lui dis juste que j'ai des courbatures, tout en effleurant la bosse sur mon crâne.

— La police va retrouver les monstres qui t'ont fait ça, dit maman, et même si sa voix se veut rassurante, je lis le désespoir dans son regard. Je vais l'appeler maintenant.

— Non ! je m'écrie.

Si le policier qui est envoyé ici a une dent contre les spectres, je ne serai plus traité comme une victime mais comme une arme vivante. La police risque même de faire appel à des exécuteurs.

— J'ai juste envie de mettre tout ça derrière moi.

— Tu n'as pas à avoir honte, dit maman. Tu as tout intérêt à parler à la police si tu veux que ton agresseur soit mis sous les verrous.

Je n'ai aucunement l'intention de laisser Orton vagabonder en liberté, mais j'aurais quand même besoin de souffler un peu avant que tout le monde soit au courant. Soudain, un sentiment de culpabilité me saisit brutalement à la gorge et me donne envie de tout lui déballer.

— Je comprends, je…

— Laisse-le respirer, maman, l'interrompt Brighton. Tu ne peux pas le forcer à en parler à la police s'il ne se sent pas prêt.

— Ça va, j'interviens. (Je lève les yeux vers Brighton.) Les exécuteurs vont le découvrir de toute façon.

— Quels exécuteurs ? demande maman.

Avec l'aide de Prudencia, je me redresse sur mon lit.

— Au parc, on a rencontré un dealer qui vendait une nouvelle drogue, et la situation a dérapé. Il nous a suivis dans le métro avec un autre type, et il nous a attaqués avec ses pouvoirs. Et je… je nous ai défendus avec les miens.

C'est tellement le bazar dans ma tête. Ces pouvoirs sont tellement mystérieux et terrifiants que je ne sais pas comment je vais réussir à m'y faire.

Maman marche vers la chaise en prenant appui sur le mur, mais ses genoux se dérobent sous elle. Je repousse aussitôt ma couverture et je me précipite à ses côtés.

— Ça va, maman ? je dis en prenant sa main dans la mienne.

Elle a les larmes aux yeux.

— Et toi, est-ce que ça va ?

Je n'en ai pas l'impression, ni physiquement ni moralement.

— Emil nous a sauvé la vie, souffle Prudencia. C'est un héros.

La voix de maman se brise :

— Tu aurais pu me dire que tu avais des pouvoirs.

— Je l'ai découvert aujourd'hui. Le dealer a voulu jeter Brighton sur la voie ferrée. J'ai paniqué et j'ai eu très chaud, et soudain mon poing s'est enflammé.

Maman me prend la main pour l'examiner, mais elle est intacte.

— Personne n'a jamais eu le pouvoir de lancer du feu dans notre lignée.

On garde tous le silence. Brighton me dévisage comme si j'étais un étranger qui ferait bien de cracher le morceau.

— S'il te plaît, crois-moi, maman, mais... Je crois que c'est du feu de phénix. J'ai rien fait pour ça...

— Personne ne se réveille un beau jour avec du sang de phénix, Emil !

C'est la deuxième fois cette semaine que maman me crie dessus, mais aujourd'hui sa fureur et sa déception sont encore plus fortes. Une fois de plus, j'ai l'impression de redevenir un petit garçon.

— Tu sais très bien ce que ton père a enduré, ce que d'autres patients ont subi, et malgré ça tu touches à l'alchimie du sang ? éclate-t-elle avant de se tourner vers Brighton. Je suppose que tu as des pouvoirs, toi aussi, hein ?

— Non, répond Brighton. Et Emil n'a rien fait de mal. Si tu regardes la vidéo...

— Quelle vidéo ?!

— Quelqu'un a filmé la bagarre, explique Brighton. Regarde-la, tu verras qu'Emil est le premier surpris.

Il lance la vidéo, et je me force à regarder ma mère. Une expression d'horreur et de déchirement se peint sur son visage quand elle nous voit nous faire frapper par Orton, et je me sens coupable d'une bagarre que je n'ai pas déclenchée. J'entends les flammes qui jaillissent, puis le silence qui règne dans la rame. Et du coin de l'œil, je vois maman qui continue à trembler longtemps après la fin de la vidéo.

— Je suis tellement désolée, mon Emilio, je suis désolée de ne pas t'avoir cru, dit maman. Mais je ne sais pas comment te protéger. Qu'est-ce qu'on va faire si cet homme te traque pour se venger ? Et si les exécuteurs font irruption chez nous ? Je ne peux pas te perdre aussi…

Je comptais sur ma mère pour me rassurer, pour me dire que tout irait bien, même si c'est une promesse creuse, mais elle s'avoue déjà vaincue. Ma panique continue à croître, me hurlant de faire la seule chose qui me semble acceptable.

— J'ai besoin d'être seul une seconde.

— Je viens avec toi, dit Brighton. Seul ensemble.

Ça faisait longtemps qu'on n'avait pas plaisanté sur le fait d'être seul ensemble. Que ce soit dans notre chambre ou en prenant le métro, on pouvait toujours se mettre en mode « seul ». Et personne ne dérange quelqu'un qui est en mode « seul ». Mais cette fois, c'est différent.

— Seul tout seul. Désolé, j'ai besoin de réfléchir à tout ça.

— Je suis là si t'as besoin de moi, dit Brighton.

— Moi aussi, ajoute Prudencia.

Je sors de la chambre et je cours vers la sortie la plus proche. Je pensais que j'étais à l'hôpital où travaille maman, mais je vois plusieurs médecins vêtus d'une cape bleu nuit mouchetée d'étoiles. Je n'en reviens pas d'avoir été soigné à la clinique des célestes, mais je me dépêche de sortir du bâtiment. Avec mes longues jambes et le rythme trépidant de New York, j'ai toujours marché très vite. Ignorant ma douleur, je ne m'arrête qu'après m'être éloigné de quelques pâtés de maisons.

Je vais rentrer à l'appartement, préparer une valise et échafauder un plan d'action. Je prie pour qu'un refuge pour célestes accepte de m'accueillir, même si je suis un spectre. Il faut bien que quelqu'un aide le célèbre Aile-de-feu le jour où sa vie a basculé, pas vrai ?

ONZE

LES VERSEURS DE SANG

Ness

Pendant toute ma vie, j'ai joué un rôle. Mais manque de bol : avec le boulot que j'exerce aujourd'hui, je n'aurai jamais le public dont je rêvais autrefois.

Ce soir, se déplacer dans Times Square est plus infernal que jamais. Des touristes font la queue tout autour du pâté de maisons pour assister à un spectacle sur un célèbre navire corsaire. Je me souviens que des fiches de casting avaient circulé quand j'étais en seconde, mais je n'avais pas pris la peine de passer une audition parce que j'étais convaincu que le spectacle ne sortirait jamais du petit théâtre qui l'accueillait. Sûrement à cause de mon arrogance héréditaire. Et dire que mon visage aurait pu s'illuminer sur les enseignes de Broadway. Je m'étais toujours imaginé que ma carrière d'acteur serait jalonnée de rôles dans des blockbusters d'action, de films indépendants multirécompensés et de comédies musicales ultra populaires sur Tumblr. Au lieu de ça, je change d'apparence selon le bon vouloir des Verseurs de sang.

La vie est ironique.

Alors que je rentre à la base, j'aperçois le reflet de mon déguisement dans une vitrine. Plutôt jolie, j'ai des cheveux blond foncé et, surtout, la peau pâle qui permet de passer inaperçu dans les moments un peu chauds. L'imitation n'est pas parfaite, mais elle n'a pas besoin de l'être. Je peux faire illusion avec un nez un peu différent, des cils plus courts, ou des yeux noisette au lieu de marron. Le plus important est de reproduire avec soin les principaux détails qui caractérisent la personne qu'on veut imiter : les pattes-d'oie, les ongles rongés, la tache de naissance sur le cou, tout doit être là pour que les proches ne puissent jamais se douter que je suis un imposteur. Ce soir, je n'ai pas eu besoin de me transformer en profondeur; je me suis contenté de prendre l'apparence de quelqu'un qui se frayait un chemin dans la station de métro au moment où j'en sortais. J'ai dû me grouiller de fuir les exécuteurs quand Orton a enfreint la règle.

S'il est encore en vie, Luna va lui faire la peau.

Peut-être à moi aussi.

J'ai beau avoir connu mon lot de logements luxueux, je n'ai jamais rien vu de pareil que la Tour Light Sky, où je vis actuellement avec les autres Verseurs de sang au sud de Manhattan. Le gratte-ciel le plus haut de la ville est hautement sécurisé, mais quelle que soit mon apparence, les agents de sécurité ont pour ordre de me laisser passer par l'entrée de service tant que je leur donne le mot de passe.

— L'esprit souffle, je dis.

L'agent m'examine en plissant les yeux, comme si ça allait lui permettre de percer à jour mon déguisement, puis il me laisse accéder à l'ascenseur qui m'emmène à toute vitesse jusqu'au cent dixième étage.

Le penthouse est l'unique endroit de ce gratte-ciel où je suis autorisé à reprendre mon apparence. Seuls les membres du gang connaissent ma véritable identité ; le reste du monde ne doit surtout pas la découvrir. C'est à la fois une bénédiction et une malédiction : une bénédiction si je ne suis jamais retrouvé par les gens que je fuis, une malédiction car personne ne saura jamais qui je suis vraiment. Même si je ne le sais plus très bien moi-même ces derniers temps.

Luna a volé le sang d'un métamorphe pour me donner ses pouvoirs; j'aimerais me transformer aussi facilement que lui, mais malheureusement ça me pèse encore beaucoup de prendre l'apparence de quelqu'un d'autre. C'est encore plus dur que de se retenir de pisser quand on a la vessie pleine. Je me sens plus léger en redevenant moi-même. Je retrouve ma peau naturellement mate, mes cheveux bruns, courts sur les côtés et bouclés sur le dessus, et mes yeux ambre, que je tiens de ma mère; même si elle me manque, je suis soulagé qu'elle ne soit plus là pour voir ce que je suis devenu.

Bénédiction. Malédiction.

Je traverse le séjour désert. Dione est absente depuis plusieurs jours : elle cherche à obtenir des informations sur le transport de l'hydre. Quant à Stanton, j'ignore ce qu'il fait ce soir. Je me dirige vers le balcon en m'attendant à y trouver Luna contemplant le Rêveur couronné grâce à l'immense télescope, mais il n'y a que June et cet horrible alchimiste, Anklin, qui dégage une odeur de cadavre en décomposition avancée. On m'a appris à me tenir droit en présence de gens à qui je dois le respect, mais je relâche mes épaules parce que je ne bougerais pas le petit doigt si Anklin ou June basculait par-dessus la rambarde. Luna a beau affirmer que June est un miracle, je suis plutôt d'avis qu'elle représente la fin du monde tel qu'on le connaît. J'ai encore du mal à décider si c'est une bonne chose ou pas.

— La soirée était bonne ? me demande Anklin, tout en examinant June.

— Pas vraiment, je réponds. Qu'en penses-tu, June ?

Elle se tient aussi immobile qu'un mannequin. June ne répond pas, évidemment. Elle ne parle jamais, et Luna est sans doute la seule personne qui a déjà entendu le son de sa voix. Elle est petite, comme la première fille que j'ai embrassée, et a le même regard vide que le premier garçon pour lequel j'ai admis avoir des sentiments. Il fait frais ce soir, surtout à cette hauteur, mais malgré la chair de poule qui pointe sur ses bras blancs, June ne frissonne pas. Aucun des Verseurs de sang n'est naturel, mais June est la plus étrange de tous. C'est peut-être elle qui sera chargée d'éliminer le sénateur avant le mois de novembre.

— Ness, appelle une voix grave derrière moi, avec un léger chuintement.

Stanton se déplace aussi furtivement que le basilic qu'il a personnellement traqué pour lui voler son sang. Plus furtivement encore sans doute, puisqu'il l'a vaincu. Avant de devenir cet homme aux cheveux blonds huileux, doté d'yeux brillants cerclés de jaune et fendus comme ceux d'un serpent où flamboient des éclipses, et à la peau blanche parcourue de veines vert foncé luisant comme du venin, il a persuadé nombre de gens de le suivre jusque chez lui en usant de son charme avant de les tuer. C'est un peu plus difficile désormais.

— Quoi de neuf? je demande.

Compte tenu de ses muscles, de ses pouvoirs et de son passé, j'essaie de rester dans ses bonnes grâces

— Luna veut te voir dans ses appartements, dit Stanton.

Je me dépêche, parce que Luna n'est pas quelqu'un qu'on fait attendre.

La pièce est plongée dans la pénombre, et le visage de Luna est éclairé par la tablette qu'elle tient dans ses mains : je distingue ses yeux verts fatigués, sa peau aussi blanche que la lune et sillonnée de rides, et ses longs cheveux argentés.

— Je suis en train de créer une vie nouvelle dont nous pourrions tous bénéficier, mais à condition que je survive, annonce-t-elle. Est-ce que tu comprends?

— Oui, ma reine.

Un jour, j'espère bien être capable de me servir moi-même plutôt que de servir les autres.

— Je veux le garçon du métro.

Je me raidis. Est-ce qu'elle m'a fait suivre? C'est moi qui suis chargé de suivre ses cibles.

— Tu sais que tu étais filmé, n'est-ce pas?

Luna me jette sa tablette, sur laquelle elle était en train de regarder la vidéo de la bagarre avec Orton.

— Je suis désolé, je...

— Ça m'est égal qu'il y ait des yeux sur toi, tant que tu en es conscient. Si ton identité venait à être révélée, ce serait une grande perte…

Luna tousse violemment et s'essuie la lèvre avec un mouchoir en soie.

— Personne ne saura jamais qui je suis, je dis.

Il est complexe de faire fusionner du sang de métamorphe et du sang humain, et Luna s'est donné beaucoup de mal pour s'assurer que je ne perde pas le sens des réalités avec mes pouvoirs – ou que j'y succombe. Cependant, si je veux dépasser l'espérance de vie moyenne d'un Verseur de sang, j'ai des progrès à faire.

Mon travail est de ne jamais être vu plus d'une fois sous l'apparence d'une personne, et ça m'inquiète d'être tombé deux fois sur le même inconnu dans cette ville gigantesque. Mais tout ce qui compte maintenant, c'est de le retrouver et de le livrer à Luna pour sauver ma peau.

DOUZE

AILE-DE-FEU

Emil

Ça fait dix minutes que je suis parti, et tout le monde essaie de m'appeler. Je ne réponds pas, et j'accélère le pas pour arriver avant que maman, Prudencia et Brighton comprennent ce que j'ai en tête. Je les contacterai plus tard, une fois que je serai dans un endroit sûr. Je tourne au coin de la rue où se trouve notre immeuble, et alors que je monte en courant l'escalier qui mène à notre appartement, j'entre en collision avec ma voisine de quinze ans. Elle lâche le sac-poubelle qu'elle tenait à la main et m'engueule :

— Fais attention, espèce de….

Elle écarquille les yeux.

— Désolé, je dis en ramassant son sac-poubelle.

— Salut. (C'est une première.) Il faut absolument que je prenne une photo avec toi !

— Je dois y aller, désolé.

Ils pensent tous que ma vie est devenue tellement cool. Ce n'est pas eux qui doivent la vivre.

Je me raidis en pénétrant dans l'appartement. Dans les films, lorsqu'une personne rentre chez elle après avoir découvert qu'elle était spéciale, elle retrouve des meubles renversés, des papiers éparpillés et des éclats de verre. Heureusement, tout est en ordre. Je suis le seul élément qui ne se sente pas à sa place. Je prends un sac en toile, et, résistant à l'envie d'emporter des souvenirs, je ne prends que des vêtements. Après avoir jeté un dernier regard à la chambre où j'ai grandi, en me demandant si je me sentirai chez moi ailleurs un jour, je m'apprête à sortir, refoulant mes larmes, sans me laisser le temps de changer d'avis – et de mettre tout le monde en danger.

La porte s'ouvre et je me fige, m'attendant au pire. C'est Brighton qui entre, tout essoufflé, et verrouille la porte derrière lui.

— T'as couru, fait-il remarquer en posant son sac à dos.

— Tu as laissé maman et Prudencia ?

— Oui, pour louer un scooter hyper dangereux et partir à ta poursuite. Où est-ce que tu t'en vas comme ça ?

— Il faut que je me tire vite d'ici, des exécuteurs risquent de passer. Je ne sais pas ce qui m'arrive, mais je sais que c'est à moi de résoudre le mystère de ce feu de phénix. Je ne peux pas prendre le risque qu'on vous fasse du mal à cause de moi.

Brighton secoue la tête.

— Désolé, mais je viens avec toi. Où que t'ailles. C'est nous contre le reste du monde. Les Reys de Lumière.

— Il faut que tu protèges maman, je dis. Elle n'aura plus que toi.

Quelqu'un frappe à la porte.

— Ça doit être la voisine, je dis.

— Reste là.

Brighton regarde à travers le judas.

Je ne bouge pas, alors que c'est moi qui ai le pouvoir de lancer du feu. L'angoisse me paralyse brutalement à la pensée que des exécuteurs m'attendent peut-être dans le couloir pour m'accuser d'avoir vandalisé des biens publics et mis en danger des passagers pendant la bagarre.

— J'y crois pas, dit Brighton.

Mon cœur s'emballe. Je suis à deux doigts de courir vers l'escalier de secours, quand je vois Brighton sourire.

— C'est Atlas.

— Je vous entends parler. Ouvrez, c'est urgent ! crie Atlas dans le couloir.

Un Marcheur du Ciel est devant notre porte – cette journée est de plus en plus irréelle.

Brighton ouvre à Atlas, qui entre aussitôt dans notre appartement. Il porte son gilet pare-pouvoirs et semble extrêmement nerveux. Regardant par-dessus l'épaule de Brighton, il plonge son regard dans le mien.

— Tu as déjà préparé tes affaires, remarque-t-il. Parfait. Partons vite, il y a des gens qui te cherchent.

— Partir où ? Quels gens ? je demande.

— Je t'emmène à la base.

— Je viens avec lui, déclare Brighton.

— Hors de question, réplique Atlas.

— Alors je pars pas non plus, je réplique.

Si les Marcheurs du Ciel m'offrent un abri, je veux aussi qu'ils protègent mes proches. Sinon, qu'ils nous aident à fuir tous ensemble, dans un pays où les spectres ne sont pas l'ennemi public numéro un.

— Est-ce que tu as des pouvoirs ? demande Atlas à Brighton.

— Non, répond Brighton. Si j'en avais eus, je t'aurais aidé l'autre soir.

— Quoi ?

— Quand t'as combattu ce spectre. Tu te rappelles ? C'est moi qui ai voulu prendre une photo avec toi, continue Brighton, tandis qu'Atlas le fixe en penchant la tête, l'air perdu. C'est pas grave. Tu étais bien occupé, et puis tu rencontres des tas de gens tout le temps. Je suis un immense fan. J'ai adoré quand tu as affronté ces trafiquants et que tu as sauvé cette voyante des griffes de son père. J'ai une figurine de toi, et…

— Reste ici et amuse-toi avec tes jouets, dit Atlas. Emil, viens avec moi. Laisse ton frère en dehors de ça.

Je regarde fixement Brighton. C'est à lui de décider s'il veut me suivre ou non. Brighton tend son poing vers moi, et on se fait un check en sifflant. On se serre les coudes.

— Je vous aurai prévenus, soupire Atlas. Il faut y aller, vite.

Il sort précipitamment de l'appartement mais y rentre aussitôt, en refermant la porte derrière lui.

— Un Verseur de sang dans le couloir. Est-ce qu'il y a une autre sortie ?

— Un Verseur de sang ?

— Il y a une autre sortie ou pas ? Vite !

— L'escalier de secours.

Je commence à me diriger vers l'escalier quand, soudain, la porte d'entrée est éjectée de ses gonds. Atlas entre dans l'appartement. Une nouvelle fois. Les deux

Atlas se dévisagent. Le nouveau porte un tee-shirt noir uni sous son gilet pare-pouvoirs, et une cicatrice dépasse de sa manche. Les cernes sous ses yeux sont plus foncés que dans mon souvenir.

Le nouvel Atlas regarde le premier.

— Qu'est-ce que c'est que ce bordel ?

— C'est un imposteur, dit le premier. Il doit avoir du sang de métamorphe.

— C'est toi l'imposteur, et tu le sais très bien !

Le nouvel Atlas dévisage son jumeau.

— Tu t'es planté avec mes taches de rousseur. T'en as pas mis assez sur le front, et t'as oublié le cou. Et puis tu sais pas faire ça, ajoute-t-il avec un sourire avant de lever la main.

Un tourbillon de vent s'abat avec violence sur le torse du premier Atlas, le précipitant vers le canapé et le faisant basculer par-dessus.

— Venez avec moi, nous ordonne le second.

Un grognement se fait entendre derrière le canapé, et une autre personne apparaît, enveloppée par une lumière gris terne : un garçon dont le visage et le corps ne cessent de s'étirer et de rétrécir alternativement, et dont la peau passe par différentes nuances. La tenue des Marcheurs du Ciel s'estompe et est remplacée par un tee-shirt et un jean. En quelques secondes, le métamorphe a pris un nouveau visage – toujours pâle, mais plus long, avec un nez tordu et un œil deux fois plus gros que l'autre. Je ne sais pas si c'est la personne qu'il est réellement ou s'il s'agit d'une autre imitation, mais je sens mon estomac se nouer en le voyant dégainer une baguette et tirer un éclair noir en direction d'Atlas.

Atlas fait une roulade pour échapper au jet de lumière, qui frappe une photo de famille encadrée et la réduit aussitôt en cendres. J'ai entendu dire que la puissance des baguettes dépendait de la puissance des célestes qui avaient donné leur sang pour les fabriquer. J'espère que je ne croiserai jamais la route du céleste qui possède un tel pouvoir – ou celle de l'alchimiste qui a accepté d'en faire une arme. Le métamorphe fait exploser la fenêtre dans un fracas assourdissant qui agresse mes sens, puis s'enfuit par l'escalier de secours.

— On est venus te chercher pour t'emmener dans notre refuge, explique Atlas.

— Qui ça, « on » ? je demande

— Maribelle est dans la voiture, et Iris garde l'entrée.

— C'est vraiment toi ! dit Brighton. On s'est rencontrés l'autre soir.

— Tu as demandé une photo, dit Atlas. Au beau milieu de l'action, Brighton, ajoute-t-il avec un sourire.

— Tu connais mon prénom ?

— On a fait des recherches quand la vidéo de la bataille a fait le buzz. Tes vidéos YouTube sont très cool.

— Arrête, dit Brighton en écarquillant les yeux, et je sais qu'il est à deux doigts de demander à Atlas celles qu'il préfère.

Atlas frappe dans ses mains.

— Il faut s'activer. Si le métamorphe est venu jusqu'ici, il y a de fortes chances pour que d'autres Verseurs de sang soient dans le coin. Tu ne pourras pas revenir, je te laisse une minute pour rassembler quelques affaires.

Je reste immobile pendant que Brighton se précipite vers notre chambre.

Je n'arrive pas à croire que l'imposteur était un Verseur de sang – un spectre avec du sang de métamorphe. Il devait avoir l'intention de me recruter. Nan, si ça avait été une mission de recrutement, il aurait gardé son vrai visage. Il s'est fait passer pour Atlas dans le but de me kidnapper. Qui sait ce qui serait arrivé à Brighton si on l'avait suivi. Peut-être qu'il aurait lui aussi été transformé en spectre, ou bien gardé en otage jusqu'à ce que j'accepte de devenir un Verseur de sang. Ou pire encore.

Brighton revient avec une des valises à roulettes qu'il avait préparées pour son vol de demain, ainsi qu'un sac en toile. J'aperçois la manche d'un pull à capuche qui dépasse lorsqu'il fourre son ordinateur portable et ses chargeurs à l'intérieur.

— Je suis prêt, je pense.

Que va devenir le reste de nos affaires ? Les exécuteurs vont-ils débouler ici ? C'est fou de penser à tout l'argent qu'on a dépensé dans des figurines de collection, des jeux vidéo et des bouquins, qui n'ont plus aucune importance pour nous maintenant que notre vie est en danger. Après nous avoir invités à le suivre, Atlas quitte l'appartement et descend l'escalier. Brighton s'empresse de lui emboîter le pas et le suit comme son ombre. Je suis le dernier à sortir. Je descends les marches en courant, cela me rappelle toutes les fois où on sortait pour aller jouer avec des amis. Aujourd'hui, je fuis mon appartement, accompagné de mon frère et d'un des Marcheurs du Ciel les plus puissants.

La porte du hall est gardée par une jeune femme menue à la peau très foncée et aux cheveux tondus vert fluo, qui porte, elle aussi, un gilet pare-pouvoirs. Iris Simone-Chambers, la cheffe des Marcheurs du Ciel, petite mais puissante.

— Qu'est-ce qui a pris si longtemps ?

— Le Verseur de sang métamorphe s'en est mêlé, répond Atlas. Il s'est enfui.

Avant que je puisse me présenter, j'aperçois une foule rassemblée devant l'immeuble. Une demi-douzaine de personnes brandissent des pancartes, mais je n'arrive à en lire que deux :

Marcheurs du Ciel, écartez-vous ! Aile-de-feu est là !

Brûle-toi toi-même avec ton feu de phénix !

— Tout ira bien, me dit Iris.

Je sors de l'immeuble entre Iris et Atlas, avec la sensation d'être une célébrité flanquée de ses gardes du corps. Contrairement à Brighton, je n'ai jamais rêvé d'être connu. Je suis le mec qui se tient derrière la caméra, et cet anonymat me convient très bien. Des gens scandent : « Aile-de-feu, Aile-de-feu ! » et veulent prendre des photos avec moi, tandis que d'autres me crient que je suis une abomination. Étrangement, malgré la présence d'Iris, qui est capable de soulever une voiture au-dessus de sa tête et dont la peau repousse les sortilèges, et celle d'Atlas, qui a le pouvoir de projeter des gens dans les airs avec ses rafales, je ne me sens pas du tout en sécurité.

Un klaxon de voiture retentit. Assise au volant, Maribelle Lucero se penche par la fenêtre de la Jeep et nous crie de nous dépêcher.

Alors qu'on se dirige vers le véhicule, un personnage que j'espérais ne jamais voir de mes propres yeux se faufile hors d'une grille d'égout et s'avance dans la rue en ondulant à la façon d'un serpent aquatique. Ses cheveux blonds et ses vêtements sont dégoulinants d'eau, et il empeste les ordures. Sa peau pâle est parcourue de veines vert foncé, et les éclipses qui flamboient dans ses yeux disparaissent, laissant place à des pupilles en amande cerclées de jaune. Je manque de trébucher en essayant de m'éloigner de Stanton, le Verseur de sang avec du sang de basilic dont le visage figure sur d'innombrables avis de recherche. Stanton ouvre la bouche et projette des gouttelettes qui dégagent une odeur de carcasse pourrie. Le sang me monte soudain à la tête et je suis pris de vertige. Je nous sens tous tomber à genoux. Mon cœur bat lentement. Je ne suis plus qu'une proie pour Stanton, qui me saisit par la gorge et me traîne dans la rue. Même si j'avais été en pleine possession de mes moyens, je n'aurais rien pu contre lui. Je ne parviens qu'à me débattre faiblement en donnant des coups de pied dans le vide et en tapant son poignet dans l'espoir qu'il me prenne en pitié. Je n'ai aucune idée de l'endroit où il m'emmène. J'essaie de lancer du feu, mais rien ne se passe. Alors que je suis sur le point d'abandonner, Stanton pousse un grognement de douleur et lâche prise. Il arrache la dague plantée dans son ventre et la laisse tomber par terre, puis presse sa blessure avec ses mains. Dans un brouillard, je vois Maribelle voler en direction de Stanton. En arrivant à son niveau, elle roue son torse de furieux coups de pied jusqu'à le faire tomber.

En ramassant sa dague par le manche en nacre, elle regarde la lame ensanglantée couverte d'acide rouge bouillonnant.

— T'as bousillé la dague de mon père, crache Maribelle à Stanton, comme s'il se l'était enfoncée lui-même dans l'estomac.

Elle m'aide à me relever alors qu'Iris approche, chancelant, se redressant.

— Emmène-le à la voiture.

— Brillante idée, capitaine. Que ferions-nous sans tes ordres si précieux ?

— C'est pas le moment de… *Écartez-vous !* hurle soudain Iris en nous poussant avec force.

On se retrouve projetés à un mètre du sol avant de heurter brutalement le trottoir. J'ignore les écorchures et la douleur en voyant Iris pliée en deux, l'épaule rongée par un jet d'acide. Elle a encaissé le coup à notre place. Stanton se jette sur Iris et l'accable de coups de pied et de poing. Elle tente de contre-attaquer avec son bras encore vaillant, mais Stanton esquive ses frappes.

— Va à la voiture, me dit Maribelle avant de se précipiter sur Stanton.

Atlas aide Brighton à monter à l'arrière de la Jeep avec nos bagages puis nous rejoint en volant. Il soulève Stanton avec des rafales puis le plaque contre un mur en criant à tout le monde de fuir. Je reste pour aider Iris.

— Je t'ai dit d'aller à la voiture, m'ordonne sèchement Maribelle.

— Je suis là pour te sauver, pas l'inverse, Emil, gémit Iris.

— Mais tu m'as sauvé.

Nous retournons en courant vers la voiture. Je m'assois avec Brighton tout au fond, derrière Maribelle et Iris. De loin, je vois Atlas lâcher Stanton qui s'écrase lamentablement contre le sol. Puis il vole vers la voiture et bondit dans un même élan sur le siège conducteur. Je n'arrive pas à croire qu'on est sur le point de s'échapper.

— Tiens bon, Iris. On va t'emmener voir Eva, dit Atlas en démarrant la voiture. Qu'est-ce que…

Une fille avec des grands yeux, des cheveux noirs mêlés d'argent et une peau aussi blanche que la lune émerge du sol. Pieds nus et trempée de sueur, elle porte un pull épais qui lui descend jusqu'au-dessus des genoux, dissimulant presque son short noir.

— Dégage de là ! lui crie Atlas par la fenêtre.

La fille ne bouge pas.

— Très bien…

Il sort de la voiture et un vent violent se lève. Le vent fait tourbillonner des ordures qui passent à travers le corps de la fille. Elle est intouchable.

— C'est elle, murmure Maribelle. C'est elle ! C'est elle !

— Qui ? demande Brighton.

— La céleste du Blackout, celle de la vidéo de surveillance.

Maribelle agrippe le genou d'Iris avant de reprendre.

— La fille qui sait sans doute ce qui est réellement arrivé à nos parents !

Elle tend le bras pour ouvrir la portière mais Iris l'en empêche avec son bras valide. Ça ne semble pas lui demander beaucoup d'efforts, pourtant Maribelle ne parvient pas à se libérer.

— Qu'est-ce que tu fous ? Lâche-moi !

— Roule ! crie Iris.

— Non ! Atlas !

Atlas semble tiraillé, mais, après un rapide coup d'œil par la fenêtre, il démarre en trombe, enfonçant la pédale de l'accélérateur.

— Stanton est en train de récupérer. Désolé, Mari.

La fille ne bouge pas d'un cil, et la voiture la traverse comme si elle était constituée d'air.

— S'il te plaît, je t'en prie, c'est peut-être notre seule chance de découvrir ce qu'elle sait ! supplie Maribelle dont les yeux s'emplissent de larmes alors qu'on s'éloigne. Elle pourrait blanchir le nom de nos parents !

Iris lâche un gémissement de douleur.

— Je sais que ça ne te dérangerait pas de me regarder crever, mais ces deux garçons ont survécu à non pas une, mais deux batailles contre des spectres aujourd'hui. Il faut absolument les emmener à Nova.

— C'est quoi, Nova ? demande Brighton.

— Notre quartier général, répond Iris. On a beaucoup de choses à te dire, Emil.

TREIZE

NOVA

Emil

Les contours du monde qui défile autour de moi sont flous. Atlas conduit comme si on avait des exécuteurs aux trousses, ce qui n'améliore pas ma nausée. La seule chose qui m'empêche de supplier Atlas de s'arrêter pour me laisser vomir, c'est Iris, qui fait visiblement un effort surhumain pour ne pas hurler de douleur. Vivement que cette journée douloureusement longue se termine. On a beau ne plus être très loin de Nova, j'ai le sentiment que les Marcheurs du Ciel me font sombrer plus profondément dans le chaos au lieu de m'en protéger.

Alors qu'on atteint Brooklyn, Maribelle passe un coup de fil à Wesley Young et lui reproche de ne pas avoir participé à la mission pour me récupérer. Elle lui demande d'aller chercher maman à l'hôpital et de rentrer rapidement, puis elle raccroche et enchaîne avec un autre appel. La personne au bout du fil est au refuge. Maribelle l'informe qu'Iris a été blessée par l'acide de basilic de Stanton et qu'elle devra être soignée de toute urgence. Malgré sa force surhumaine et sa peau résistante aux sortilèges, Iris est dans un sale état. Sans elle, j'aurais été foutu. J'ai du mal à accepter qu'une inconnue ait été blessée à ma place.

On s'arrête sur le parking d'une station-service animée dans le quartier de Bedford-Stuyvesant. Alors que je commence à angoisser à l'idée que quelqu'un me reconnaisse, un immense flash nous engloutit. Je lâche un cri et me protège les yeux, m'attendant à une explosion.

— C'était juste une illusion, dit Atlas.

J'ouvre les yeux, et je vois que la station-service derrière nous n'est qu'un bâtiment décrépi et abandonné dont les portes ont été fracassées, comme si elle avait été pillée.

— Ça veut dire qu'on est en sécurité ici ?

— Autant que possible, répond Atlas.

— Un jour, on trouvera le moyen de ne plus vivre dans la crainte qu'on nous trahisse, affirme Maribelle.

Avec un gémissement, Iris comprime son gilet contre sa blessure.

— On ne va pas recommencer à se disputer à propos de ça alors que mon épaule est littéralement en train de fondre, Maribelle.

— Jamais je te laisserai oublier que trois personnes de notre camp sont mortes uniquement parce que tu étais persuadée qu'un policier ne pouvait pas être corrompu, crache Maribelle. Ça ne serait jamais arrivé si j'avais été aux commandes.

— Sauf que tu n'es pas aux commandes, et tout le monde remercie les étoiles pour ça.

J'ignore ce qui s'est passé entre Maribelle et Iris, mais je m'attendais à ce que les filles des Marcheurs du Ciel se soutiennent mutuellement étant donné le deuil qu'elles traversent. Pour être honnête, j'ai du mal à garder espoir avec l'ambiance qui règne dans l'équipe.

La voiture grimpe en haut d'une colline et Atlas se gare devant un bâtiment à deux étages sur lequel une pancarte porte l'inscription « École Primaire Nova Grace pour les Célestes ». Même si ça fait longtemps que j'ai arrêté de croire que les Marcheurs du Ciel se cachent dans une sorte d'immeuble flottant, je m'attendais quand même à ce que leur planque ait un peu plus de gueule, un genre de gratte-ciel à la pointe de la technologie pour observer les étoiles, par exemple. Mais ce n'est pas grave : une école où les célestes peuvent pratiquer la lumimagie un peu plus librement vaudra sûrement le coup d'œil.

En entrant dans Nova, j'ai vraiment le sentiment d'être un personnage de roman fantastique découvrant l'école qui lui permettra de perfectionner ses pouvoirs. Sauf que je ne vois rien de fantastique autour de moi, ni escalier mouvant ni puits lumineux. Le couloir ressemble à celui de n'importe quelle autre école, même si quelques éléments indiquent la présence de célestes : des affiches sur la pleine conscience lors de l'utilisation de la lumimagie en public, des rappels sur les moments où il convient de porter la cape courte, des formulaires d'inscription aux entraînements après l'école avec des célestes expérimentés, et d'autres choses de ce genre.

Une jeune femme à la peau mate et aux cheveux noirs mi-longs sort en courant de l'auditorium en pointant sur nous une baguette magique sertie de quartz roses scintillants, identiques à ceux de son collier.

— Le mot de passe.

Atlas se tourne vers Maribelle.

— Tu le connais, pas vrai ?

— Non, on est tous partis en catastrophe pour aller sauver Emil, répond Maribelle.

Elle montre Iris du doigt.

— Ta copine souffre, Eva. Tu devrais te mettre au boulot.

— Le mot de passe, répète Eva, tandis que le bout de sa baguette se met à rougeoyer.

Sa main tremble, et elle continue à regarder Iris avec des yeux remplis de larmes.

— Donne-moi le mot de passe. S'il te plaît, c'est sérieux.

— Plume de feu, lâche Iris dans un souffle en s'agenouillant.

Laissant tomber sa baguette, Eva accourt au côté d'Iris et examine sa blessure.

— Tu devrais peut-être les emmener dans leur chambre ? suggère Atlas.

— Bonne idée, répond Maribelle avant de nous demander de la suivre.

Mais on reste plantés là, incapables de quitter Iris et Eva des yeux.

— Il ne vaut mieux pas que vous restiez dans les parages, reprend Maribelle. Faites-moi confiance, les guérisons ne sont pas jolies à voir.

On se décide à emboîter le pas à Maribelle tout en jetant des coups d'œil derrière nous. Eva se penche sur Iris en pressant ses mains contre sa blessure. Pendant qu'on monte l'escalier, des hurlements se mettent à résonner dans le couloir. Ça me rappelle les cris de maman quand elle a appris la mort d'Abuelita. Je n'ai jamais réussi à les effacer de ma mémoire.

— Est-ce qu'Iris va bien ?

— Elle survivra, répond Maribelle.

— Quel était le problème avec le mot de passe ? demande Brighton.

— C'est une précaution. Nous avons été trahis plusieurs fois.

Tandis qu'on marche à ses côtés dans le couloir, Maribelle nous raconte comment leur refuge de West Harlem a été infiltré à cause d'un trio de célestes qui étaient pourtant sous leur protection. Ils avaient tellement peur de se faire prendre et mettre sous les verrous qu'ils ont choisi de devenir des exécuteurs en échange d'un salaire élevé. Ils ont révélé le lieu du refuge pour prouver leur loyauté. J'ai vraiment du mal à comprendre les célestes qui deviennent les gardes du corps de politiciens faisant campagne contre leur existence.

Maribelle nous emmène dans une chambre aux murs décorés de cartes du ciel et d'affiches avec des comptines pour enfants sur les principales constellations. Suspendues à un rail en acier fixé au plafond, des planètes en cuivre gravitent lentement dans la petite pièce en projetant des lumières et des ombres qui donnent le tournis. Maribelle éteint le mécanisme.

— C'est pas grand, mais c'est tout ce qu'on peut vous proposer.

— On prend, dit Brighton en regardant par la fenêtre dans un télescope argenté.

— C'est quoi le plan ? je demande. Est-ce qu'Eva va nous soigner aussi, quand elle aura fini de s'occuper d'Iris ?

Maribelle passe ses mains dans ses cheveux bruns avant de laisser échapper un profond soupir. Elle sort son téléphone.

— Heureusement pour Eva, vous n'êtes ni l'un ni l'autre dans un état critique. Elle va avoir besoin de repos.

Maribelle se dirige vers la porte tout en tapotant sur son clavier.

— Je dois continuer à chercher des infos en ligne sur cette jeune céleste. J'enverrai quelqu'un vous apporter de l'aspirine et quelque chose à grignoter. On se retrouvera tous ensemble plus tard, en attendant reposez-vous un peu.

Elle disparaît avant je puisse l'interroger davantage.

— Plutôt cool, cette installation, fait remarquer Brighton en inspectant la chambre. Je me demande depuis combien de temps ils se cachent ici.

Je suis sûr qu'il meurt d'envie de partir explorer le bâtiment. À bout de forces, je m'assois sur un tapis en forme de comète.

— Qu'est-ce qu'ils attendent de moi ?

Brighton me rejoint.

— Les Marcheurs du Ciel ?

— Eux et les Verseurs de sang.

— Que tu choisisses leur camp, je parie.

Quand on était petits, on se dessinait souvent avec les gilets pare-pouvoirs des Marcheurs du Ciel. Sur ses dessins, Brighton volait d'une mission à l'autre. Sur les miens, je me téléportais, mais je n'aurais jamais pensé à utiliser ce pouvoir pour échapper au danger. Je rêvais de me téléporter sur des montagnes, de dormir à la belle étoile, de naviguer au milieu de nulle part avec ma famille, et de préserver les nids des phénix.

— Jamais je ne serai un Verseur de sang, mais je ne veux pas non plus devenir un Marcheur du Ciel, je dis d'une voix brisée par l'épuisement, la peur et la faim. Je ne suis pas hyper rassuré à l'idée qu'on reste ici alors que deux de leurs refuges ont été découverts.

— Tu as entendu ce que Maribelle a dit tout à l'heure, ils ont tiré des leçons de leurs erreurs. Les Marcheurs du Ciel ont l'avantage du terrain, et il faudrait être suicidaire pour attaquer cette école. On ne sait pas qui sont les autres célestes qui vivent ici ni quels sont leurs pouvoirs. Je me demande si on aura l'occasion de les rencontrer…

Brighton affiche un regard rêveur.

Personne ne devrait avoir à vivre ainsi. Se terrer dans une école pour échapper à des exécuteurs et à des gangs n'est pas une vie. Un sentiment de panique m'envahit, et ma respiration s'accélère. Un puissant cri de phénix résonne dans ma tête, et j'ai de plus en plus chaud.

— Je ne devrais pas avoir ces pouvoirs, je dis en secouant la tête avec force. Qu'est-ce qui m'empêchera de mettre le feu à cet endroit ?

— Moi, dit Brighton en agrippant mon épaule.

Je n'arrive pas à croire que j'ai essayé de m'enfuir tout seul.

Quelques minutes plus tard, Atlas vient nous apporter des bouteilles d'eau, des barres protéinées et une trousse de secours. J'avale un antalgique pendant que Brighton bande mon bras écorché.

Lorsque la porte s'ouvre de nouveau, je m'attends à revoir Maribelle ou Atlas, mais c'est Wesley qui entre. C'est un garçon à la peau claire qui a environ le même âge et la même taille que nous, et la carrure d'un joueur de football américain redoutable. Il porte un maillot avec l'emblème des Marcheurs du Ciel qui lui va super bien – il a dû être fait sur mesure. Sur le poster que Brighton a affiché dans notre chambre, Wesley a une coupe militaire. Ses cheveux bruns ont poussé depuis et il arbore un *man bun* très hipster. Je le trouve encore plus beau comme ça.

— Vous voilà ! s'exclame Wesley en sortant un instant la tête dans le couloir. Ils sont là !

Il me tend la main en souriant, mais Brighton me passe devant.

— Je suis un grand fan, dit Brighton. J'ai regardé tellement de fois la vidéo où tu montes en courant sur le mur du centre commercial pour arrêter ces voleurs de bijoux.

— C'était censé être ma journée de shopping, explique Wesley avec un petit rire, avant de reporter son attention sur moi. Je suis désolé de ne pas avoir été là pour aider mon équipe, j'étais en route pour Philadelphie, pour retrouver ma famille. J'ai quand même réussi à récupérer la tienne.

Avant que je puisse dire quoi que ce soit, maman se précipite dans la chambre, Prudencia sur ses talons. J'ai l'impression que c'est la millième fois que mon cœur bondit dans ma poitrine aujourd'hui. La vue de maman et Prudencia me procure une sensation de bien-être et de sécurité qui me surprend. J'ai soudain l'impression d'être plus fort que je le pensais. Maman m'étreint si vigoureusement que j'en ai encore plus mal qu'avant, mais je m'en fous. Elle n'arrête pas de me répéter qu'elle est tellement soulagée que je sois en vie, sans même reprendre son souffle.

— Tu es venue aussi ? demande Brighton à Prudencia en l'enlaçant.

— Je suis étonnée que vous ayez survécu sans moi, ironise Prudencia.

— Et ta tante ? je demande.

— C'est pas mon problème, dit Prudencia. Je suis là pour vous.

Je la serre dans mes bras aussi fort que je le peux encore.

— Tu ne peux pas t'enfuir comme ça, Emilio, dit maman.

— Ma place n'est pas à la maison, je réplique. Tout le monde me prend pour un héros, mais quel genre de héros met en péril la vie des membres de sa famille ? Il fallait que je parte. J'ai besoin de comprendre ce qui m'arrive.

— Ta maison, c'est nous, dit maman. Ta place est auprès de nous.

Brighton frappe dans ses mains.

— Super. Maintenant que tout le monde est là, on peut réfléchir à l'étape suivante. Iris a laissé entendre que l'origine des pouvoirs d'Emil n'était pas aussi simple qu'on pourrait le croire. Peut-être qu'il y a une grande histoire de destinée et d'élu derrière tout ça, et qu'on peut tous donner un coup de main.

Maman secoue la tête et serre ma main dans la sienne.

— Non. Brighton, tu pars à l'université demain.

— Hors de question ! Emil possède le feu du phénix, on ne peut quand même pas ignorer ça !

— Et on ne va pas non plus se précipiter au-devant du danger ! s'exclame maman, le visage écarlate.

Je n'aime pas la voir s'énerver comme ça.

Quelqu'un frappe énergiquement à la porte. Un instant plus tard, Iris entre dans la pièce. Elle a retiré son gilet pare-pouvoirs et il y a un grand trou dans sa chemise, mais seule une légère cicatrice est visible à l'endroit où sa peau était en ébullition tout à l'heure. Elle salue maman et Prudencia d'un hochement de tête.

— Comment est-ce que vous vous sentez ?

— On va bien ! répond Brighton. Enfin, pas mal en tout cas. Et toi ?

— Je vais m'en sortir, grâce à Eva, dit Iris. Emil, il est temps d'avoir une conversation.

— À propos de quoi ? demande maman.

— Votre fils possède des pouvoirs qu'il ne devrait pas avoir, commence Iris.

Elle reprend sa respiration. Elle semble abattue et fatiguée, et ne dégage pas la même énergie que quand je l'ai rencontrée. Eva ne doit pas être à même de guérir quelqu'un complètement avec son pouvoir.

— Cette guerre n'arrête pas de changer de visage, et d'après nos théories et les informations dont on dispose, Emil va y jouer un rôle majeur.

— Un soldat…, je dis.

Son regard veut tout dire.

QUATORZE

FILS DE L'INFINI

Emil

Le moment est venu de relier les étoiles de ma constellation.

Iris nous escorte jusqu'à une pièce qui ressemble à une salle des potions convertie en salle de réunion. Je remarque des chaudrons en acier empilés entre deux meubles remplis d'ingrédients. Mon nom est inscrit au feutre bleu vif sur un tableau blanc, entouré de flèches dirigées vers ceux de Brighton et de mes parents. Les Marcheurs du Ciel ont étudié nos comptes sur les réseaux sociaux et la chaîne YouTube de Brighton, enquêté aux universités dans lesquelles on est inscrits, à mon boulot au musée. Assise derrière une table vernie en demi-lune, Maribelle feuillette un imposant manuel. À l'autre bout de la pièce, Eva semble avoir la gueule de bois et finit de descendre d'un trait un bidon d'eau, avant de nous faire un petit signe de la main. Atlas tapote sur le clavier d'un ordinateur portable avec la rapidité d'un hacker, tandis que Wesley se contente d'observer ce qui se passe.

— Est-ce qu'on peut faire quelque chose pour vous ? demande Wesley.

— M'aider à retrouver une vie normale ? je suggère.

Atlas et Wesley me lancent un regard compatissant. Je m'assois au centre de la table en demi-lune avec Brighton, Prudencia et maman.

— Pourquoi les Verseurs de sang en ont-ils après moi ?

— Depuis le retour du Rêveur couronné, on surveille l'activité des spectres, et elle est en constante augmentation, commence Iris, qui se tient à côté du tableau. Le combat qu'on a vu sur Internet entre ce spectre et toi était terrifiant, mais avant de mourir, ma mère m'avait demandé de garder l'œil sur ceux qui des flammes grises ou dorées. Tu as les deux, Emil.

Maribelle lève enfin les yeux.

— Attends. Tu ne nous avais jamais parlé de ça.

— C'était un secret, explique Iris.

Maribelle referme brusquement son manuel.

— Quel genre de cheffe cache une telle pièce du puzzle à son équipe ? On fait un métier dangereux, et s'il t'était arrivé quelque chose – que les étoiles nous en préservent –, tu aurais emporté ce secret dans la tombe.

— Je le savais aussi, juste au cas où, intervient Eva en se plaçant à côté d'Iris et en lui prenant la main. Iris me l'a dit un mois après le Blackout. Ce n'est qu'une théorie, qui aurait pu nous distraire de toutes les choses qu'on a dû faire depuis janvier.

— Il ne doit pas y avoir de secrets entre nous, dit Maribelle. C'est une question de vie ou de mort.

— C'était le seul, affirme Iris. Sur tout le reste, je nage dans le flou.

Sans laisser à Maribelle le temps de répliquer, je prends la parole :

— Pouvez-vous s'il vous plaît m'expliquer ce qui se passe ?

— Tu as en toi le sang d'un phénix *astre gris*, dit Iris.

— Merci, ça, j'avais compris.

— C'était aussi le cas de Bautista de Leon. Il n'a jamais touché à l'alchimie du sang et, comme toi, il a été surpris quand ses pouvoirs se sont manifestés. Les seules personnes à savoir ça étaient les membres du groupe qu'il a créé, les Marcheurs du Ciel. Ils sont tous parvenus à la même conclusion : Bautista était un spectre qui avait eu du sang de phénix dans une vie antérieure, réincarné avec succès.

Brighton prend une profonde inspiration.

— Vous croyez que Bautista est la vie antérieure d'Emil ?

— C'est impossi…

Je m'interromps.

Aujourd'hui, l'impossible est plus que possible.

— On a vérifié, les dates concordent, déclare Iris. Tu es né quelques jours seulement après la mort de Bautista.

— Une renaissance, dit Maribelle dans un souffle en me regardant avec stupeur.

— Ça ne peut pas être moi ! C'est pas possible. Les phénix renaissent exactement tels qu'ils étaient, et je n'ai rien à voir avec lui !

— C'est l'essence de Bautista qui est ressuscitée, explique Iris. Ses pouvoirs et son esprit.

Il y a quelques heures encore, j'étais un ado qui faisait une crise de panique au parc, et me voilà devenu la réincarnation du fondateur des Marcheurs du Ciel.

C'en est trop. Pourquoi est-ce que le monde s'acharne sur moi ? Je connais bien l'histoire des spectres possédant du sang de phénix *astre gris*, et une pensée me traverse alors l'esprit.

— S'il vous plaît, ne me dites pas que…

Iris garde le silence, comme si elle sentait à quel point je redoute de lui poser cette question.

— Bautista pensait être la réincarnation de Keon Maximo.

Une sensation d'engourdissement s'empare de moi alors que j'essaie de trouver un argument pour contredire cette théorie. Mais la date de mort de Keon demeure inconnue. On sait seulement qu'il a été tué par les Chevaliers auréolés en punition pour ses crimes contre les phénix.

— Pourquoi est-ce que Bautista pensait ça ? je demande.

— On raconte qu'en grandissant il avait parfois des flashs d'une vie qu'il n'avait pas vécue, qu'il a fait lui-même le lien. Quand il a compris que sa vie antérieure était responsable de l'existence de tous les spectres, il a créé les Marcheurs du Ciel avec l'aide de l'alchimiste et voyante Sera Cordova. Il a voulu se servir des pouvoirs volés avec lesquels il s'était réincarné malgré lui pour faire le bien.

Je me lève d'un bond, en manquant de bousculer maman, et je reste debout près de la fenêtre pour tenter de me calmer.

— Mais ça n'a pas de sens. Je n'ai aucun souvenir bizarre. Et les phénix ont un vieillissement accéléré ! J'ai dix-huit ans.

— Ce n'est pas parce que tu as du sang de phénix que tu es un phénix, réplique Maribelle. Tu restes un humain, et tu vieillis donc comme un humain normal… qui s'avère être le descendant du plus remarquable des spectres de l'histoire, mais aussi du plus détestable. C'est dur à encaisser.

Si je pouvais me transformer en phénix et m'envoler par cette fenêtre, je le ferais sur-le-champ. Avant que les Marcheurs du Ciel puissent me faire culpabiliser pour que j'accepte de livrer une guerre déclenchée par une de mes précédentes incarnations…

— Ça veut dire que n'importe quel spectre avec du sang de phénix peut se réincarner ? demande Brighton.

— C'est possible, répond Iris. Les spectres représentent seulement une fraction de notre communauté de lumimagiciens, et on n'a aucun moyen de connaître l'étendue de leurs capacités. Le spectre contre lequel tu t'es battu dans le métro a traversé les portes ; ce n'est ni un pouvoir de phénix ni un pouvoir de créature. Peut-être qu'il était un spectre dans une vie antérieure et que son essence est ressuscitée chez un hôte céleste… Mais ce ne sont encore que des spéculations.

Maribelle laisse échapper un rire.

— Si seulement on avait croisé une céleste possédant le même pouvoir. Elle aurait pu tout nous dévoiler sur ses pouvoirs et sur ce qu'elle a vu pendant le Blackout. Oh, mais attendez !

Je ne cesse de me répéter intérieurement qu'il ne s'agit que de théories. Personne ne peut être sûr de quoi que ce soit.

— Admettons que cette histoire de renaissance soit vraie. Dans ce cas, pourquoi mes pouvoirs ont-ils mis tellement de temps à apparaître ? Brighton et moi, on est jumeaux. Ces pouvoirs auraient dû se répartir entre nous quand on était dans le ventre de notre mère, non ?

Brighton hausse les épaules.

— Je ne sais pas du tout comment fonctionne l'essence des phénix, mais peut-être qu'il y a eu un dérèglement des pouvoirs parce qu'on est jumeaux ?

— C'est une possibilité, admet Iris. Je vous le répète, on ignore beaucoup de choses encore.

Le regard de maman oscille entre Brighton et moi.

— Les garçons, est-ce que je peux vous parler en privé ?

Je lui demande, au bord des larmes :

— T'étais au courant depuis le début pour mes pouvoirs ?

Elle ne répond pas.

— Si ce que tu as à nous dire est lié à ce qui se passe en ce moment, tu dois me le dire tout de suite.

Prudencia se lève et s'adresse aux Marcheurs du Ciel :

— Peut-être qu'on devrait leur laisser un peu d'intimité.

Personne ne bouge. Tous les regards sont rivés sur maman. Elle tapote l'intérieur de sa paume – c'est un tic qu'elle a quand elle est stressée.

— Maman, je t'en prie, dis-moi tout ou je vais exploser.

— On t'a sauvé. Ton père et moi, on t'a sauvé. Tu as été abandonné, et on t'a recueilli.

— Je comprends pas.

Brighton se met à côté de moi. Il semble avoir du mal à garder la tête droite.

— Je crois qu'elle est en train de te dire que... qu'ils t'ont adopté, Emil.

Des milliers de pensées tourbillonnent dans ma tête, mais aucun mot ne me vient.

Ce monde n'a pas le moindre sens. Ce n'est plus une histoire de pouvoirs ; je ne sais pas qui je suis. Je m'appelle Emil. Mon deuxième prénom est Donato, ce qui signifie « cadeau des dieux ». Mon nom de famille est Rey. Mais à la pensée que même ces fondements sont remis en question, j'ai la gorge nouée et du mal à respirer. Ai-je reçu le prénom d'un homme qui n'est même pas mon grand-père ? Suis-je effectivement un cadeau des dieux ? Puis-je rester un Rey de Lumière si je ne suis pas vraiment un Rey ?

Pourquoi mes parents biologiques ne voulaient-ils pas de moi ?

J'ai vécu dans le ventre de quelqu'un d'autre pendant neuf mois, et je n'ai aucune idée de qui il s'agit. J'ai lu beaucoup d'histoires d'orphelins en grandissant, et je me sentais toujours tellement reconnaissant d'avoir été élevé par une famille qui me désirait. D'avoir des parents qui me nourrissaient, me berçaient, prenaient soin de moi et m'apprenaient à parler, à lire et à aimer. Comment quelque chose de si réel peut-il désormais me faire l'effet d'une illusion ?

Envahi par de sombres pensées, je récris mon histoire. Ma place n'est pas avec les Rey, et toutes les photos de famille sur lesquelles je figure sont des mensonges, comme si quelqu'un m'avait photoshopé dessus dans un accès de pitié.

Je suffoque.

Brighton n'est plus mon frère, et, bien qu'on ne soit pas jumeaux et qu'on n'ait jamais partagé un utérus ou le même sang, un seul coup d'œil vers lui me suffit pour comprendre qu'on lui a menti également.

J'ai du mal à trouver un mot à dire, n'importe quel mot. Tout ce que j'arrive à articuler est :

— Quoi ?

— On aurait dû t'en parler, dit maman.

— Alors qui… ? Et comment… ?

— On ne sait pas qui sont tes parents biologiques, poursuit-elle.

— Évidemment, waouh. Si t'avais l'intention de m'éjecter de la famille comme ça, tu aurais au moins pu chercher une adresse où m'envoyer.

C'est un cauchemar.

Dans les histoires que j'ai l'habitude de lire, lorsque le personnage découvre qu'il est spécial, il y a généralement un adulte raisonnable pour lui expliquer comment se passera sa nouvelle vie. Moi, tout ce que j'ai, c'est une bande de jeunes qui pataugent dans leurs propres incertitudes et lancent des fléchettes vers une cible en priant les étoiles pour qu'elles atteignent leur but.

— Je pige pas, dit Brighton. Si Emil n'est pas né en même temps que moi, quand est-il né alors ?

— Le même jour que toi, répond maman.

— Ouf, ma date d'anniversaire n'est pas un bobard. Me voilà rassuré.

Je fais mine de vouloir faire un check à Brighton.

— D'après les médecins, tu venais de naître.

J'imagine la naissance de Brighton sans moi, et je prends alors conscience que mon certificat de naissance doit être faux ; sans la révélation de ma mère, je ne m'en serais jamais rendu compte et je n'aurais jamais posé de questions à mes parents.

J'ai envie de frapper le mur avec mon poing enflammé.

— Alors qu'est-ce qui s'est passé ? Quelqu'un m'a déposé dans un panier et a frappé à votre porte ?

Chaque fois que maman pleure, Brighton et moi on laisse tomber tout ce qu'on est en train de faire pour lui tenir compagnie. Si elle a envie qu'on la laisse tranquille, elle pleure toute seule dans la salle de bains en laissant couler l'eau de la douche, ou elle s'enferme dans sa chambre. Mais généralement, elle se laisse enlacer et se faire rappeler qu'elle est une mère incroyable et que c'est grâce à son bon cœur qu'on est devenus les personnes qu'on est aujourd'hui.

Ce soir, on garde nos distances.

— Juste après mon accouchement, Leonardo a voulu m'offrir des ballons. Mais la pompe à hélium de la boutique de l'hôpital était vide, alors il a décidé d'aller en trouver ailleurs.

Maman essuie ses larmes du revers de la main.

— Je m'étais toujours imaginée avec mon bébé dans les bras dans une chambre décorée de jonquilles et de ballons, et votre père a voulu réaliser ce rêve pour moi. Il est sorti, et il t'a trouvé dans la rue à deux pâtés de maisons de l'hôpital. Tu pleurais à pleins poumons sous le soleil et tu étais brûlant. Il n'y avait personne aux alentours. Ni petit mot ni couverture. Je n'ai jamais vu ton père haïr autant quelqu'un que la personne qui t'a abandonné. Il t'a rapporté à l'hôpital, et les médecins et les infirmières ont été aux petits soins pour toi. Et lui aussi. Il a tout de suite été très protecteur avec toi, comme quand il a tenu Brighton dans ses bras pour la première fois. Il n'arrêtait pas de faire la navette entre vous deux pour vérifier que vous alliez bien.

Les Marcheurs du Ciel et Prudencia gardent le silence.

Notre mère aurait pu emporter dans sa tombe ce souvenir absolument merveilleux de notre père. Brighton semble être au bord des larmes.

— J'ai dû attendre le soir pour te rencontrer, poursuit maman. La police est arrivée pour mener l'enquête. Quand je t'ai vu si innocent, j'ai senti mon cœur se briser encore un peu plus. On ignore si tes parents biologiques t'ont abandonné parce qu'ils n'avaient pas les moyens de s'occuper de toi, ou pour une autre raison obscure. Mais on a tout de suite su que tu rentrerais à la maison avec nous. Ton père te regardait comme s'il ne faisait confiance à personne d'autre que nous pour prendre soin de toi.

— Pourquoi vous me l'avez jamais dit ?

— On a voulu te donner une vie ordinaire, on voulait être certains que tu te sentirais toujours à ta place.

Le silence dans la pièce est rompu par un « waouh » de Wesley.

Iris tapote sur le clavier de son ordinateur portable.

— Madame Rey, où votre mari a-t-il trouvé Emil ?

— À deux ou trois pâtés de maisons derrière le stade Grand Gibbous du Bronx, répond maman.

— Bautista est mort à plusieurs avenues de là, déclare Iris en regardant fixement la carte sur l'écran de son ordinateur. Ça colle pas.

Personne ici ne connaît les phénix aussi bien que moi.

— Le phénix *astre gris* ne ressuscite jamais sur le lieu de sa mort, je dis d'une voix atone. C'est une stratégie de défense. Ses cendres s'envolent et se reconstituent ailleurs, pour que personne ne puisse attaquer le nouveau phénix.

Eva baisse la tête, puis la relève brusquement.

— Peut-être qu'on s'est complètement plantés en supposant que l'essence ressuscite chez un hôte. Ta mère a dit que tu étais bouillant quand ton père t'a trouvé. Ce n'était peut-être pas parce qu'il faisait chaud dehors, mais parce que…

— Je suis né dans le feu, je dis.

— C'était une renaissance, pas une naissance, corrige de nouveau Maribelle.

— Alors qu'est-ce que ça veut dire ? Je suis l'élu qui doit remporter cette guerre ?

J'attends une réponse, mais personne ne dit rien.

— Il n'y a pas forcément d'élus, se lance Maribelle. On décide de se battre ou non. Mais en effet, tu sembles avoir un rôle à jouer dans cette bataille, sans doute un rôle important.

— Si tu nous rejoins, on fera en sorte que tu deviennes une arme formidable, ajoute Iris. Comme Bautista.

Lancer des flammes n'est pas un pouvoir passif, et je comprends que je peux faire une différence dans une bataille. Pour autant, je n'ai pas envie de devenir une dague qu'on aiguise ou une baguette à charger.

— L'histoire de Bautista n'a rien à voir avec moi, d'accord ? C'est une vie antérieure dont je n'ai aucun souvenir. Bautista était un héros, tant mieux pour lui, mais ça ne veut pas dire que je dois en devenir un.

Les Marcheurs du Ciel ne semblent pas d'accord avec moi.

Iris laisse échapper un profond soupir.

— À moins qu'un nouvel alchimiste soit responsable de l'émergence de ces spectres plus puissants, il y a fort à parier que Luna Marnette et les Verseurs de sang ont quelque chose à voir avec tout ça. Ça fait des années qu'on essaie d'éliminer Luna. Depuis le Blackout, le gouvernement se focalise sur les célestes et leur rend la vie infernale, et pendant ce temps Luna a le champ libre pour construire son armée. Apparemment elle recrute même des célestes pour faire avancer sa cause. On a besoin de tout le monde sur le pont, Emil. On peut vous aider à vous cacher, toi, ta famille, mais si les Verseurs de sang te cherchent, tu vas passer le reste de ta vie en cavale.

— Pour une fois Iris a raison, dit Maribelle. Deviens un Marcheur du Ciel. Reprends des forces, et fais-leur regretter de t'avoir pris pour cible.

Ce n'est pas possible, il doit y avoir d'autres options. Je suis pris de tremblements.

— Je ne veux pas de ces pouvoirs.

— Alors reste ici et essaie de trouver comment t'en défaire, lâche Maribelle, comme si elle n'avait pas de temps à perdre à essayer de me convaincre, parce que la bataille était imminente. Bautista et Sera avaient essayé de mettre au point un remède pour éradiquer le pouvoir des spectres. Mais, Emil, le seul moyen pour toi de sortir vivant de cette guerre est de nous aider à éliminer les Verseurs de sang une bonne fois pour toutes. Ça serait la moindre des choses, puisque d'une certaine façon tu es à l'origine de ce mal.

— J'ai rien fait ! je crie avant de courir vers la porte.

Une fois dans le couloir, je suis tenté de m'échapper dans la rue. Mais pour faire quoi ? Je trouve l'escalier qui mène au toit et je m'appuie sur la rambarde avec une telle force que j'ai l'impression que mes poignets vont se briser. J'ai beau respirer profondément, je me sens toujours autant écrasé par le poids du monde, alors je hurle en direction du Rêveur couronné, comme si la constellation était la cause de tous ces malheurs.

— Eh, lance Brighton derrière moi.

Je grimpe sur un générateur et je contemple la ville qui s'étend devant moi. Brighton me rejoint.

— Tu peux faire une vraie différence avec tes pouvoirs, dit-il après un long moment de silence. C'était le rêve du petit Emil.

— Je n'avais aucune idée de ce que ça signifiait à l'époque.

— T'es pas obligé de te battre si t'en as pas envie.

— Évidemment j'en ai pas envie, mais d'après eux, je suis responsable de cette guerre parce que je l'ai déclenchée il y a deux vies. Je ne suis pas Bautista, je ne sais pas comment réparer les dégâts. Si lui et Sera n'ont pas réussi à trouver le moyen d'éliminer les spectres, qu'est-ce qui leur fait croire que j'y parviendrai ? Je ne veux pas intervenir si ça signifie que je vais mourir comme les autres, Brighton.

— Mais c'est ça le plus beau – tu vas revenir ! Tes pouvoirs te permettent de continuer à essayer. Tu pourrais avoir un nom de super-héros trop cool, genre le Roi invincible, ou Fils de l'infini !

— Je n'ai aucune envie de passer l'éternité à me battre pour survivre.

Brighton me demande de l'excuser, puis reste un instant silencieux.

— Ce n'est pas parce que les Marcheurs du Ciel nous ont sauvés que tu as une dette envers eux. Mais tu veux un conseil, Emil ? Réfléchis jusqu'à demain matin. On a passé la journée sur des montagnes russes, sans ceinture. Je te connais, et je sais que tu regretteras si tu renonces à tout le bien que tu pourrais faire.

Je ne vois pas comment quelqu'un pourrait me connaître alors que je suis un étranger pour moi-même.

— Tu ne pars vraiment pas à Los Angeles demain ?

— Non. Je reste avec toi jusqu'au bout.

— Tu seras déçu si je tourne le dos aux Marcheurs du Ciel et à Nova, pas vrai ?

Brighton laisse échapper un profond soupir.

— Évidemment, j'aurais aimé qu'on ait tous les deux des pouvoirs. Les Reys de Lumière. Mais je serai ton *sidekick* et je t'aiderai à rester en vie en attendant qu'on trouve ce remède.

On se fait un check en sifflant et je me mets à pleurer ; il reste une lumière que cette journée de tempête n'aura pas réussi à éteindre.

— T'es pas mon *sidekick*. T'es mon frère.

QUINZE

LE FRÈRE DU FILS DE L'INFINI

Brighton

Personne ne me croyait. Je savais qu'on n'aurait pas la malchance d'avoir une vie normale. Je l'avais bien dit.

Je le sentais dans mes tripes, même si Emil se fiche toujours de moi quand je dis ça. J'avais raison, on est destinés à participer à cette bataille capitale. Les Marcheurs du Ciel ne s'intéressent qu'à Emil pour le moment, mais je vais leur montrer que je peux également devenir une arme pour eux.

En fin de compte, tout le monde sait que ça aurait dû être moi – les pouvoirs, les vies antérieures. Tout ça. Je suis fait pour la vie de Marcheur du Ciel, contrairement à Emil. Ce n'est pas une critique. Je suis sûr qu'il serait d'accord pour dire que j'ai plus de prédispositions que lui à la lumimagie.

Je le prouverai quand le Rêveur couronné fera enfin de moi un céleste.

En attendant, j'espère vraiment qu'on pourra rester ici, mais tout dépend de la décision d'Emil. Ça me paraît tellement insignifiant désormais d'aller étudier à

Los Angeles. Il y a un pays de célestes à sauver. On ne peut pas les lâcher.

Je n'ai pas la patience d'attendre qu'Emil ou Prudencia se réveille, alors je me lève de mon matelas gonflable et je vais me balader dans Nova pour essayer de ne plus penser à la bombe familiale que maman a lâchée. Hier soir, en redescendant du toit, Emil et moi, on est retournés à notre chambre et on a dit à maman qu'on avait besoin de temps, qu'on n'était pas encore prêts à parler. Pour être honnête, je ne crois pas non plus qu'on le sera aujourd'hui.

En ouvrant la porte de notre chambre, je tombe sur une bande de gamins qui sautillent gaiement et partent en courant quand ils me voient. La nouvelle de notre présence s'est vite répandue. Dans d'autres salles de classe, dans des bureaux, des gens se réveillent et plient leurs lits de camp et leurs sacs de couchage. En passant devant une salle d'informatique, je vois un enfant pleurer dans les bras d'une femme, et je me demande quelle est leur histoire. Dans une pièce un peu plus loin, un groupe de nanas lit des bouquins en cours d'espagnol, et l'une d'elles flotte à quelques mètres du sol dans la même position que si elle était allongée par terre. La lévitation est monnaie courante parmi les célestes, pourtant elle continue de m'impressionner.

Le gymnase est rempli de célestes qui jouent au basket avec leurs pouvoirs. Une fille drible sans les mains – je suppose qu'elle est télékinésique, ou qu'elle a une affinité avec le caoutchouc ou l'air qui lui permet de contrôler le ballon. Elle le fait rebondir entre les jambes de ses adversaires et essaie de faire une passe à son coéquipier, lorsqu'une autre fille apparue de nulle part intercepte le ballon et disparaît aussi vite qu'elle est arrivée. La joueuse douée du pouvoir de téléportation traverse le terrain en parcourant plusieurs mètres à la fois, et personne ne parvient à l'empêcher d'atteindre le panier et de marquer.

En observant les célestes, on pourrait penser que la lumimagie n'est qu'une partie de plaisir. Je ne sais pas ce qu'ils ont vécu pour se retrouver sous la protection des Marcheurs du Ciel, mais quoi qu'il en soit, à leur place je me servirais de ces pouvoirs pour descendre dans la rue et bâtir un monde meilleur. Si mon frère doit se battre, alors eux aussi.

La fille avec le pouvoir de téléportation m'aperçoit.

— Il est là !

Sa façon de disparaître et de réapparaître sans arrêt me fait penser à un jeu vidéo en train de bugger. Les personnes sur le terrain et dans les gradins se rassemblent aussitôt autour de moi et me regardent avec des yeux écarquillés. Elles parlent toutes en même temps.

— J'arrive pas à croire que tu te sois battu contre un spectre !

— Tu devrais nous aider à nous entraîner !

— Je peux faire apparaître de l'eau. On devrait faire équipe !

— T'es tellement courageux ! À quoi est-ce que tu pensais pendant le combat ?

Avant que je puisse prendre la parole, un des garçons plisse les yeux.

— Il n'a pas de pouvoirs. C'est juste le frère.

Sur ces mots, il tourne les talons.

— Oh…, dit le garçon qui fait apparaître de l'eau.

Il a cependant la gentillesse de ne pas s'éloigner.

Les célestes devraient me reconnaître à ma juste valeur, parce que je ne suis pas «juste» le frère. Je me suis aussi battu en première ligne contre les spectres, sans aucun pouvoir. C'était plus que courageux. J'ai trouvé dur que mes propres abonnés ne viennent pas me retrouver au parc Murmure, mais ça me fait encore plus mal qu'on me confonde avec Emil. J'espère que ça n'arrivera plus. Les gens me connaissent et ils m'aiment – il suffit de jeter un coup d'œil à mes comptes sur les réseaux sociaux.

— Vous savez où est Wesley? je demande.

— Sans doute dans la salle des profs, répond la fille télékinésique.

Wesley a un an de plus que moi, l'idée qu'il puisse être dans la salle des profs me fait sourire. Je descends mais ne trouve que des couvertures étendues sur les canapés, personne en dessous. Je me demande bien qui pionce ici. De la musique résonne non loin, je la suis le long du couloir jusqu'à une salle où je trouve Wesley installé sur un lit de camp en train de jouer laborieusement de la flûte. Eva est assise sur une banquette de piano et écrit dans un journal. Atlas, lui, est assis par terre près d'une prise électrique à laquelle est branché son téléphone.

Wesley baisse sa flûte en me voyant.

— Je te jure qu'on est en train de travailler.

— Toutes les révolutions ont besoin d'une bande-son, dit Eva.

— Et tous les héros ont besoin de souffler un peu quand leurs copines se font la guerre, ajoute Atlas.

Eva lève une bouteille d'eau comme s'il agissait d'un verre de champagne.

— Peut-être qu'Iris et Maribelle arrêteraient enfin de se disputer si elles se bastonnaient une bonne fois pour toutes.

— Tu es la pire pacifiste que je connaisse, lance Wesley.

Je suis d'accord avec lui. Il n'y avait rien de pacifique dans la façon dont Eva a pointé cette baguette sur nous à notre arrivée à Nova.

— Si je faisais encore des paris, je miserais sur Iris, ajoute-t-il.

— Sans commentaire, dit Atlas.

— Tu paries aussi sur Iris ? insiste Wesley, mais Atlas l'ignore. Brighton, assieds-toi.

J'ai déjà l'impression que les Marcheurs du Ciel me traitent comme si j'étais des leurs. Je savais que ma place était ici.

— Où sont Maribelle et Iris ? J'ai fait un tour dans l'école mais je ne les ai pas vues.

— Maribelle se terre dans notre chambre pour essayer de retrouver la mystérieuse céleste, répond Atlas.

Eva referme son journal avec un profond soupir, et tout d'un coup, je me sens mal de troubler leur moment de tranquillité.

— Une fois de plus, Iris a sacrifié une matinée de câlins pour entraîner un céleste qui ne se retrouvera jamais sur le terrain avec le reste de l'équipe.

— Si je comprends bien, tu ne sors pas et tu ne te bats pas parce que tu es une pacifiste ?

Eva tire sur ses cheveux bruns et en arrache quelques-uns.

— Chaque fois qu'Iris part, j'ai l'impression de vivre le pire moment de ma vie. Elle se croit invincible, et un jour quelqu'un lui prouvera qu'elle se trompe. Mais elle ne veut pas que je l'accompagne car ce serait trop dangereux pour moi à cause de mon pouvoir de guérison. Si je tombe entre les mauvaises mains, il pourrait être utilisé pour soigner des trucs atroces. Elle préférerait mourir plutôt que de vivre en sachant qu'on me torture chaque fois que je guéris quelqu'un.

— Pourquoi te ferais-tu torturer alors que tu guéris les gens ?

Le silence tombe. Je sens un malaise qui s'installe, et je suis le seul qui ignore pourquoi.

Eva tripote ses cheveux et tire dessus, avant de s'asseoir sur ses mains pour s'empêcher de continuer.

— Pour guérir les blessures de quelqu'un, je dois d'abord absorber sa douleur. Je me rétablis plus vite que ceux que je soigne, mais je souffre quand même tellement que j'ai parfois l'impression que je vais crever. Imagine-toi ce qui arriverait si des Verseurs de sang, des alchimistes ou des exécuteurs me capturaient. Je pourrais passer le reste de ma vie à soigner des criminels et des policiers qui détestent les célestes.

J'étais loin de me douter que ça puisse être un tel cauchemar de guérir les gens. Je comprends alors que les cris qu'on a entendus hier dans le couloir n'étaient pas ceux d'Iris mais d'Eva, qui se faisait ronger par l'acide de basilic de Stanton. Je ne sais pas quoi dire, et je ne veux pas embêter Eva avec d'autres questions. Je me tourne vers Wesley pour changer de sujet.

— Merci d'avoir laissé ta chambre à ma mère hier soir.

— Pas de problème. Même si j'ai eu un peu froid, je vais peut-être continuer à camper ici pour être sûr de pouvoir sortir le premier la prochaine fois que quelqu'un nous trahit, dit Wesley avec un rire forcé pour essayer de détendre l'atmosphère.

— Tu serais dans tous les cas le premier avec ta vitesse hors du commun, non ? je demande.

— C'est ça la blague, explique Atlas. Ou du moins ce que Wesley considère comme une blague.

Je lâche à mon tour un rire forcé.

— Est-ce qu'il ne faudra pas de toute façon qu'on s'installe ailleurs à cause de la rentrée scolaire la semaine prochaine ?

— Mec, Nova a dû fermer parce que l'école n'a reçu aucune subvention de l'État, explique Wesley tandis que je commence à envisager sérieusement de la boucler parce que je n'arrête pas de dire des conneries.

Je ne me suis pas senti aussi bête depuis que j'ai foiré plusieurs contrôles après le décès de papa.

— Il est arrivé la même chose pendant ma première année de lycée, reprend Wesley. On m'a mis dans un établissement public classique, et j'ai arrêté d'aller en cours quand je me suis rendu compte que les professeurs n'en avaient rien à battre de mes pouvoirs.

— Est-ce que vous donnez des cours ici ?

— On propose des entraînements, répond Eva, qui semble avoir retrouvé un peu d'énergie. Mais on n'est pas profs.

— Quels sont vos rôles? je demande. Je suis prêt à faire n'importe quoi pour vous aider.

Les Marcheurs du Ciel se sont réparti les différentes tâches. En plus de diriger toutes les missions, Iris est la recruteuse de l'équipe – c'est elle qui dort le moins. Wesley est le correspondant direct de plusieurs autres équipes de sauvetage du pays, qu'il met en relation avec les célestes qui cherchent refuge ailleurs. Atlas gère les demandes de boulot à côté, destinées à rapporter de l'argent. Eva est la guérisseuse du refuge, et apparemment elle ne se contente pas de guérir les blessures physiques mais elle soigne aussi les troubles psychologiques; elle anime des sessions de thérapie de groupe pour les célestes en difficulté, et en a une ce matin. Maribelle est censée entraîner les novices au combat, mais ces derniers temps, elle est plus occupée à essayer de blanchir le nom de ses parents.

Soudain une idée me vient. C'est ma vocation. Je suis destiné à ça, je le sens dans mes tripes :

— Je peux vous aider à améliorer votre image. Tous les regards sont tournés vers Emil, pas vrai? Faisons le nécessaire pour que les gens continuent à s'intéresser à lui. Je vais filmer son parcours de nouveau membre des Marcheurs du Ciel, et raconter son histoire et tout ce qu'il va vivre. Les gens prendront conscience que nos objectifs et nos actions sont héroïques et qu'ils se trompent sur notre compte.

— Même si c'est une bonne idée, elle est impossible à réaliser, assène Atlas. Pour regagner la confiance de la population, on doit arrêter les Verseurs de sang.

Chaque chose en son temps. Et s'il te plaît, dis à Emil qu'on n'attend pas de lui qu'il sauve le monde tout seul.

— Maribelle aussi a besoin de l'entendre, mec, le reprend Wesley.

— Elle a été trop dure avec lui, admet Atlas. Brighton, si Emil nous aide à éliminer les Verseurs de sang, la principale source de violence disparaîtra. C'est à cause d'eux que toutes les personnes dotées de pouvoirs sont automatiquement rangées dans la catégorie des méchants.

— On aimerait vraiment que ton frère nous aide, intervient Eva. Mais on se rend compte qu'on lui demande quelque chose d'énorme.

— Je lui parlerai. Emil ne voudra pas vivre planqué pour le restant de ses jours.

Les Marcheurs du Ciel m'ont confié ma première mission ; j'ai désormais un but. Je ferai tout ce qu'il faut pour protéger mon frère, et pour ça, je dois l'encourager à rejoindre cette lutte plutôt que d'attendre que les Verseurs de sang le retrouvent et le tuent. Emil saura se défendre si les Marcheurs du Ciel lui apprennent à se servir de ses pouvoirs. Les idées se bousculent dans ma tête.

— À quelle heure est la session de thérapie de groupe ?

— Dans quarante minutes, répond Eva.

— On y sera.

Je retourne vers notre chambre.

Prudencia est au téléphone dans le couloir, devant notre porte. Elle se tient la tête baissée avec un bras autour de sa poitrine.

— T'as pas intérêt à jeter mes affaires ! hurle-t-elle en tremblant. Est-ce que tu t'entends parler ? Personne ne te menace. Je m'occupe d'un copain qui a besoin de moi. Personne ne te veut du mal ! Je…

Elle regarde son téléphone et se laisse glisser le long d'un casier.

— Elle a raccroché. Pourquoi est-ce que je n'arrive pas à être heureuse de ne plus vivre avec elle ? C'est pas comme si je m'étais imaginé qu'on garderait contact une fois que je serais partie de chez elle…

— Depuis la mort de tes parents, elle est la seule famille qui te reste.

Prudencia regarde fixement la porte.

— Je ne sais pas ce qu'Emil ressent en ce moment, en tout cas il a eu de la chance d'être élevé par une famille qui l'aimait tellement qu'il ne s'est jamais douté qu'il était adopté. J'aurais préféré ça plutôt que de me retrouver chez ma tante. Est-ce que c'est horrible de penser ça ?

— Tu méritais mieux. On va prendre soin de toi.

— Il n'est pas question de moi. On devrait surtout s'inquiéter pour Emil. Il est réveillé.

On frappe, mais Emil est toujours planqué sous son drap quand on entre dans la chambre. Si je ne distinguais pas la lumière de l'écran de son téléphone à travers le drap, je pourrais croire qu'il dort encore. Il se met toujours dans cette position pour dormir ou quand il a envie qu'on le laisse tranquille.

— Frangin. Tu veux te lever ?

— J'essaie de trouver des infos pour savoir comment briser le cycle, répond-il.

— Maribelle peut t'apporter les notes de Sera et Bautista sur le remède qu'ils cherchaient, je dis.

— Elle me les donnera seulement si j'accepte de me battre. C'est hors de question. Je dois trouver un autre moyen de mettre fin à l'infini.

— On n'a qu'à aller à la bibliothèque, je suggère.

Comme il ne bouge pas, j'écarte le drap qui le recouvre.

— Allez. Si tu veux te sortir de là, il faut qu'on se bouge.

Emil met quelques minutes à émerger de son lit. En deux temps trois mouvements, je lui choisis une chemise, je le pousse dans la salle de bains pour qu'il se brosse les dents, et je l'emmène à la bibliothèque où se tient la séance de thérapie. On marche côte à côte en silence, comme si on avait passé toute notre vie à se parler et qu'on n'avait enfin plus rien à se dire. La bibliothèque est dans un bazar pas possible. Il n'y a sans doute pas de bibliothécaire pour empêcher les visiteurs de manquer de respect aux livres. C'est une bibliothèque d'école primaire, et je me demande si on y trouvera vraiment des ouvrages qui pourront nous donner des idées pour libérer Emil de ce cycle qu'a entamé Keon. Je suis un peu sceptique quand je vois le livre illustré *Les Basilics pour les débutants* rangé dans le rayon « Constellations principales ». Mais on s'en fiche. On n'est pas là pour les bouquins.

— Qu'est-ce qu'ils font ? je demande en montrant du doigt un groupe de célestes assis sous une lampe en forme de dôme qui ressemble au soleil. Viens, on y va.

Emil ne bouge pas.

— On devrait chercher des livres.

— Tout à l'heure.

— Brighton, on n'est pas venus pour ça, insiste Prudencia.

— Ça sera rapide, je réplique.

Je prends Emil par les épaules. En ce moment, je connais mon frère mieux qu'il se connaît lui-même. C'est la chose à faire, je le sens dans mes tripes. Les célestes les plus jeunes sont tout excités de nous voir approcher, et ils regardent fixement Emil comme s'il était un dieu. Ils sont pourtant loin de se douter à quel point il est spécial. Et que s'ils vivent tous cachés aujourd'hui, c'est en partie à cause de sa première vie.

— Bonjour, dit Eva. (Il n'y a pas d'autres Marcheurs du Ciel dans le groupe.) Venez vous joindre à nous.

— Qu'est-ce que vous faites ? demande Emil.

— Une session de thérapie. On se retrouve tous les deux ou trois jours pour faire le point.

On entre dans le cercle, et Emil me lance un regard noir.

On n'est apparemment pas les seuls nouveaux, et certains célestes racontent au groupe comment ils sont arrivés ici ces dernières semaines. Il y a Grace, dont la voix peut devenir aussi puissante que si elle hurlait dans un mégaphone, et qui a suivi quelques séances d'entraînement avec Maribelle pour assurer la sécurité du refuge. Flynn parle les langues de tous les êtres de la terre, et les Verseurs de sang ont tenté de le capturer afin de se servir de ses aptitudes pour traquer de nouvelles créatures. Alberta, vingt-deux ans, est capable de provoquer des tremblements de terre, et a failli mourir avec sa famille quand son pouvoir les a pris par surprise dans le New Jersey ; elle a encore des progrès à faire pour le maîtriser. Zachary, lui, possède le pouvoir d'endormir les gens ; celui-ci s'est manifesté pour la première fois le jour où il s'est fait agresser dans la rue par un homme qui l'a menacé avec un couteau pour le dépouiller, et c'est Zachary qui a été pris pour l'agresseur. Il y a aussi Sapphire, qui est capable de créer des cordes d'énergie mais n'y parvient pas encore très bien.

Je lève la main.

— Tu n'as pas besoin de lever la main pour parler, dit Eva.

— Et toi, comment tu t'es retrouvée là ?

Emil a besoin d'entendre des récits de Marcheurs du Ciel actifs aujourd'hui.

— Ça fait des années que je suis recherchée. Il y a deux ans, j'étais avec ma meilleure amie quand quatre hommes ont sauté d'un van et ont essayé de me kidnapper. J'avais déjà vécu des expériences terrifiantes, pourtant cette soirée me hante toujours. Si on s'en est tirées, c'est seulement grâce à l'apparition d'une céleste qui leur a jeté un sortilège d'endormissement. Je me suis enfuie avec mon amie, mais…

Mon cœur tambourine dans ma poitrine. J'ai beau savoir qu'Eva est en vie puisqu'elle se tient juste devant moi, je ne peux pas m'empêcher d'avoir peur pour elle.

— Ta meilleure amie est ici aussi ?

— Cette journée a détruit notre relation. Elle s'est sentie impuissante, et… elle s'est mis dans la tête d'obtenir des pouvoirs.

Eva s'arrête là, même si j'ai l'impression qu'elle voudrait en dire plus. Cette fois elle n'en dévoile pas autant que quand elle a parlé de son pouvoir de guérison. Elle se ressaisit et reprend la parole :

— Emil ?

Mon frère a les yeux rivés au sol.

Je passe mon bras autour de son épaule. Je rêve d'être le plus grand héros que cette ville a jamais connu, mais si c'est impossible, je ferai tout pour que mon frère le devienne. Même si je sais qu'il a peur.

— Frangin, tu es entouré de personnes qui ont été affectées par cette guerre. C'est le moment de choisir celui que tu veux devenir.

SEIZE

UNIS

Emil

Ils se fichent de moi.

Comment je peux savoir qui je veux devenir, alors que j'ai encore du mal à accepter qui je suis ? Ça fait douze heures que ma vie a été complètement chamboulée. Certains des célestes de ce cercle ont toujours su qu'ils auraient des pouvoirs un jour, tandis que d'autres ont été aussi surpris que moi. Mais combien d'entre eux ont découvert qu'ils ont été adoptés et qu'on s'attend désormais à ce qu'ils deviennent des Marcheurs du Ciel, comme lors de leur précédente vie antérieure, à cause des agissements de leur toute première vie antérieure ?

Je suis le seul.

Je reste silencieux. Lorsque le groupe se sépare, je m'isole dans un coin de la bibliothèque pour ne pas devoir parler aux autres – surtout pas à Brighton, qui m'a piégé. Je vais parcourir moi-même tous ces foutus bouquins, en espérant trouver une façon de me sortir de cette situation. Mais au bout d'une heure à peine, je prends conscience que c'est peine perdue. J'étais déjà nul en chimie, je n'ai aucune chance de maîtriser l'alchimie.

Je décide de m'en tenir à ce que je connais. Je passe en revue un vieux manuel sur les phénix, mais il ne contient qu'une page sur les phénix *astre gris* et je n'y apprends rien de nouveau. Je sais déjà qu'ils renaissent toujours plus forts, et c'est sans doute pour ça que je manie à la fois les flammes dorées de Keon et les flammes grises de Bautista. J'ignore cependant si mes pouvoirs vont continuer à croître ou s'ils ont atteint leur limite. La résurrection en fait évidemment partie, sauf que je ne reviendrai pas en tant que moi-même après ma mort. Je ne me suis même pas réincarné avec les souvenirs de Bautista ou de Keon. L'un d'eux possédait-il un pouvoir d'autoguérison ? Je ne les ai jamais vus voler dans des vidéos. Certains scientifiques ont essayé de prouver que les phénix avaient la capacité de se déplacer parmi leurs vies antérieures, mais aucune théorie sérieuse n'a jamais vu le jour. C'est le pouvoir que j'aimerais le plus avoir ; ainsi, je pourrais remonter le temps et empêcher Keon de créer les spectres, ça ce serait une mission digne de celles de mes films de science-fiction préférés.

Je passe les quelques heures qui suivent à la bibliothèque, jusqu'à ce que la faim se fasse sentir. Je retrouve Brighton et Prudencia pour avoir l'impression d'être un peu moins seul, et on marche ensemble vers la cafétéria. Maman est en train d'y déjeuner sans personne. Je pourrais partir pour ne pas la blesser, car elle me tourne le dos. En la voyant ainsi courbée sur son assiette, je repense à la période qui a suivi la mort de papa, quand elle était obligée de se forcer à manger.

Tout ce qui se passe est tellement terrifiant. Je me dirige droit vers ma mère, comme je l'ai toujours fait dans l'appartement où je pensais être chez moi.

Elle lève la tête vers moi. Ses yeux sont très rouges.

— Emil.

Je meurs d'envie de la serrer dans mes bras et de lui pardonner, mais je suis comme paralysé.

— Mon Emilio, je suis tellement désolée. Ça m'a brisé le cœur de voir l'expression sur ton visage… Je n'ai jamais voulu te faire subir ça.

— Tu aurais dû m'en parler.

— *Nous* en parler, corrige Brighton.

— Bien sûr, dit maman. Une partie de moi aurait aimé faire perdurer ce mensonge pour ne pas devoir garder en mémoire l'image de vos visages déçus. Pourtant ça m'a paru trop important. Demandez-moi ce que vous voulez et je vous répondrai.

J'ai tellement de questions, mais elles peuvent attendre; j'ai déjà appris assez de choses comme ça sur ma famille.

— Je voudrais d'abord qu'on ait une vraie conversation. Je sais que tout le monde compte sur moi pour que je devienne un soldat, mais jamais je ne serai à la hauteur de Bautista. Même si j'aspire à un monde meilleur comme ceux qui vivent ici, je n'ai pas les épaules pour créer ce monde.

— Pourtant tu l'as déjà fait! dit Brighton. Enfin, en quelque sorte.

Je ne suis ni Keon ni Bautista, et il suffit de quelques minutes de recherches sur Internet pour en savoir autant que moi sur eux.

— Ils ont tous les deux étés tués, Brighton. C'est pas un jeu vidéo dans lequel je ressuscite et redeviens ton frère si je perds la vie. Qu'est-ce que ça te fera si je finis par mourir dans cette bataille, alors que tu as insisté pour que j'y participe ?

— Je me détesterai jusqu'à la fin de mes jours, répond aussitôt Brighton. Mais toi, que ressentiras-tu si tu tournes le dos à tout ça ?

— Je me détesterai jusqu'à la fin de mes jours. Je connais les noms des victimes, leurs visages, leurs histoires, j'en sais trop pour ne pas apporter mon aide. Je suis peut-être un spectre, mais je ressemble beaucoup aux célestes qui n'ont pas non plus choisi d'avoir des pouvoirs. Je veux me concentrer sur ce remède et réparer le mal qu'ont fait Keon et les Verseurs de sang.

Brighton sourit.

— On va t'aider à traverser ça. Je filmerai ton entraînement, et on regardera les vidéos ensemble. Je te dirai quand tu peux mieux faire, pour t'éviter d'être démoli sur le champ de bataille.

— Champ de bataille, répète Prudencia dans un souffle. Ça fait froid dans le dos.

— Les temps ont changé, dit Brighton.

— Maman ?

Elle n'a encore rien dit.

— Aucun parent ne souhaite voir son enfant s'engager dans une bataille, dit-elle en prenant ma main dans la sienne pendant que je lutte contre l'envie de la retirer d'un coup. Même si j'aimerais pouvoir te soulager de ce poids énorme qui pèse sur tes épaules, Emilio, je ferai tout mon possible pour te soutenir. Si tu veux rester, on reste. Si tu veux partir, on part.

Personne ne peut prendre cette décision à ma place. On garde le silence pendant un moment, et je prends quelques profondes inspirations avant de bouleverser encore davantage ma vie. Puis on se dirige tous les quatre vers la salle des potions, unis. Les Marcheurs du Ciel y sont rassemblés, tous les regards sont rivés sur nous. Mon feu de phénix n'est pour rien dans le sentiment de puissance que j'éprouve à ce moment-là. Si je me sens aussi fort, c'est parce que j'ai ma propre petite armée qui se tient à mes côtés.

— C'est entendu, je deviendrai l'un d'entre vous.

DIX-SEPT

L'ENTRAÎNEMENT

Emil

Les Marcheurs du Ciel ne prennent pas ma préparation physique à la légère.

Atlas me montre comment invoquer mon pouvoir, et c'est encore plus difficile que les pompes qu'Iris me fait faire avec mes bras maigrichons pendant nos intenses séances d'entraînement. Chaque fois que je réussis à faire surgir le puissant feu de phénix, je dois essayer de toucher Wesley avec mes flammes. Comme s'il n'était pas déjà suffisamment dur d'atteindre une cible en mouvement, il faut que ce soit Wesley. Maribelle m'apprend à me battre avec les poings, et ça commence mal car je place mon pouce n'importe comment. Brighton est derrière la caméra et essaie de me faire passer pour un héros, mais je ne vois pas comment il va y arriver avec les images qu'il filme.

Les Marcheurs du Ciel ont sûrement pris conscience qu'ils avaient misé sur le mauvais cheval, pourtant ils n'abandonnent pas. J'ai de plus en plus de bleus après trois jours de combats avec Maribelle, et j'évite maman quand je dois appliquer de la glace dessus pour qu'elle ne sache pas à quel point j'ai mal. Le cinquième jour d'entraînement, je suis tout aussi stupéfait que les autres en constatant que mon équilibre s'améliore, que ma concentration augmente et que les flammes me paraissent plus légères. C'est tellement plus compliqué de lancer des projectiles sur une cible dans la réalité que dans les jeux vidéo. Mais quand je comprends que je dois anticiper, et que j'arrête de viser l'endroit où se trouve Wesley pour tirer là où il ira ensuite, je parviens enfin à atteindre son gilet pare-pouvoirs.

Le septième jour d'entraînement, les Marcheurs du Ciel préparent un galop d'essai pour moi. Nos séances d'entraînement étaient privées, mais cette fois Iris a invité tous les résidents de Nova. Punaise, il doit bien y avoir une soixantaine de personnes dans la salle, qui comptent sur moi pour aider les Marcheurs du Ciel à les sauver.

— Ton objectif est de secourir le céleste qui a été touché, explique Iris. Tu dois ramener ici le mannequin qui se trouve à l'autre bout du gymnase.

— C'est tout ?

— C'est parti ! dit Iris.

La lumière baisse alors.

Tous les regards sont braqués sur moi. J'avance avec difficulté en direction du mannequin, en luttant contre les vents d'Atlas. J'ai l'impression d'être pris en plein cœur d'une tempête. Je n'avais pas pensé aux éléments que je devrais affronter en mission, et je me sens envahi par une terreur nouvelle. Alors que je suis sur le point d'atteindre le mannequin, une forte brise se met à siffler dans mes oreilles. Wesley décrit des cercles autour de moi, et, avant que je puisse l'arrêter, il fonce sur moi et me heurte avec son épaule. Je suis précipité contre le mur derrière moi, sans matelas pour amortir ma chute. Alors que j'essaie de me relever, j'entends les gémissements des spectateurs dans les tribunes. Wesley charge de nouveau. Je croise les bras sur ma poitrine en me préparant au choc, et mon feu de phénix jaillit sous la forme d'ailes. Wesley me percute, et cette fois c'est lui qui est propulsé en arrière. Il roule par terre, sous les applaudissements du public.

Je regarde mes mains : mes ailes de feu ne me permettent peut-être pas de voler mais elles sont un bouclier efficace.

C'est le moment d'en finir. Sans laisser à Wesley le temps de reprendre ses esprits, j'attrape le mannequin par la jambe. Il est plus lourd que je m'y attendais, et mon corps est encore tout courbaturé par mon entraînement intensif. Maribelle sort soudain de l'ombre en volant et me frappe au niveau du menton, tellement fort que je me demande comment mes dents tiennent encore. Elle atterrit par terre puis me décoche un violent coup de pied dans la cage thoracique, se déchaînant contre moi comme si je l'avais offensée personnellement.

— J'abandonne, j'abandonne, je dis en toussant.

Je ne suis pas un battant, je l'admets.

Maribelle m'aide à me relever et penche la tête vers moi.

— T'as pas le droit d'abandonner.

Elle me tord le bras et me fait basculer par-dessus son épaule. Le souffle coupé, je lutte pour reprendre ma respiration. J'ai beau avoir vu ça dans des tas de films d'action, je ne m'attendais pas à la sensation qui va avec : j'ai l'impression qu'elle m'a presque arraché le bras et brisé le dos.

Je me relève sur un genou et je demande une pause d'un geste.

— Donne-moi juste deux minutes.

— Hors de question, dit Maribelle.

— S'il te plaît !

— Tu demanderais une pause aux Verseurs de sang ? Tu crois que les exécuteurs te laisseront le temps de récupérer ? Tes adversaires veulent te voir faible. Prouve-leur que tu ne l'es pas.

Maribelle s'élève dans les airs puis fond sur moi. Je l'esquive d'un mouvement d'épaule, comme elle me l'a appris. Avec un genou à terre, je lance des flammes dans sa direction et elle tombe par terre en gémissant. Je n'ai pas le temps de vérifier dans quel état elle est. Je tire le mannequin derrière moi, quand des balles pleuvent sur moi, me faisant perdre l'équilibre. Iris lance une autre balle dans ma direction, et je la vise avec une fléchette enflammée. Je parviens à faire exploser toutes les balles, et des lambeaux de caoutchouc pleuvent entre nous. Saisissant le mannequin par les jambes, je franchis la ligne d'arrivée en m'effondrant, à bout de souffle, tandis que les spectateurs scandent :

— Aile-de-feu ! Aile-de-feu !

Ils comptent tous sur moi pour être ce héros. Aile-de-feu.

J'espère qu'ils ne découvriront jamais que c'est à cause de ma vie antérieure qu'ils ont besoin d'être sauvés.

*

Ça m'a fait super bizarre de voir Brighton monter une vidéo de moi. Le lendemain après-midi, il présente le résultat – son chef-d'œuvre, d'après lui – aux Marcheurs du Ciel, qui donnent leur accord pour qu'il soit mis en ligne sur *Les Célestes de New York*. C'est un montage de deux minutes présentant tout ce que j'ai fait ces derniers temps, avec en toile de fond une musique épique qui monte crescendo quand mon pouvoir fait surface pour la première fois dans le métro, ralentit quand je me fais botter les fesses pendant l'entraînement, puis s'anime de nouveau quand je passe mon galop d'essai. La vidéo est cool, c'est vrai. Mais je ne pense pas que les gens auront de la sympathie pour un spectre, et je ne peux pas vraiment prouver que je me suis réincarné malgré moi. Tout le monde va m'accuser d'être responsable de ce qui m'arrive.

Brighton est surexcité en observant le nombre de vues exploser. Les commentaires sont principalement positifs, mais dix pour cent des internautes espèrent tout de même que je vais prendre feu ou qu'on me donnera en pâture à une hydre. Il faut que j'arrête de lire ces messages, même ceux de soutien, je suis déjà soumis à suffisamment de pression comme ça. J'avais l'intention de commencer une psychothérapie en privé avec Eva, comme maman l'a fait, mais le temps me manque entre l'entraînement et le déchiffrage des notes de Bautista et Sera avec Prudencia. Trop de gens comptent sur moi. Moi compris. Le seul moyen de mettre de l'ordre dans ma vie est de trouver un remède.

J'applique de la glace sur mon épaule tout en parcourant avec Prudencia le journal relié de cuir bleu foncé avec un globe de feu doré dessiné sur la couverture. Bautista avait une écriture de cochon mais un sacré coup de crayon. Sous des esquisses de flammes mourantes, je parviens à déchiffrer ce qu'il a écrit au sujet d'un de ses essais. Il a travaillé avec un céleste capable de neutraliser les pouvoirs des gens, mais l'effet n'était pas permanent, un peu comme dans le cas des gantelets utilisés par les exécuteurs. En constatant les similarités entre nous – l'écriture illisible, le talent pour le dessin, ses peurs –, j'en viens à me demander à quel point je suis moi en raison de mes choix, et quels gènes je tiens de Bautista. Peut-être que mon intérêt pour les phénix est dû à ce que j'ai vécu en tant que Bautista et Keon.

Prudencia continue à taper des notes sur son téléphone.

— Je n'ai jamais entendu parler de la moitié des ingrédients mentionnés par Sera. Des larmes d'os ? De l'eau de la mer Ombrageuse ? De la poudre de cumulus ? De la feuille de fantôme ? Je n'arrive pas à savoir si Sera était une brillante alchimiste ou une ignorante dont les visions ne lui ont jamais servi à rien.

— Bautista croyait vraiment en elle. Sinon, pourquoi aurait-il accepté d'être son cobaye ?

Bautista avait bu une potion contenant le sang d'un céleste lanceur d'eau pour essayer d'éteindre son feu de phénix, mais ça avait été un fiasco de plus.

— Et si c'était à cause de toutes ces expériences que je n'ai jamais eu accès aux souvenirs de Bautista et de

Keon ? Peut-être qu'ils n'ont fait que détruire ce pouvoir en essayant d'annuler tout ce qui s'était passé.

— C'est possible. On ne peut faire que des hypothèses, pas vrai ?

Prudencia revient à une page qu'on a cornée un peu plus tôt, concernant les Chevaliers auréolés. Ils sont décrits comme de formidables champions du ciel qui, malgré leur nombre en constante diminution, continuent à consacrer leur vie à la protection de toutes les espèces de phénix. Elle reprend :

— Si les Chevaliers auréolés ne détestaient pas autant Bautista à cause de ses pouvoirs de phénix, ils auraient pu être utiles.

— En effet. Mais on doit trouver le moyen d'arrêter tous les spectres.

— Et de s'assurer qu'ils ne puissent pas revenir en faisant simplement couler plus de sang.

— C'est carrément à la portée de deux personnes qui n'y connaissent rien en alchimie…

La porte s'ouvre, laissant place à Iris. J'ai complètement oublié notre séance d'entraînement d'aujourd'hui, bras et abdos au programme. Mais j'ai du mal à m'imaginer que j'aurai un jour des tablettes de chocolat comme Atlas.

— Désolé Iris, on passait en revue les notes de Bautista.

— L'entraînement est annulé, répond Iris. Tu pars en mission avec Maribelle et moi. On va éliminer le spectre contre lequel tu t'es battu dans le métro.

Les exécuteurs n'ont donc finalement pas réussi à attraper Orton.

J'avais osé me réjouir pendant une seconde et envisager de faire une sieste ou de bavarder avec Eva à la place de l'entraînement, mais Iris m'a brutalement ramené à la réalité. J'ai l'impression qu'elle m'a balancé un de ses coups de poing capables de casser des briques.

— Attends. Pourquoi moi ? Et Atlas et Wesley ?

— Ils sont en mission dans le New Jersey. Si on t'entraîne, c'est pour que tu te battes sur le terrain. Pas pour que tu sauves des mannequins.

— Je sais, mais j'ai encore tellement mal partout. Et je commence tout juste à me débrouiller.

— Orton a essayé de vous tuer, il est temps de l'arrêter, dit Iris. En suivant des pistes pour tenter de retrouver les Verseurs de sang, j'ai découvert le nouveau territoire d'Orton, là où il vend le Breuvage. Il faut à tout prix qu'on découvre l'objectif de Luna, et Orton est notre meilleure chance d'en apprendre plus.

Brighton ferme son ordinateur portable et brandit sa caméra.

— Je viens aussi !

Iris secoue la tête.

— Ce n'est pas la même chose de tourner des vidéos dans Nova et de risquer ta vie sur le terrain. (Brighton essaie de protester, mais Iris lève la main pour le faire taire.) Emil, retrouve-moi dans les vestiaires.

— Elle m'a même pas laissé une chance de m'expliquer, regrette Brighton.

— C'est le boulot d'Iris de nous protéger, dit Prudencia.

— Et mon boulot à moi, c'est de susciter la sympathie des gens envers les lumimagiciens du monde entier.

Emil est devenu populaire sur Internet parmi les célestes et les sympathisants. Il leur donne de l'espoir. Mais si on n'est pas capables de contrôler ce qui se dit, le grand public ne prendra jamais conscience que les Marcheurs du Ciel et Emil ne sont pas des terroristes. Regarde Emil : il n'a même pas envie de partir en mission, et malgré ça, les gens l'aiment !

Prudencia laisse échapper un profond soupir.

— Je vais essayer de parler à Iris.

Je marche jusqu'aux vestiaires en traînant les pieds. C'est complètement ridicule. Même si on m'a fait suivre un entraînement, je n'ai rien à faire dehors. Personne n'aurait l'idée de demander à un médecin d'accomplir le travail d'un pompier, pourtant tout le monde est d'accord pour envoyer un employé de la boutique de souvenirs d'un musée à la poursuite de la personne qui a essayé de le tuer.

Brighton braque sa caméra sur moi tandis que Prudencia marche en direction d'Iris. Elle est en train de lacer ses bottes, pendant que Maribelle fait des étirements dans un coin de la pièce.

Un équipement a été préparé pour moi. Les gants sont étonnamment lourds, et un poing américain est fixé dessus pour faire encore plus de dégâts. Je mets les coudières, même si les autres ne les portent pas – personnellement, je veux être protégé au maximum. Si ça ne tenait qu'à moi, je mettrais même un casque. Mon long tee-shirt blanc est fait en poussière de soleil, sur la peau on dirait de la laine recouverte de plumes ; c'est le même tissu ignifuge que portent les Chevaliers auréolés pendant les batailles. J'enfile le gilet pare-pouvoirs des

Marcheurs du Ciel ; il est bleu nuit, et la constellation est graffée en lettres dorées sur la poitrine.

— Tu envoies, commente Brighton.

La tenue pèse son poids, et même si j'ai gardé mon jean et mes baskets, je ne me sens pas moi-même.

— Habillez-vous, ordonne Iris, qui est accompagnée de Prudencia.

— Quoi ? Mais je suis habillé, je proteste.

Iris pointe Brighton et Prudencia du doigt.

— Ils viennent avec nous pour un essai.

— Pour de vrai ? demande Brighton.

— Vous devrez nous suivre à la trace. On va vous donner à chacun des dagues, et si tout se passe bien aujourd'hui, je vous apprendrai à vous servir de grenades-gemmes pour la suite. On part dans trois minutes. Mettez-vous vite en tenue.

Brighton se retourne, et je sais qu'il s'attend à trouver le même équipement de Marcheur du Ciel que celui que je porte. Mais le gilet pare-pouvoirs noir qu'il enfile a connu des jours meilleurs : il a été entaillé par un couteau, les bords en sont brûlés, et il est percé de trois trous de sortilèges au niveau de l'estomac. J'espère que la personne qui a porté ce gilet avant mon frère s'en est sortie. Dès que Brighton et Prudencia sont prêts, on sort dans le couloir. Brighton ne lâche pas sa caméra, et me filme en train de marcher vers ma mort.

Devant l'entrée du bâtiment, maman nous attend en tremblant, et Eva prend Iris dans ses bras.

— Je ne veux pas que vous y alliez, dit maman.

— Moi non plus, je réponds.

Pourtant je n'ai pas le choix : si je veux retrouver ma liberté, je dois devenir un Marcheur du Ciel.

— Prenez soin d'Emil, dit maman.

— On est ses *sidekicks.* On prendra soin de lui, affirme Brighton.

— Vous êtes son frère et sa meilleure amie. Revenez tous les trois.

Après une courte embrassade, on sort du bâtiment et on marche vers la voiture qui m'a emmené ici. Ça y est, on est en route. Je n'arrive pas à croire que je me suis embarqué dans tout ça.

Peut-être que tous les héros éprouvent ce sentiment avant de partir au combat.

DIX-HUIT

CONSUMÉ

Emil

Le matin de l'enterrement de papa, j'ai refusé de sortir du métro à la station où on devait descendre. Brighton a dû bloquer les portes pour qu'elles restent ouvertes, pendant que maman me suppliait de prendre sa main et de lui procurer le réconfort dont elle aurait besoin pour survivre à la cérémonie. Des passagers ont vu qu'on était habillés en noir et qu'on pleurait, mais leur compassion et leur patience n'ont pas duré. Certains ont commencé à me crier dessus. Ça leur était bien égal que je ne sois pas prêt à voir mon père dans un cercueil.

Je n'ai aucune envie de sortir de cette voiture et de me battre contre Orton.

— Je suis pas prêt, je dis à Brighton et Prudencia, qui sont assis sur la banquette arrière avec moi.

— On sera là pour te soutenir, m'assure Brighton.

Installée sur le siège du passager, Maribelle se retourne.

— Vous resterez à distance.

— Je n'ai pas le pouvoir d'arrêter Orton, je proteste. J'ai eu de la chance la première fois.

— Une fois de plus, on a l'avantage de la surprise, affirme Iris. Et on est là.

C'est sûr que la force surhumaine d'Iris et le pouvoir de lévitation de Maribelle sont un sacré poids dans la balance.

— L'objectif n'est pas de tuer, reprend Iris. On doit mettre Orton hors d'état de nuire pour pouvoir l'interroger sur les avancées de Luna en alchimie.

— Mais si tu dois te défendre, défends-toi, dit Maribelle. Si tu dois tuer pour ne pas mourir, sers-toi de tes flammes.

— Tout en faisant le maximum pour ne pas le tuer, ajoute Iris.

Elle ne contredit toutefois pas Maribelle. Pour une fois qu'elles tombent d'accord, j'aurais préféré que ce soit sur autre chose.

Je sors de la voiture et je les suis d'un pas chancelant jusqu'à un entrepôt vide appartenant à l'entreprise Lerne Éternelle. Je déteste cette marque de chaussures qui fabrique ses produits en cuir d'hydre. On ne voit rien à l'intérieur; les lumières doivent être cassées, et le soleil couchant ne nous aide pas du tout. Alors que je m'apprête à essayer de faire apparaître une étincelle, je sens craquer sous mes pieds des éclats de verre provenant des fenêtres brisées. Je me fige, terrifié à la pensée qu'Orton s'apprête à surgir de l'ombre et à m'attaquer, sans me laisser le temps de me défendre à l'aide d'une seule des leçons qu'on m'a enseignées. On se souviendrait de moi comme du prétendu élu, qui s'est fait éliminer pendant sa première semaine. Mais rien ne se passe, et Brighton allume la lumière de sa caméra pour nous aider à avancer. L'odeur de chaussures neuves, de caoutchouc et de colle devient plus forte alors qu'on passe devant les tables hautes sur lesquelles doivent travailler les ouvriers de l'usine.

Maribelle s'envole jusqu'à un balcon pendant que le reste d'entre nous monte à pas de loup un escalier en acier. On s'immobilise tous en entendant des voix dans la pièce devant nous. Je reconnais le rire cruel d'Orton, et je sens des frissons parcourir ma colonne vertébrale. J'ai envie de faire demi-tour et d'aller me cacher dans la voiture, mais c'est impossible. À en juger par le bruit, Orton est accompagné de tout un groupe. Dommage que je ne puisse pas voir à travers ces murs pour savoir à quel point ils sont plus nombreux que nous.

On se plaque contre le mur devant la porte, et Iris fait signe à Brighton et Prudencia de reculer. Brighton hésite, mais Prudencia le saisit par sa veste et le tire en arrière.

— Si elle ne peut pas m'aider, alors j'arrête de l'aider ! crie Orton.

Iris compte à rebours à partir de trois, puis fait sauter la porte de ses gonds d'un coup de poing. Elle entre dans la pièce avec Maribelle, moi sur leurs talons.

À l'intérieur d'un bureau exigu, six personnes vêtues de combinaisons grises sales et de ceintures pourpres nous dévisagent – des disciples, qui ont consacré leur vie à la cause des Verseurs de sang. Orton fait le tour de la table en boitillant et sourit, et je ne vois plus que ses dents parsemées de rouge. Sa peau maladivement blanche est parcourue de veines sombres, qui se détachent comme des ombres sur la neige. Ses yeux se mettent à luire comme des charbons ardents juste avant qu'il lance sur nous des flammes brillantes qui filent à toute allure dans un bruit strident. Je me pétrifie, et Maribelle me tire brusquement en arrière. J'entends le feu exploser derrière nous en remerciant le ciel que Brighton et Prudencia ne soient pas là.

— Attrapez-les ! ordonne Orton.

Les disciples se précipitent sur nous. Trois d'entre eux sont armés de couteaux à cran d'arrêt, deux sont munis de baguettes, et la dernière tient une hache d'armes. Un disciple balance bêtement son poing vers Iris, qui s'en empare aussitôt et le pousse violemment sur un de ses acolytes. Maribelle plane au-dessus de nous, esquivant les sortilèges qui fusent tout en veillant à ne pas heurter les lumières basses du plafond. Deux disciples s'approchent de moi et je recule, tenté de sortir en courant par la porte. Mais je ne peux pas faire ça à Maribelle et Iris. Malgré ma terreur, je parviens à tirer des fléchettes de feu sur les disciples. Je vise les épaules et les flancs, en faisant de mon mieux pour ne tuer personne, même ceux qui cherchent à me poignarder. La femme avec la hache m'accule dans un coin en hurlant. Alors qu'elle soulève son arme au-dessus de sa tête, Maribelle apparaît et la lui arrache des mains, puis fait un salto arrière et lui flanque un coup de pied dans le menton, avant d'atterrir à côté de moi.

— Sois sans pitié, dit Maribelle en lançant la hache avec force au fond du bureau.

La lame vient se planter dans la jambe d'un des disciples qui s'approchait furtivement d'Iris.

En voyant un nouveau disciple pointer sa baguette vers Iris à l'autre bout de la pièce, je lui décoche une fléchette enflammée.

— Bien joué, Emil ! crie Brighton qui se tient sur le pas de la porte, un immense sourire aux lèvres.

Avec une harmonie parfaite, Maribelle et Iris assomment le reste des disciples qui se tiennent encore debout.

Des flammes blanches éclairent soudain le coin de la pièce alors qu'Orton fait apparaître un projectile enflammé de la taille d'un boulet de canon. Il le lance violemment vers Iris, prise de cours. Propulsée en arrière, elle s'écrase sur le bureau.

Elle ne se relève pas. Je me précipite vers elle pendant que Maribelle se lance à la poursuite d'Orton. Je suis soulagé de sentir battre son pouls, même s'il est très faible. Je l'appelle par son nom à plusieurs reprises, en la suppliant de rester avec nous. Soudain, Prudencia apparaît à mes côtés.

— Va aider Maribelle, dit-elle. (Je hoche la tête, mais je ne bouge pas.) Emil, vas-y ! Je surveille Iris.

Je me relève en tremblant. J'ai tellement peur – peur des disciples qui s'agitent par terre, peur pour mon frère et ma meilleure amie, peur pour l'état d'Iris, et peur que Maribelle et moi, on ne s'en sorte pas seuls face à Orton.

On a été idiots de venir ici sans le reste de l'équipe. Orton a beau paraître faible, il est plus puissant que lorsqu'on s'est battus dans le métro. Maribelle fait pleuvoir les coups dans sa direction, mais Orton est intouchable. Il prend Maribelle par surprise avec des enchaînements pied-poing, et passe à travers ses frappes chaque fois qu'elle riposte. J'étudie sa technique, comme lorsque Wesley décrivait des cercles autour de moi pendant l'entraînement. Quand je vois Orton s'élancer vers Maribelle, je lui envoie dans le dos une fléchette enflammée qui le précipite droit sur Maribelle. J'aurais paniqué à sa place, mais Maribelle réagit vite et étrangle Orton par-derrière. En voyant l'expression dans son regard, je me demande si elle essaie de le mettre K.-O. ou de l'éliminer pour de bon. Orton se débat, mais il ne parvient pas à se volatiliser.

— Le lâche pas ! je crie. Je crois qu'il ne peut pas utiliser son pouvoir quand tu le tiens.

Maribelle continue à serrer ; le visage d'Orton devient bleu, et ses yeux s'assombrissent. Des flammes blanches apparaissent autour de ses mains, et Maribelle relâche son étreinte avec un hurlement. Elle se retrouve à terre, tremblant de douleur. Les bras d'Orton flamboient, et d'un geste il met le feu à un bureau. Une fumée noire commence à emplir la chambre. L'un des disciples parvient à se relever et s'enfuit en courant. Si les autres ne se remettent pas rapidement sur pied, ils n'auront sans doute pas autant de chance.

Brighton continue à filmer, tout en surveillant l'état d'Iris avec Prudencia.

— Sors d'ici ! je crie.

Je dois essayer de vaincre Orton tout seul. Brighton et Prudencia n'ont pas besoin de mourir avec moi.

Orton me regarde fixement jusqu'à ce que je baisse les yeux, et je sens qu'on s'apprête tous les deux à attaquer. Un instant plus tard, nos jets de flammes explosent l'un contre l'autre avec des crissements atroces qui me glacent le sang. Transpirant à grosses gouttes, je le bombarde de fléchettes, mais mes projectiles le traversent sans le blesser. Plus vite j'en aurai fini avec lui, plus vite on pourra essayer de sauver Iris et Maribelle. Alors que je reprends mon souffle, Orton m'envoie une boule de feu en pleine poitrine. Je suis projeté en arrière et mon visage heurte le mur. Le gilet pare-pouvoirs m'a sauvé la vie, c'est certain, mais j'ai le front ouvert et je goûte le sang sur mes lèvres.

— C'est pas grave, dit Brighton en surgissant à côté de moi et en examinant mon front.

Je ne peux pas m'empêcher de crier car ma blessure me pique douloureusement, comme quand j'attrapais des coups de soleil à la plage et que Brighton me tapait dans le dos pour rigoler.

— Waouh ! s'exclame Brighton. La plaie se referme. T'es en train de guérir !

Encore un pouvoir de phénix.

Brighton attrape sa caméra quand, au milieu de la fumée de plus en plus épaisse, on aperçoit Orton consumé de flammes blanches. Le feu s'est propagé des bras d'Orton à son dos et descend le long de ses jambes. On pourrait trouver qu'il a l'air puissant, pourtant son visage n'est que souffrance.

— Emmène-le ! crie Prudencia à Brighton.

Brighton commence à m'aider à me relever, mais Orton est juste devant nous. Brighton sort sa dague, pourtant je sais qu'il ne le poignardera pas – je connais mon frère. Je m'apprête à lever la main pour tenter de terrasser Orton, lorsque celui-ci s'arrête. Il continue à faire des pas lents mais il n'avance pas, comme s'il était bloqué sur un tapis de course invisible. Les flammes blanches se répandent sur le reste de son corps, l'embrasant de la tête aux pieds. Brighton a le réflexe de diriger sa caméra sur Orton. Celui-ci lâche un hurlement, qui meurt sur ses lèvres juste avant qu'il s'effondre au sol.

Je ne sais pas s'il s'agit d'une renaissance ou d'une mort. Quoi qu'il en soit, on doit sauver notre peau.

J'aide Maribelle à sortir tandis que Brighton et Prudencia portent Iris. On contourne le tombeau de feu qui continue à dévorer le reste du cadavre d'Orton. Maribelle n'est pas en état de conduire, et c'est Prudencia qui s'installe derrière le volant, mettant en pratique ses cours de conduite du week-end, bien qu'elle n'ait pas encore son permis. Si on a survécu à cette bataille, j'espère que ce n'est pas pour mourir dans un accident de voiture.

Alors qu'on s'éloigne de l'usine, une fumée noire s'échappe des fenêtres brisées. Je garde les yeux fixés sur le brasier incandescent jusqu'à ce qu'il soit hors de vue, et, même après, je ne parviens pas à me sortir de la tête l'image d'Orton consumé par les flammes.

— Est-ce qu'il m'arrivera la même chose ? je dis.

— Quoi ? demande Brighton.

— Une mort par le feu. Ses pouvoirs se sont retournés contre lui. Je ne suis pas non plus censé avoir les miens.

— Frangin, tu t'es réincarné avec ces pouvoirs ! C'est différent. Et tu t'es battu comme un héros.

Je n'arrive pas à manifester le même enthousiasme que Brighton. On n'a pas réussi à obtenir l'information qu'on cherchait. Maribelle a les mains brûlées et mord sa chemise pour ne pas hurler de douleur, tandis qu'Iris est blessée si gravement qu'elle va devoir se faire guérir

– une fois de plus. Il y avait six disciples, et je n'en ai vu qu'un fuir l'usine. Orton est mort. Même si je n'ai pas directement tué Orton ou ses disciples, cinq personnes ont perdu la vie à cause de moi.

Je ne devrais pas être élevé au rang de héros alors que je suis responsable de tant de souffrances. Et on n'est peut-être pas les sauveurs dont cette ville a besoin.

DIX-NEUF

« LES MARCHEURS DU CIEL DE NEW YORK »

Brighton

C'est génial d'être Emil sur les réseaux sociaux. Il a beau ne pas aller très bien dans la vraie vie depuis la bataille d'hier soir, il s'en sort à merveille sur Internet – on peut même dire qu'il cartonne. Son profil Instagram arbore maintenant le badge certifié bleu, et plus de six cent mille abonnés lui témoignent de l'amour et du soutien. De la haine également, mais il n'a pas besoin de savoir ça. On mentionne son nom à tout bout de champ sur Twitter, à tel point que je n'arrive pas à suivre. Et, surtout, le montage de son entraînement que j'ai posté sur *Les célestes de New York* a été visionné plus de trois millions de fois. BuzzFeed a même pompé mes vidéos pour leur publication ! Entre ça et les vingt mille nouveaux abonnés que j'ai eus en une nuit, j'ai l'impression de rêver.

Hier soir, j'ai remis aux Marcheurs du Ciel la vidéo complète de la bataille à l'usine afin qu'ils puissent comprendre pourquoi Orton s'était consumé. Bien qu'il arrive que le corps humain fasse une mauvaise réaction au sang de créature nécessaire pour transformer une personne en spectre, cela se produit généralement peu de temps après la transformation. Orton avait ses pouvoirs depuis au moins deux semaines. Ce qui s'est passé est un cas extrême. Heureusement pour les Marcheurs du Ciel, j'ai réussi à filmer presque toute la scène. Je suis resté debout jusque tard dans la nuit pour monter la vidéo de la bataille et la poster sur YouTube. J'ai malheureusement raté certains moments, par exemple quand le jet de flammes d'Orton est arrivé droit sur Prudencia et moi et qu'on a dû s'abriter loin de la porte, ou quand Orton a fait du surplace comme s'il était un chien enragé enchaîné à une porte.

Dans l'heure qui suit sa publication, le nombre de vues de la vidéo explose. Je sors précipitamment de la bibliothèque et je retourne dans notre chambre pour montrer ça à Emil. Il est enveloppé dans une couverture et tremble de tous ses membres, malgré les rayons du soleil qui filtrent à travers la fenêtre. Eva est assise en face de lui avec une tasse de thé.

— Salut, dit faiblement Emil.

— Qu'est-ce qui se passe ? je demande.

— J'ai avec ton frère une discussion qu'on aurait dû avoir depuis longtemps, répond Eva. Ça t'ennuie de nous laisser un peu plus de temps ?

— On se raconte tout, je réplique.

À la façon dont Eva me dévisage, je me demande soudain si j'ai tort de penser ça.

— Je vous réserverai volontiers un créneau pour une thérapie de groupe, peut-être même avec votre mère, mais cette session est individuelle.

J'ai l'impression qu'elle se prend pour une vraie psy.

— Il peut rester, dit Emil.

Je suis tenté de lancer à Eva un petit sourire narquois du genre «je te l'avais bien dit», mais je me maîtrise et m'assois à côté d'Emil. Rien de nouveau : il remet en cause sa relation avec maman, il a tout le temps peur, il n'a pas réussi à fermer l'œil la nuit dernière parce qu'il se sent coupable de ce qui s'est passé à l'usine. Heureusement qu'il a choisi de parler à cœur ouvert de tout ça avec Eva plutôt qu'avec moi, car je refuse de pleurer Orton et ses disciples. De leur côté, Maribelle et Iris ont toutes les deux reçu des soins. Tout est bien qui finit bien. Et même si Emil va avoir besoin de temps pour mettre au clair ce qu'il ressent vraiment au sujet de notre secret de famille, et peut-être encore plus de temps à se montrer courageux pendant les batailles, il y parviendra. Il le faut.

— Et si mes pouvoirs finissent aussi par se retourner contre moi ? demande Emil.

— Frangin, t'es en train d'essayer de te convaincre de ne pas te battre. T'en as conscience, pas vrai ?

— La crainte d'Emil est légitime, intervient Eva. On ignore encore tant de choses sur la situation d'Orton. Pourquoi est-il mort ? Peut-être était-il un céleste avec de l'essence de phénix ? Dans ce cas on peut imaginer que le sang de créature a mis plus longtemps à dénaturer son sang de céleste.

— J'ai envie de faire ce qu'on attend de moi, déclare Emil. Mais j'ai peur de tout foirer, de faire encore pire que Keon.

Eva s'apprête à tirer sur une mèche de ses cheveux mais résiste.

— À l'époque où les relations entre les célestes et les humains n'étaient pas aussi tendues qu'aujourd'hui, nos ancêtres avaient un proverbe : « Le plus grand de tous les pouvoirs est un cœur qui bat. » Emil, ton cœur est puissant – tu aimes, tu souffres, tu ressens. J'ignore quelles étaient les intentions de Keon, ce qui est certain, c'est qu'il les a mises en œuvre d'une façon désastreuse. C'est ton humanité qui fait de toi un héros, pas tes pouvoirs.

Alors qu'Eva explique à Emil que toute sa philosophie de pacifiste repose sur ce mantra, les mots qu'elle a prononcés continuent à résonner dans ma tête. Le plus grand de tous les pouvoirs est un cœur qui bat. C'est l'humanité qui fait les héros, pas les pouvoirs.

Le plus puissant de tous les pouvoirs, c'est l'humanité.

— J'ai trouvé !

— Trouvé quoi ? demande Emil.

— La clé de notre victoire.

Je demande à Emil et Eva de convoquer tout le monde dans la salle de réunion, puis je retourne en courant à la bibliothèque. Je recueille tous les liens et les données dont j'ai besoin pour faire valoir mes arguments. Avec moi, les Marcheurs du Ciel vont passer à la vitesse supérieure. Le cœur battant, je rentre dans la salle où ils sont tous rassemblés ; Prudencia est là aussi. Je n'ai pas été aussi stressé par une présentation depuis mon examen de fin d'année en informatique.

Je marche jusqu'à l'extrémité de la pièce et je remercie tout le monde d'être venu.

— Alors, quel est ton grand projet ? demande Maribelle.

— Une vidéo en six parties présentant chacun des Marcheurs du Ciel, je réponds.

Maribelle me jette un regard noir, comme papa le faisait quand je le réveillais en urgence pour lui raconter un nouveau truc amusant que j'avais appris, qui aurait très bien pu attendre quelques heures de sommeil de plus.

— Eva nous a parlé d'un vieil adage des célestes, qui dit que le plus puissant de tous les pouvoirs est un cœur qui bat. Pourquoi est-ce qu'on ne posterait pas des vidéos expliquant les raisons pour lesquelles vous êtes devenus des héros ? Les histoires de vos origines. On pourra faire taire toutes les rumeurs qui racontent que vous construisez une armée pour faire tomber le gouvernement, ou que vous devenez plus puissants pour attaquer de nouveau la ville.

Maribelle se lève.

— Mon vieux, personne n'en a rien à faire de nous.

— Je ne suis pas d'accord.

Je parle alors des réactions positives sur les comptes de réseaux sociaux d'Emil et sur les miens. Les gens nous soutiennent. Ils ne connaissaient pas Emil il y a deux semaines, et maintenant ils ne demandent qu'à en savoir plus sur lui. Il n'y a pas si longtemps, j'attendais avec impatience que des posts sur les Marcheurs du Ciel apparaissent sur mon fil, qu'il s'agisse d'une vidéo de leur dernière bataille ou d'une simple apparition de l'un d'eux dans le monde extérieur.

— On a essayé de se servir des médias avant *et* après le Blackout, dit Atlas. Y compris avec mon compte.

— Tu ne faisais qu'annoncer le nombre de vies que tu avais réussi à sauver ou non. Ils te voient uniquement comme un guerrier. Allons plus loin et montrons clairement au monde pour quoi vous combattez.

— Et c'est toi qui vas t'en charger? demande Maribelle.

— Ma chaîne s'est développée depuis les vidéos avec Emil.

Même si je ne peux pas le dire à voix haute, j'ai encore du mal à digérer le fait que ma gloire personnelle ne soit pas liée à mes propres talents. La chance a tourné, et je suis devenu le caméraman d'Emil. Je me ressaisis :

— Je sais comment attirer l'attention des internautes. On commencera avec vous, et peut-être qu'on pourra ensuite s'intéresser aux innocents que vous avez sauvés.

— Les célestes ne souhaitent peut-être pas tous que leur nom soit révélé, fait remarquer Prudencia. Leurs efforts pour s'intégrer dans la société auront été inutiles.

— Ils auront l'opportunité de prouver que ce n'est pas parce qu'ils ont des pouvoirs qu'ils sont des armes vivantes. Ils pourront raconter leur histoire grâce à la campagne que j'ai imaginée : PouvoirHumain.

Je leur fais un petit topo. On va commencer par lancer une chronique spéciale – « Les Marcheurs du Ciel de New York » –, et ajouter sur toutes les vidéos le hashtag #PouvoirHumain. Quand ce hashtag deviendra populaire – et il le deviendra –, on retournera la question à tout le monde : quel est votre « pouvoir humain » ? Des célestes pourront ainsi partager leurs histoires. Des humains pourront prouver qu'ils sont des alliés et inciter les autres à les imiter.

Prudencia prend une profonde inspiration et me regarde droit dans les yeux.

— J'ai envie de croire que ta campagne sera un succès, Brighton. Ton idée n'est pas mal, mais je ne pense pas que les gens intolérants changeront d'avis sur les Marcheurs du Ciel. Ils ne les considéreront jamais comme des égaux, même en apprenant qu'ils ont des rêves et des sentiments. Et puis il y a le problème des faux activistes : ils réagissent à un hashtag, passent une heure à préparer une photo à publier pour prouver qu'ils sont des gens bien, puis retournent à leur petite vie tranquille et confortable comme si de rien n'était.

Ce n'est pas la première fois qu'on a cette conversation, mais je me sens gêné qu'on parle de ça devant les Marcheurs du Ciel.

— Ça vaut le coup d'essayer, je dis.

— Je suis d'accord, approuve Iris, et je réprime un sourire. Le sénateur Iron se sert du Blackout pour réduire au silence la représentante du Congrès, Mme Sunstar. Il est irréaliste de s'attendre à ce que la campagne de Brighton change pour toujours la vision du monde de la population, mais peut-être que c'est le bon moment pour essayer. Ça pourrait être une aide précieuse pour Sunstar; et si elle accède au pouvoir, elle pourra poursuivre ses actions à une plus grande échelle.

Tout le monde se met à parler en même temps. Atlas a du mal à se décider parce qu'il est d'avis que les histoires de certains Marcheurs du Ciel vont être mal perçues par le public. Eva s'inquiète des conséquences pour Nova si les exécuteurs et les alchimistes découvrent que le groupe compte une guérisseuse. Emil me demande de réfléchir à la façon dont cette campagne pourrait se retourner contre moi, mais les commentaires haineux ne sont rien par rapport à ce que les célestes doivent affronter quotidiennement. Maribelle est réticente, jusqu'à ce qu'elle prenne conscience que cette campagne pourrait bien devenir un succès – et donc lui permettre de demander à des millions de gens s'ils connaissent l'identité de la mystérieuse fille qui a survécu au Blackout. Quant à Wesley, même s'il souhaite d'abord en parler avec Ruth, il est ouvert à l'idée tant qu'elle l'est aussi.

Il y a des risques, bien sûr, mais les Marcheurs du Ciel décident de me laisser une chance.

Peut-être que cette guerre pourra enfin cesser de se dérouler dans les rues et être remportée sur Internet.

*

J'installe ma caméra sur la scène de l'auditorium, et je place deux chaises face à face devant les rideaux noirs.

Les Marcheurs du Ciel ont réfléchi pendant la nuit à la façon dont ils allaient participer à ma campagne. Ils ont un tel besoin de changement qu'aucun ne change d'avis. Je les briefe sur la manière dont je vais procéder : je commencerai par leur poser des questions personnelles sur l'origine de leurs pouvoirs et sur leurs vies, et plus ils me répondront honnêtement, plus la campagne aura de chances de susciter la sympathie des internautes. Chaque Marcheur du Ciel sera filmé pendant quinze à vingt minutes, et je passerai ensuite la nuit à monter les vidéos, qui ne dureront qu'entre trois et quatre minutes chacune. Emil sera mon caméraman, comme au bon vieux temps.

— Qui veut passer en premier ? je demande.

Avec tout ce qu'il poste sur son compte Instagram et ses apparitions à des congrès, c'est Wesley qui est le plus à l'aise devant les caméras. Malgré ça, il est tendu quand je l'interroge sur son passé : ses parents l'ont mis à la porte quand il avait quatorze ans et il a été contraint d'utiliser ses pouvoirs pour survivre dans la rue. Il avoue avoir abusé de sa vitesse hors du commun, mais explique être retourné dans le droit chemin après sa rencontre avec Atlas, qui lui a permis de donner un sens à sa vie, puis après sa rencontre avec Ruth, avec qui il a découvert l'amour. Il attend désespérément que cette guerre se termine pour que Ruth ne soit plus obligée de se servir de son pouvoir de clonage pour élever leur petite fille. Wesley fera tout pour être le père aimant qu'il n'a lui-même jamais connu.

Atlas serre Wesley dans ses bras puis prend place en face de moi. Il se confie sur ses parents, qui sont emprisonnés vers San Diego – ils ont utilisé leurs pouvoirs pour braquer une banque car personne ne voulait les employer. Dès l'âge de dix ans, Atlas a été ballotté de famille d'accueil en famille d'accueil et a traversé une mauvaise passe. À dix-sept ans, il a eu l'occasion de sauver quelqu'un, et ça a été une révélation pour lui. Suite à ça, il a décidé de quitter Los Angeles et de faire le bien avec les pouvoirs qu'il avait hérités de sa mère. Il a changé de nom, s'est teint les cheveux et est parti pour New York avec l'apparence de quelqu'un qui s'engageait dans l'armée. Il a prié pour attirer l'attention des Marcheurs du Ciel avec ses actes héroïques, qu'il répertoriait tous sur son compte @AtlasCompte, et son vœu a été exaucé. Son objectif aujourd'hui est de participer à la création d'un monde dans lequel les célestes n'ont pas besoin d'abuser de leurs pouvoirs pour parvenir à survivre financièrement.

Iris passe avant Maribelle, car elle doit retourner suivre l'activité des spectres dès que possible afin de comprendre ce que trament les Verseurs de sang avec le Rêveur couronné. Iris parle de sa lourde responsabilité d'héritière de Marcheurs du Ciel, et d'une lignée de femmes qui devient plus forte à chaque génération. Après le Blackout, prendre la direction des Marcheurs du Ciel lui est apparu comme une tâche impossible. Elle a cependant pris exemple sur ses parents, qui ne s'étaient jamais découragés face à l'ampleur de cette mission, même quand les étoiles leur semblaient très loin. Iris refuse de laisser le monde partir à la dérive et va continuer à le porter sur ses épaules, même si elle garde l'espoir de vivre un jour comme une fille ordinaire de vingt et un ans.

Maribelle me rejoint sur la scène, tenant une photo sur ses genoux. Elle prend la défense de ses parents, affirmant que les médias se sont complètement trompés sur le compte des Lucero et des Chambers : les Marcheurs du Ciel ne sont pas responsables du Blackout, et une enquête plus poussée devrait être menée sur la fille que tout le monde a vue sur les images de la vidéo de surveillance. C'est elle qui détient les éléments manquants de l'histoire que l'ensemble du pays interprète mal. Je m'apprête à lui poser des questions sur sa relation amoureuse qui est née d'une tragédie, mais

Maribelle a les yeux rouges et part précipitamment. Atlas lui court après.

Plus que deux.

Les cheveux foncés d'Eva tombent en cascade sous sa casquette décorée d'un arc-en-ciel – c'est Iris qui la lui a offerte, pour l'aider à arrêter de tripoter ses cheveux. Sans regarder la caméra ni me regarder, elle se présente : elle est la Marcheuse du Ciel que le monde ne connaît pas. Si elle doit rester cachée, c'est parce qu'elle possède un pouvoir de guérison qui la rend trop précieuse. Trois ans plus tôt, Eva a perdu ses parents. Ils travaillaient dans un refuge de célestes détruit par un terroriste. Elle a alors emménagé avec la famille de sa meilleure amie de toujours. Un jour, elle a dû révéler son pouvoir pour sauver un enfant qui s'était fait renverser par une voiture. Des hommes ont alors essayé de la kidnapper pour la vendre à des alchimistes peu scrupuleux. La mère de son amie leur a résisté assez longtemps pour qu'un céleste vienne à leur rescousse, mais elle s'est fait tirer dessus dans la bagarre et est morte avant qu'Eva puisse la guérir. Son amie a assisté à la scène, impuissante ; peu de temps après, elle a voulu obtenir un pouvoir pour se protéger et est devenue un spectre. Et ce n'est pas tout : elle est la Verseuse de sang qui a bu le sang d'hydre.

J'ignorais complètement qu'Eva avait été amie avec Dione Henri. J'avoue que j'étais déjà curieux de savoir comment la vidéo d'Eva serait reçue par le public par rapport à celles des autres. Mais une fois que cette histoire circulera, je suis sûr que tout le monde retiendra son souffle : Marcheuse du Ciel et Verseuse de sang :

d'amie à ennemie, que va-t-il se passer? En tout cas, moi, ça me tiendrait en haleine.

Prudencia remplace mon frère derrière la caméra. C'est au tour d'Emil.

— Je dois être complètement transparent? demande Emil.

— Qu'est-ce que tu veux dire?

— Peut-être que si j'avoue l'existence de mes vies antérieures, on restera sous le feu des projecteurs.

— Top.

Prudencia secoue la tête.

— Ça n'a rien de top. Si tu fais ça, les gens qui en ont après toi voudront sans doute te faire payer les fautes de Keon. La violence contre les phénix ne fera qu'augmenter. C'est beaucoup trop dangereux.

On décide donc de ne pas prendre de risques. Emil raconte qu'il était très impatient d'entrer à l'université, et que tout se passait au mieux pour lui au travail. C'est bien, mais ça reste très superficiel. N'importe quelle personne péterait un câble en apprenant qu'elle a été trouvée dans la rue et adoptée. Mais bon, je suppose que ça n'a pas vraiment d'importance. Tant qu'Emil figure dans la vidéo, les gens réagiront.

Je remballe mon matériel et m'enferme aussitôt dans la salle d'informatique pour bosser sur le montage. Maman s'assure que je n'oublie pas de manger, Prudencia me supplie de me reposer, et Emil me tient compagnie tout en parcourant le journal de Bautista et Sera. Je m'assoupis sur la table alors que je peaufine la vidéo d'Atlas, jusqu'à ce qu'Emil me réveille en allant se coucher. Je me remets au travail et je ne m'arrête qu'à cinq heures du matin, une fois toutes les vidéos montées. Le lendemain je présente mon travail à l'équipe. Tout le monde est satisfait, et il ne me reste donc qu'une chose à faire.

Mettre les vidéos en ligne.

*

« Les Marcheurs du Ciel de New York » sont partout sur Internet. Le hashtag #PouvoirHumain est repris dans le monde entier, comme si c'était le dernier challenge Instagram en date. Ça ne fait que quatorze heures, et déjà la vidéo d'Emil est la plus regardée, avec plus de deux millions de vues. Les autres ont toutes dépassé le million.

Mon portable n'arrête pas de sonner, entre les demandes sur les réseaux sociaux et l'augmentation de mon nombre d'abonnés. Même si c'est grisant de recevoir des notifications et que j'adore ça, je suis obligé de les désactiver. C'était mon rêve de dépasser les cent mille abonnés sur ma chaîne, et maintenant qu'il s'est réalisé, j'ai envie de plus – j'ai besoin de plus.

Je me fais chahuter par un vlogger conservateur qui se fait appeler « Tueur d'Étoile Argent ». Ça n'a rien d'étonnant, car il n'arrête pas de répandre des théories du complot sur les célestes. Chaque fois que le sénateur Iron se fait prendre à dire quelque chose qui risque de desservir sa campagne, on peut compter sur lui pour mettre en ligne une vidéo qui affirme qu'un métamorphe a dû se faire passer pour le sénateur Iron, ou qu'un autre céleste a eu recours à ses pouvoirs informatiques pour trafiquer les images.

Tueur d'Étoile Argent a convaincu les internautes ayant les mêmes idées politiques que lui d'un certain nombre de choses : ce n'est qu'une question de temps avant qu'Atlas suive les traces de ses parents; l'histoire larmoyante de Wesley au sujet de Ruth, qui s'est clonée pour pouvoir élever leur bébé, est une offense envers toutes les mères célibataires qui rament pour s'en sortir; si Iris voulait être une héroïne, elle se séparerait des Marcheurs du Ciel; Maribelle cherche à faire intrusion dans la vie privée d'une jeune fille parce qu'elle refuse d'accepter que ses parents sont des meurtriers; Eva est égoïste de ne pas guérir les patients qui ont besoin de soins urgents; et Emil est entraîné pour assassiner le sénateur Iron et d'autres politiciens anti-lumimagie.

— Je suis désolé, je dis au groupe. Les gens gobent tout ce qu'il raconte.

Je n'avais pas du tout l'intention de lui fournir d'autres munitions.

— Certaines personnes seulement, affirme Iris. De toute façon, ceux qui sont prêts à croire ses bobards ne changeront jamais d'avis sur nous. Le succès de ce hashtag est prometteur : c'est la preuve que les gens font attention à nous. Maintenant, il ne nous reste plus qu'à trouver le moyen de tirer profit de cette plate-forme pour provoquer de vrais changements.

Prudencia s'approche avec des bouteilles de cidre et de champagne.

— T'as réussi, dit-elle avec un sourire sincère.

Une fois servis, les Marcheurs du Ciel lèvent tous leur verre à ma santé.

Je ne suis peut-être pas capable de lancer du feu, mais je ne suis pas moins un héros que les autres.

VINGT

PERSONNE

Ness

Lorsque Dione Henri revient enfin à la Tour Light Sky, elle boite. Des cernes sombres soulignent ses yeux verts venimeux, et ses cheveux roux bouclés sont maculés de sang, ainsi que ses bras musclés et tatoués. Comme toujours, mon regard est attiré par les cicatrices blanches qui marquent son corps – c'est plus fort que moi –, genre la ligne épaisse qui barre les tulipes sur son avant-bras, celle qui coupe en deux la rose sur son épaule, et l'entaille profonde à la base de son cou. La plus récente, sous son genou, est encore en train de cicatriser, comme si sa chair se recousait elle-même. Je ne comprends pas pourquoi les gens s'entêtent à taillader la fille avec du sang d'hydre, comme si ça allait l'arrêter.

Il y a quelques mois, j'aurais été ravi de la voir revenir en un seul morceau. Ça n'a pas été facile de couper les ponts avec mon ancienne vie et de tout recommencer à zéro, et je me suis senti très seul. Stanton est trop impitoyable pour devenir un véritable ami, et la présence de Dione était plus réelle, plus humaine. J'étais convaincu qu'on était dans la même situation – redevables envers le gang de nous avoir sauvé la vie et désespérément fidèles, parce que c'était mieux que de fuir notre passé tout seuls. Quand j'entendais Dione dire du mal du sénateur aux infos, c'était pour moi le signe qu'elle était quelqu'un de bien. Et puis elle était la seule de la bande à s'être inquiétée de savoir comment j'allais le soir où j'ai tué l'alchimiste qui avait pointé une baguette sur ma tête. Ces derniers temps cependant, elle est devenue assoiffée de pouvoir et prend de plus en plus de risques au nom du grand dessein de Luna, qui selon elle la mettra à l'abri du danger pour toujours. Qui nous mettra tous à l'abri du danger pour toujours. La mission passe avant tout. Elle n'a pas le temps d'avoir des amis.

Je me demande si elle a regardé la vidéo de la Marcheuse du Ciel Eva Nafisi, qui raconte qu'elles étaient autrefois meilleures amies. Mais vu son état, ce n'est sans doute pas le bon moment pour lui poser la question.

— Où est la bête curieuse? demande Dione en nous regardant, Stanton et moi.

Je suis content de savoir que je ne suis pas le seul à être perturbé par l'existence de June.

— Elle fait d'autres analyses de sang avec Luna, je réponds.

— Alors on part sans elle dans deux minutes.

— Je n'ai pas d'ordres à recevoir de toi, déclare Stanton.

Il y a d'autres Verseurs de sang dans le pays, mais on est l'élite, ceux qui font partie du grand dessein. Stanton a beau être le plus ancien du gang de New York, à un an près, on ne sert qu'un seul chef : la personne à qui on doit notre pouvoir. Nos rôles sont pour l'essentiel définis, même s'ils évoluent sans cesse. J'espionne les ennemis de Luna et je me métamorphose à sa demande. Dione négocie avec les dealers, les trafiquants et les politiciens, et lorsqu'elle échoue, elle emploie la force pour ne pas revenir bredouille. Stanton écume les rues pour recruter des Verseurs de sang, qui devront d'abord recevoir une formation de disciple afin de faire leurs preuves – je me sens reconnaissant d'avoir échappé à ça : les méthodes de Stanton pour tester la loyauté et la férocité de ses recrues sont connues pour être cruelles. Quant à June, elle n'est à ma connaissance rien de moins qu'un assassin. C'est la tueuse du Blackout, qui n'a pas été démasquée : elle a seulement été entrevue dans les décombres sur les images de la caméra de sécurité, et Luna a rendu de nombreux services à tous les médias pour que le visage de June ne soit pas diffusé.

Dione ignore la provocation de Stanton et nous informe des dernières nouvelles sur l'hydre à pelage doré, transportée de Grèce pour le client d'un trafiquant qui a fait une offre plus importante que Luna. Bien que Luna ait proposé au trafiquant de le doter des pouvoirs du phénix *ivoire*, il a refusé de lui révéler l'emplacement et la date du déchargement de l'hydre. Mais il a fini par changer d'avis lorsque Dione a assassiné tout son équipage. L'hydre doit absolument rester indemne, ce qui signifie qu'il faut l'empêcher d'arriver au stade Apollo – où elle sera contrainte de se battre contre une autre créature lors d'un féroce combat en cage.

Le navire est censé arriver dans l'heure à Brooklyn ; Stanton se dépêche de rassembler quelques disciples puis on quitte la tour. Ce soir, j'ai pris l'apparence de l'agent de sécurité qui a regardé Luna avec dédain à notre arrivée ici fin août. En me faisant passer pour un homme mort, j'ai moins mauvaise conscience ; j'ai la garantie qu'il ne se fera pas arrêter pour les crimes que je risque de commettre ce soir.

J'espère que la situation ne va pas dégénérer. Je préfère cependant suivre Stanton et Dione à la trace, parce que c'est le meilleur moyen de rester en vie. Après s'être garés, on se déploie dans la marina en se cachant dans des bateaux et derrière des buissons. Luna nous ordonne de veiller les uns sur les autres comme les membres d'une famille, et, bien que ce mot n'ait plus de sens pour moi depuis des années, chacun de nous est conscient qu'il a tout intérêt à se montrer à la hauteur de ses attentes. Il y a tellement de disciples qui rêveraient de prendre notre place.

Je me raidis en voyant le cargo accoster à la jetée. La coupée s'ouvre d'un coup, et les cris glaçants de l'hydre nous parviennent. Rien ne me terrorise cependant davantage que la dizaine de mercenaires armés qui sortent du bateau avec des baguettes et des dagues se balançant à leurs ceintures. Les disciples qui nous accompagnent sont loin d'être assez nombreux pour qu'on puisse survivre à une bataille. Ni même essayer de survivre.

— Annulons l'opération, je propose. Et allons les attendre au stade.

— Le stade Apollo est sous haute sécurité, rétorque Dione.

— Si on bouge maintenant, on est morts.

— Si on bouge pas, on vivra jamais pleinement.

Sur ces mots, Dione passe à l'action. Avec sa vitesse hors du commun, elle désarme des mercenaires sans leur laisser le temps de se servir de leur baguette, et brise le cou de l'un d'entre eux. Des disciples sortent de leur cachette, ce qui distrait les mercenaires suffisamment longtemps pour que Stanton puisse passer à l'attaque.

C'est parti.

Ma baguette est complètement chargée, et je dois faire bon usage de ces six éclairs. Juste au moment où j'entre dans la mêlée, un disciple reçoit un sort en plein cœur et bascule dans le fleuve. Le mercenaire qui a tiré me vise alors, et je fais un mouvement d'épaule pour esquiver le sortilège, en manquant de tomber à l'eau à mon tour. Avant que je puisse me défendre, Stanton apparaît derrière l'homme barbu, plante ses dents dans sa nuque et lui arrache un morceau de chair. Le sang jaillit et se répand sur le quai juste avant que le mercenaire s'effondre en se tordant de douleur.

Avec un sourire, Stanton nous fait signe puis se retourne à temps pour saisir le poignet d'un homme qui s'apprêtait à le poignarder.

Je me rappelle alors que notre objectif est de protéger l'hydre et d'empêcher qu'elle soit blessée.

Il n'est pas si facile d'accéder au navire. Il reste encore quatre coups dans ma baguette lorsqu'un mercenaire la fait exploser. Ma main est brûlée, mais s'il avait visé deux centimètres plus à gauche, j'aurais été touché à la tête. Je serais mort dans la peau de quelqu'un d'autre…

Je bondis sur le bateau le plus proche pour m'abriter – un hors-bord clinquant, on dirait un ridicule achat de crise de la quarantaine. Les légères secousses à bord suffisent à déclencher mon mal de mer. Je me tiens généralement loin de l'eau, car les quelques fois où j'ai pris le ferry avec ma mère ont suffi à m'en dégoûter. Je lutte pour retenir mon dîner, en vain : en jetant un coup d'œil par un hublot couvert de buée, je vois un mercenaire immobiliser un disciple sur le quai avec son pied et lui lancer un sort entre les yeux, sur quoi je vomis tout le contenu de mon estomac sur mes bottes.

Dione, Stanton et les trois disciples restants sont en train de perdre la bataille.

— Ness ! crie Dione.

La fureur est marquée sur son visage, comme si j'étais plus fort qu'elle et que c'était moi qui avais voulu qu'on tente le coup et qu'on se batte.

Nouveau plan : me transformer en l'un des mercenaires morts suffisamment longtemps pour échapper aux survivants qui tiennent à distance ceux de mon camp. Puis partir en courant avec eux.

Je suis en train de me métamorphoser en l'homme que Stanton a cru bon de mordre comme un vampire, quand quelqu'un m'attaque par-derrière.

— Je déteste les métamorphes, grogne l'homme.

Il me retourne brusquement, puis il écarte les longs cheveux roux qui tombent devant son visage, révélant une cicatrice épaisse en travers de sa joue. L'hydre qui lui a infligé ça est peut-être devenue un trophée exposé chez lui, mais au moins elle a réussi à lui lacérer la moitié du nez. Le mercenaire essaie de m'étouffer. J'espère que Stanton et Dione vont bientôt sortir de l'ombre pour me sauver, mais personne ne vient. Je n'arrive plus à me concentrer sur ma transformation, et l'enchantement s'estompe.

— Toi… (Il pâlit brusquement.) Tu serais pas le…

J'arrache la baguette rangée dans l'étui à sa ceinture et je lui lance un sort en plein cœur.

— Je ne suis personne, je dis en reprenant mon souffle.

Toute vie disparaît de ses yeux et il s'écroule sur moi. Son cadavre est lourd, mais je parviens à m'en dégager. J'essaie – désespérément – de ne pas en arriver à cette extrémité, mais quand c'est une question de vie ou de mort, je n'hésite pas. J'entends des pas approcher. Si je savais nager, je me jetterais à l'eau. Mais je sais faire le mort mieux que quiconque. Je me transforme en un des disciples dont la chemise est maculée de sang, et je reste complètement immobile bien que mon cœur batte à tout rompre. Ainsi, tout le monde croira qu'on s'est battus à mort.

Les Verseurs de sang ont échoué ce soir, mais je peux arranger ça.

Je dois arranger ça.

Que les étoiles aient pitié de moi si je n'y parviens pas.

VINGT ET UN

ESPOIR

Maribelle

Deux jours après le lancement de la campagne de Brighton sur YouTube, une nouvelle digne d'intérêt attire mon attention aux infos du soir : une attaque a eu lieu à la marina de Brooklyn. Je vois des cadavres de disciples enveloppés dans des housses mortuaires, je n'ai pas besoin de plus pour résister à Atlas qui me presse de me recoucher. La piste est trop solide pour la lisser filer. En vrai gentleman, Atlas se lève avec moi, et nous nous précipitons jusqu'à sa voiture avec notre équipement.

— Un couple qui chasse ensemble est un couple qui dure, je lance alors qu'on démarre.

Atlas bâille.

— Et si on devenait plutôt le couple qui reste à la maison et passe une nuit de sommeil complète ?

J'ai déjà tenté, et ça n'a pas marché pour moi. La seule personne avec qui je sois sortie avant Atlas était Aquila, une puissante céleste sauvée par les parents d'Iris. J'avais quatorze ans quand je l'ai rencontrée par hasard devant la salle de bains du refuge, sans savoir qui elle était et pourquoi je ressentais une telle attirance pour elle. J'ai réussi à parler de mes sentiments à Iris, qui m'a conseillé de suivre mon cœur. Aquila et moi, on s'est rapprochées ; on avait en commun notre goût pour la musique, et nos mères étaient toutes les deux des fortes personnalités. Mais contrairement à moi, elle n'était pas engagée dans la lutte et préférait rester en sécurité au refuge. Même si je n'en suis pas très fière, je l'ai prise à partie parce que son pouvoir était plus efficace et mieux adapté que le mien pour le combat. Mais je ne suis pas du genre à prier les étoiles pour que les choses s'arrangent toutes seules. Moi, je sors de mon lit.

— Iris va être furieuse qu'on ne l'ait pas réveillée, fait remarquer Atlas.

— Si elle était à la hauteur de son rôle, elle n'aurait pas besoin qu'on la réveille.

— Mari, il faut bien qu'elle dorme de temps en temps.

— Pourquoi ? Elle se considère bien comme la céleste toute-puissante qui va sauver le monde, non ?

Je me demande comment j'ai pu ne pas remarquer son arrogance quand on était plus jeunes.

— Ça, ce serait plutôt Emil. Ou en tout cas, c'est ce que les gens attendent de lui.

— Je ne le lui dirai pas en face, mais ce n'est pas le bon frère qui a obtenu des pouvoirs. Vu sa sensibilité et sa réticence à se battre, Emil aurait été parfait pour travailler en coulisses. Avec son attitude volontaire, Brighton aurait pu accomplir de grandes choses pour nous s'il avait eu les pouvoirs d'Emil.

— Je crois en Emil. Il fait de son mieux.

— Eh bien, j'espère qu'il va s'améliorer.

Quelques minutes plus tard, Atlas gare la voiture. En marchant, on manque de bousculer un couple qui sort d'une épicerie avec des sacs de courses, main dans la main. Je les envie. Personne n'attend d'eux qu'ils sauvent le monde, et ils ne cherchent pas à venger la mort de leurs parents. Ils peuvent se tenir la main et respirer en paix. Je suis tentée de prendre la main d'Atlas mais je me ravise. Mieux vaut faire profil bas et ne pas attirer l'attention sur nous pendant cette mission nocturne. On continue à marcher sous le clair de lune avec nos capuches rabattues.

La scène de crime sur le quai est délimitée par du ruban jaune. La police a disparu, ainsi que les housses mortuaires. Je marche dans des flaques de sang qui n'ont pas encore séché, ajoutant d'autres empreintes pourpres sur les lattes en bois souillées. En examinant l'intérieur d'un container à l'aide de la lampe de mon téléphone, je distingue des traces de griffures et des touffes de poils éparpillées.

— Une hydre ! je crie, et ma voix résonne à l'intérieur. (Je sors.) Luna doit être un train de créer un autre spectre.

Atlas se tient immobile, le regard fixé sur le sang.

— Qu'est-ce qui t'arrive ?

— Tellement de morts. Mari, si je meurs pendant une bataille…

— Je n'ai pas envie de parler de ça.

— … j'aimerais être incinéré. Je ne veux pas qu'on m'organise des funérailles avec un cercueil ouvert et qu'on recouse mon corps, quelle que soit la façon dont je meurs. Je tiens à ce que les gens se rappellent de moi tel que j'étais réellement. Je souhaite que mes cendres soient dispersées quelque part… peut-être même dans plein d'endroits différents.

On est trop jeunes pour penser à ça. Mais mes parents sont morts sans m'avoir dit ce qu'ils voulaient. Même s'il n'y avait pas de corps à enterrer ou de cendres à disperser.

— C'est noté, je dis. Pareil pour moi, je pense.

Peut-être qu'on mourra en même temps, tôt ou tard, et que nos cendres pourront s'envoler ensemble.

Quelqu'un nous observe. Mon sixième sens, si précieux pendant les batailles, m'en donne la certitude. Je lève les yeux et j'aperçois une fille debout sur le quai, une des disciples de Luna. Nos regards se croisent puis elle s'enfuit en courant.

— Mari, attends !

Prenant de l'avance sur Atlas, je m'élance dans les airs pour fondre sur la fille, avant de la retourner vers moi ; elle est petite, avec de longs cheveux blonds. Je l'immobilise au sol en plaquant mon avant-bras sur sa gorge, et elle me regarde avec de grands yeux effarés.

— Quand je te laisserai respirer, tu me diras où est Luna. C'est compris ?

La fille inspire profondément pour reprendre son souffle.

— Je sais pas où elle est. Luna est toujours en vadrouille, je me contente de me rendre là où on me dit d'aller. Je suis sortie en douce de l'endroit où on habite pour savoir si ma sœur était morte dans l'attaque.

— Ta sœur ? demande Atlas.

— J'ai suivi son exemple, et j'ai consacré ma vie à Luna pour qu'on puisse un jour avoir des pouvoirs. Mais elle n'est pas rentrée ce soir, et….

— Doucement, Mari, dit Atlas. C'est qu'une gosse. Elle ne se rend pas compte.

Je la libère et je croise les bras.

— Comment tu t'appelles ?

— Hope.

— OK, Hope. Moi, je m'appelle Atlas. Est-ce que tu sais quelque chose sur cette mission ? Pourquoi Luna s'intéresse-t-elle à l'hydre ?

— Je sais pas trop, en tout cas, elle nous fait tous travailler deux fois plus que d'habitude pour qu'on l'arrache aux mains des trafiquants. Comme on a échoué jusqu'à maintenant, elle a ordonné à tous les Verseurs de sang de s'introduire dans le stade Apollo demain soir pour récupérer l'hydre avant qu'elle soit blessée pendant le combat en cage.

— Est-ce qu'il y aura parmi les combattants une jeune céleste intouchable ? je demande.

La fille se raidit.

— Oui.

— Dis-moi qui elle est.

La disciple regarde autour d'elle comme si elle risquait de se faire tirer dessus en prononçant un mot de plus.

— Je suis pas au courant de grand-chose. Je sais juste que c'est une tueuse à gages nommée June, qui a été chargée d'éliminer les Marcheurs du Ciel. Ceux qui vous ont précédés.

Le Blackout.

J'attrape la fille par les épaules et je la secoue.

— Comment est-ce qu'elle s'y est prise ? Est-ce qu'elle travaillait seule ?

— J'en sais rien ! Mais Luna est très fière d'elle.

— Autre chose ? je demande.

Hope secoue la tête.

— S'il vous plaît, emmenez-moi, supplie-t-elle. Je ne peux pas retourner là-bas.

— Luna ne sait même pas qui tu es, je dis.

— Merci pour ton aide, intervient Atlas dans le rôle du gentil céleste. Mais on est pris dans les tirs croisés de cette guerre. Si tu veux vraiment échapper aux Verseurs de sang, ta meilleure chance d'y parvenir est de quitter la ville. Est-ce que tu as de la famille en plus de ta sœur ?

Hope semble au bord des larmes.

Ce n'est pas mon problème.

Je marche jusqu'au bout du quai en me concentrant sur ma respiration. Je ferme les yeux, et le visage de June apparaît dans les ténèbres.

Elle a tué mes parents.

Je vais lui faire la peau.

VINGT-DEUX

LE COMBAT EN CAGE

Emil

— Raconte à ta mère ce que tu ressens, nous dit Eva pendant l'une de nos séances de psychothérapie matinales.

Même si j'ai du mal à évoquer notre secret de famille, je ne veux pas continuer à punir maman.

— Je peux pas te faire confiance, je finis par déclarer à maman en gardant les yeux baissés. Enfin, je te fais confiance, mais je me sens bête parce que j'aurais pas dû. Je sais que tu m'aimes et que tu voulais ce qu'il y a de mieux pour moi. Je peux comprendre ça. Je me suis toujours senti en sécurité avec papa et toi.

Maman hoche la tête.

— Crois-tu que tu aurais accepté la situation si on t'en avait parlé quand tu étais petit ?

Je me suis posé la question plein de fois, et je pense que je n'aurais pas pris conscience de l'importance de tout ça. De la même façon que je n'ai pas fait grand cas de mon homosexualité. Mais je m'imagine très bien me torturer l'esprit en grandissant, et remettre en cause la moindre chose. Est-ce que Brighton a eu un plus gros biscuit que moi ? Pourquoi est-ce que mes parents ont embrassé Brighton en premier quand on s'est couchés ? Maman et papa s'attendraient-ils à de meilleures notes de ma part si j'avais le même ADN qu'eux ?

— Je sais pas, je réponds.

Eva est sur le point de poser une autre question quand la porte s'ouvre. Maribelle fait soudain irruption dans la pièce.

— On est en pleine séance. Pourquoi est-ce que personne ne respecte la psychothérapie ?

— Je sais qui a tué mes parents, annonce Maribelle. (Elle a la tête de quelqu'un qui n'a pas fermé l'œil de la nuit.) Emil, même si tu préfères ne pas participer à certaines batailles, on a besoin de toi ce soir : les Verseurs de sang sont de sortie. Si ça peut te motiver, sache que tu vas avoir l'opportunité de sauver la vie d'un phénix avant qu'il se fasse réduire en bouillie par une hydre.

J'ai comme l'impression que la séance est terminée.

Malgré moi, je me retrouve à participer à une réunion avec le reste de la bande. Maribelle et Atlas nous racontent en détail leur sortie à la marina. Iris se demande si on doit faire confiance à la disciple qui a révélé l'information, mais Atlas est convaincu que la peur qui se lisait dans les yeux de la fille était réelle. On enchaîne sur une session d'entraînement puis on quitte Nova pour se rendre au stade Apollo. J'ai l'estomac en vrac.

Les combats en cage entre les créatures sont une pratique barbare, et pourtant on s'apprête à assister à l'un d'eux. Je n'ai aucune envie de regarder un phénix se battre contre une hydre, mais je ne peux pas y couper, même si ça me fait mal au cœur. Je vais faire bon usage des pouvoirs que je ne suis pas censé avoir ; le phénix *astre gris* ne sera pas mort en vain.

On se gare devant le stade de boxe délabré. L'identité des spectateurs est vérifiée à l'entrée, et leur nom est coché sur une liste. Maribelle est prête à passer de force pour mettre la main sur la Verseuse de sang qui a joué un rôle dans la mort de ses parents, mais Atlas la persuade de faire preuve de discrétion, dans l'intérêt de la mission. Wesley s'éclipse et revient une minute plus tard.

— La porte de derrière est gardée par deux hommes armés, annonce-t-il.

— Va les désarmer, dit Maribelle.

— C'est moi qui donne les ordres, réplique Iris. (Wesley attend ses instructions.) Va les désarmer.

On se fraye un chemin jusqu'à l'arrière du stade, en se séparant afin de moins attirer l'attention. Je reste proche de Brighton et Prudencia, en regrettant qu'ils ne soient pas restés à Nova, mais je garde mes distances avec Maribelle, qui est d'une humeur sombre et violente. Elle a dissimulé une dague dans une de ses bottes et des grenades-gemmes dans le sac qu'elle porte en bandoulière, et je n'ai aucune envie d'être dans les parages quand elle attaquera June. On retrouve Wesley, qui est allongé sur le capot d'un camion derrière le stade, non loin des gardes inconscients.

Maribelle se précipite à l'intérieur avec Brighton sur les talons. La lumière de sa caméra révèle des taches de sang et de profondes griffures qui marquent le sol et les murs. Une puissante odeur de sueur, de bière et de fourrure mouillée nous assaille les narines, tandis qu'un rugissement assourdissant retentit. On pourrait sûrement lancer des sortilèges ici sans que personne n'entende les explosions. On se divise en plusieurs groupes. Brighton et Prudencia montent vers les balcons pour pouvoir filmer discrètement. Ils ne pourraient pas plus s'éloigner de moi puisque je reste au niveau inférieur, mais Atlas m'assure qu'il gardera un œil sur eux, caché dans l'ombre là-haut. Iris et Wesley se fondent dans la foule tandis que Maribelle patrouille.

Il y a fort à parier que des tas de spectateurs présents ce soir ont des têtes de créatures exposées chez eux ; peut-être même qu'ils les ont personnellement chassées pour pouvoir exhiber leurs trophées. Ça leur est bien égal que ces créatures soient arrachées à leur famille, transportées dans l'obscurité puis lâchées contre leurs ennemis naturels. C'est un divertissement pour eux.

Qu'ils aillent tous se faire voir.

Le ring en forme de diamant est couvert de flaques de sang et de peaux de serpent. Punaise, j'espère vraiment qu'il n'y a pas de basilic qui rampe dans le coin ce soir. Un présentateur portant un pull à capuche large annonce que le combat est sur le point de commencer. Quatre hommes protégés par des armures et des casques sortent par la porte inférieure en tirant l'hydre enchaînée. L'hydre à pelage doré est d'une beauté féroce, sa peau est du même beige que les plages tropicales de son habitat d'origine. Ses yeux jaune et orange sont zébrés de rouge comme le soleil. La créature se débat, laissant traîner ses pattes griffues qui lacèrent le chemin menant à la cage.

Soudain, un cri de phénix perce l'air tel un feu d'artifice fusant dans le ciel, et tous les spectateurs se retournent vers la porte par laquelle vient d'apparaître le phénix *engloutisseur de Soleil*. Ses pattes sont enchaînées et il bat sauvagement des ailes, semant çà et là ses plumes orange vif. Son bec rouge est entouré d'un anneau en fer pour l'empêcher de cracher du feu avant qu'il soit temps. Je brûle d'envie d'attaquer les deux hommes qui font entrer le phénix dans la cage puis libèrent ses pattes et son bec en appuyant sur un bouton.

Les deux créatures se retrouvent seules dans la cage, et se figent lorsque leurs regards se croisent. L'hydre rugit et le phénix pousse un cri strident, et je n'ai pas besoin de parler leur langue pour comprendre qu'ils sont tous les deux effrayés et prêts à se battre pour sauver leur peau. L'hydre s'avance brusquement tandis que le phénix décrit des cercles au-dessus d'elle en crachant des flammes. La foule pousse des cris d'encouragement alors que l'hydre galope autour de la cage, dérapant sur le sable et se cognant contre les barreaux. D'un bond, l'hydre gifle son adversaire avec sa queue aussi épaisse qu'un arbuste, et le phénix tombe à terre. Alors que l'hydre s'apprête à le piétiner, un jet de flammes atteint son bas-ventre. Le phénix a raté le cœur de quelques centimètres. Je frissonne en entendant les hurlements de douleur de l'hydre, qui continue à se rouler dans le sable même lorsque le feu est éteint.

— EMIL ! EMIL !

Iris montre du doigt un spectateur installé au premier rang : Stanton.

J'ai envie de faire marche arrière. C'est la première fois que je le vois depuis le jour où ma vie a changé. Stanton saute par-dessus la barrière, et aussitôt trois agents de sécurité foncent vers lui. Stanton attrape deux d'entre eux et cogne leurs têtes l'une contre l'autre, puis il précipite le troisième dans la cage d'un coup de pied. Si Stanton est ici, d'autres Verseurs de sang ne sont sans doute pas loin. Il n'y a aucune trace de June. Quant au métamorphe, il pourrait très bien s'agir de la femme assise à côté de moi, de l'homme qui se déchaîne derrière, ou de n'importe qui d'autre. Atlas intervient. Descendant du ciel, il plaque Stanton contre l'extérieur de la cage en faisant souffler ses vents puissants. La cage tremble dans un bruit de ferraille et l'hydre pousse des hurlements et heurte les barreaux.

June apparaît alors. Passant à travers la cage, elle déverrouille la porte de l'intérieur et y laisse entrer une fille musclée aux cheveux roux bouclés, dont les bras sont couverts de tatouages fleuris aux couleurs vives. Je me rends compte que c'est Dione, la Verseuse de sang gorgée d'hydre, l'ancienne meilleure amie d'Eva.

Enjambant la barrière, je pénètre dans la cage à mon tour. Je tire des fléchettes de feu sur Dione, mais elle esquive tous les projectiles grâce à sa vitesse hors du commun. Je me croyais prêt pour le combat après avoir réussi à toucher Wesley pendant l'entraînement, pourtant je ne parviens que de justesse à échapper à un uppercut de Dione. L'hydre s'agite de façon incontrôlable, et je lance des gerbes de flammes dans la cage. L'une d'elles est sur le point d'atteindre Dione mais June l'agrippe alors, la rendant intouchable comme elle. L'hydre griffe Dione et

June comme un animal qui s'acharne sur son reflet, avant de finir par abandonner.

Devant la cage, Iris combat Stanton. Elle le plaque violemment contre les barreaux, puis balance son poing sur lui, mais il l'évite *in extremis.* S'il n'avait pas bougé, le coup d'Iris aurait sûrement laissé un trou dans son visage. Les barreaux se brisent sous l'impact, et l'hydre bondit en rugissant vers l'ouverture pour se glisser hors de la cage.

La panique s'empare du stade.

Les spectateurs, qui quelques minutes plus tôt encore encourageaient les créatures à s'entre-tuer, prennent leurs jambes à leur cou. Complètement désorientée, l'hydre fonce dans la foule qui court dans les gradins. Une partie de moi n'a pas envie de sauver ces gens, mais je ne peux pas laisser l'hydre leur faire du mal. De cette façon, la population prendra conscience que les Marcheurs du Ciel sont innocents. Je m'élance à la poursuite de l'hydre en me demandant comment l'arrêter sans la blesser, quand un jet de lumière l'immobilise.

Un garçon au visage pâle et aux cheveux bruns se tient en haut des marches, armé d'une baguette. J'ignore qui il est, mais lui sait visiblement qui je suis car il tire trois coups vers moi. Sa baguette est déchargée et je m'empresse de le rattraper, mais l'inconnu me décoche un coup de pied qui me fait perdre l'équilibre sur un siège, puis il s'enfuit à toutes jambes. Constatant que l'hydre respire encore, je me lève d'un bond et je tire des fléchettes de feu en direction du garçon, tout en m'efforçant de ne pas toucher des innocents. Je l'atteins à l'épaule et il dégringole dans l'escalier, entraînant d'autres personnes avec lui. Une douce lumière grise apparaît dans la pile de corps : c'est le métamorphe ! Je me précipite en bas, mais je n'arrive pas à savoir quelle apparence il a prise. J'attrape le poignet d'un vieil homme qui m'observe avec un air terrifié ; peut-être qu'il joue la comédie. Mon regard se pose alors sur une femme qui s'éloigne au pas de course en se massant l'épaule... c'est lui. Je me rue dans sa direction, mais m'arrête brusquement en entendant un hurlement.

Dione est clouée au sol par Maribelle, qui l'empêche de bouger avec son pied. Sa main n'est plus attachée à son poignet, et une flaque de sang se forme autour. Maribelle tient une grenade-gemme au-dessus de Dione.

— Reprends une forme solide, ordonne Maribelle à June. Sinon elle n'aura plus de corps à régénérer.

— Ne la tue pas, je la supplie.

— Ils devront tous mourir un jour, réplique Maribelle.

June s'approche, et le regard de Maribelle devient plus féroce encore.

La douce lumière qui enveloppait June disparaît, et Maribelle se précipite vers elle. June lui assène un puissant coup de pied et réussit à lui arracher la grenade-gemme. Sans lui laisser le temps de la lancer, je tire une volée de fléchettes de feu dans sa direction, et elle s'envole vers la cage pour s'y réfugier. La grenade roule de sa main.

— Attrape-la ! crie Maribelle.

Aussitôt, je rattrape June et j'immobilise ses bras derrière son dos. Il y a quelque chose qui cloche. Dione se vide de son sang et June est à ma merci, pourtant j'éprouve une sensation d'écœurement. Une victoire ne devrait pas faire cet effet-là, et j'ai du mal à croire qu'on va passer pour les gentils dans la vidéo de Brighton.

Maribelle sort sa dague et s'avance d'un pas nonchalant vers June.

— Parle-nous du Blackout. (June ne réagit pas. Elle ne se débat même pas.) Rien ? Très bien.

Je détourne le regard pour ne pas voir Maribelle cribler June de coups de poing.

— Tu… as… tué… mes… parents !

Alors que Maribelle lève sa dague, je lâche June. Elle disparaît aussitôt, et Maribelle s'arrête à temps pour ne pas m'enfoncer sa lame en plein cœur.

— Qu'est-ce que t'as fait ?!

— Je ne suis pas un tueur, désolé !

— Tu avais juste à la tenir !

— Je suis désolé, j'ai juste…

— C'est une Verseuse de sang, Emil ! Elle n'est pas innocente ! Toutes les futures victimes de June seront sur ta conscience ! Sur ta conscience !

Maribelle jette sa dague par terre, s'accroupit et se passe la main dans les cheveux.

J'essaie de reprendre ma respiration. Je tremble, et mon visage me brûle comme si j'étais assis devant une cheminée.

Iris traîne Dione hors de la cage, mais cela semble lui demander plus d'efforts que d'habitude. Le combat contre Stanton a dû l'affaiblir. Je suppose qu'on va maintenant ramener Dione à Nova pour l'interroger.

Soudain, je vois Iris se frotter l'épaule.

Bordel de m…

Là-haut dans les gradins, des disciples emmènent l'hydre enchaînée.

Je décide d'attraper le métamorphe pour qu'il arrête une bonne fois pour toutes de nous rouler dans la farine. En tirant des fléchettes enflammées en direction du métamorphe, je mets accidentellement le feu à plusieurs sièges, et en un rien de temps l'incendie se propage. Je me fraye un chemin à travers les flammes grises et dorées. Iris court derrière moi, et Atlas vole au-dessus de nous. Je crie à Atlas de sortir Brighton et Prudencia d'ici. Je n'arrive pas à croire que je suis là, en train de donner des instructions, mais je n'ai pas le temps de penser à ça. Plus je monte les marches, plus ma respiration devient difficile. Je réussis à atteindre le métamorphe à la jambe avec une fléchette ; il tombe, entraînant Dione avec lui, mais Stanton la rattrape. Je mets la main sur le métamorphe alors que June s'évanouit dans les airs.

— Laissons-le, dit Stanton.

Le métamorphe me regarde avec les yeux d'Iris, et je vois qu'il n'a plus la force de se battre. La vraie Iris le hisse sur son épaule.

— On a au moins remporté une victoire, déclare Iris.

Le stade entier est en proie aux flammes à présent. Malgré la fumée suffocante, on parvient à trouver la sortie à la lueur de mes flammes. En arrivant au parking, je me retourne pour contempler le brasier aveuglant, qui n'est plus qu'une montagne de feu grise et orange. Le phénix *engloutisseur de Soleil* émerge des flammes qui lèchent le ciel sombre et s'envole dans la nuit. Sa liberté me rappelle que je suis heureux de voir cet endroit réduit en cendres.

Iris fait glisser le métamorphe par terre et s'agenouille à côté de lui.

— Dis-nous pourquoi Luna voulait l'hydre.

— Et où trouver June, ajoute Maribelle.

Un rire s'échappe des lèvres du métamorphe, couvrant ses gémissements.

— Vous êtes fous si vous pensez que je vais trahir Luna. (Il se relève en s'appuyant contre la portière d'une voiture.) Vous pouvez me maltraiter autant que vous voulez, ça ne sera rien par rapport à ce que Luna me fera.

— Ça ne me dérange pas de te torturer, dit Maribelle. Je te laisse choisir la méthode.

Elle était prête à tuer un Verseur de sang quelques minutes auparavant, les chances de survie du métamorphe ne me semblent pas très élevées.

— Tu bluffes.

— Tu sous-estimes le point auquel j'ai envie de frapper ce visage que tu arbores.

Sur ces mots, Maribelle lui décoche un coup de poing dans la mâchoire. Le métamorphe s'écroule, et Maribelle se tourne vers Iris.

Celle-ci lève les yeux au ciel.

— C'était vraiment nécessaire ?

— Mieux vaut lui que toi, répond Maribelle.

Une terne lumière grise enveloppe le métamorphe. Les traits d'Iris s'estompent, et son équipement de Marcheuse du Ciel disparaît, laissant place à un jogging, des baskets et un débardeur qui révèle des bras musclés, comme ceux que je rêverais d'avoir. Le métamorphe doit avoir à peu près mon âge. Il a la peau brun clair, des sourcils foncés et des cheveux qui le sont encore plus, bouclés sur le dessus et rasés sur les côtés.

Je connais ce visage. Tout le pays connaît ce visage.

C'est celui du fils du sénateur Iron, Eduardo.

Celui qui est mort pendant le Blackout.

VINGT-TROIS

L'INTERROGATOIRE

Emil

En arrivant à Nova, on pénètre discrètement dans le bâtiment. C'est complètement dingue qu'Eduardo soit vivant, mais ça doit rester un secret jusqu'à ce qu'on comprenne ce qui s'est passé. Iris le porte jusqu'à un vieux cagibi, et Maribelle enchaîne sa cheville à un radiateur cassé. J'essaie de lui dire que ce n'est pas nécessaire, mais elle ne m'écoute pas. Tous les Marcheurs du Ciel sont rassemblés dans le couloir, et bien qu'ils auraient tous désespérément besoin de prendre une douche et de dormir, ils ne cessent de jeter des coups d'œil dans le cagibi comme si Eduardo était la plus grande célébrité de tous les temps.

Iris croise les bras.

— On ne va pas tous rentrer ici.

Maribelle a déjà un pied dans le cagibi.

— N'essayez même pas de m'en empêcher.

— Il n'y aura que nous deux, dit Iris.

— Je devrais filmer, propose Brighton.

— Hors de question, déclare Iris.

Brighton plisse les yeux.

— Pourquoi pas ? Pour bâtir sa campagne, Iron s'est servi de la peur de la population et de la mort de son fils – qui n'est pas mort ! Cette information pourrait être le coup de pouce dont a besoin Sunstar pour se faire élire.

Brighton doit déjà penser au prix Pulitzer qu'il pourrait remporter en révélant cette affaire.

Sans un mot, Iris et Maribelle entrent dans la pièce et referment la porte derrière elles.

Mon frère fulmine. Je pose ma main sur son épaule, en essayant de faire preuve de tact :

— C'est une chose de me filmer, Bright, mais on ne peut pas faire ça à Eduardo. Ça le mettrait dans une situation très gênante. Tu devrais plutôt avancer sur le montage de ta vidéo, ou t'occuper autrement, non ?

Brighton repousse ma main.

— Arrête ! Tu dis ça comme si le montage des vidéos n'avait pas d'importance, alors que grâce à mon travail, l'opinion publique sur ce mouvement est en train de changer.

Atlas et Wesley échangent un regard qui en dit long, puis ils partent en même temps, me laissant seul avec Brighton et Prudencia.

Brighton regarde fixement la porte.

— Vous avez compris qu'elles s'apprêtaient à interroger Eduardo, hein ? Maribelle ne sera sûrement pas tendre avec lui.

— Raison de plus pour que tu ne filmes pas l'interrogatoire, fait remarquer Prudencia.

— C'est ça.

Il sort de la pièce.

— Rien n'est jamais assez pour lui, dit Prudencia.

Elle a raison. On lui a permis de nous accompagner pendant les missions, même si ça me rend malade que Prudencia et lui risquent leur vie. Pour lancer sa campagne, Brighton a obtenu de filmer les Marcheurs du Ciel en train de raconter leurs histoires. Mais rien à faire, il n'est jamais satisfait. Sa vidéo sur la bataille de pouvoirs a remporté bien plus de succès que tout ce qu'il avait mis en ligne jusque-là, et pourtant il était dans tous ses états parce qu'elle n'avait pas suffisamment fait le buzz à son goût. Je suis nostalgique de l'époque où on se creusait la tête pour inventer des noms pour sa chaîne ; tout était plus simple alors. Papa a été son premier abonné. Maman a mis en gage des bijoux de famille pour acheter à Brighton sa première caméra. Peut-être que c'est notre faute si Brighton a un ego aussi démesuré.

Je m'apprête à lui courir après, mais je me fige en entendant de l'agitation à l'intérieur du cagibi. Je regarde la porte, le cœur battant. Eduardo ne peut pas avoir pris l'avantage sur Iris et Maribelle. C'est impossible.

— Tu veux que je reste avec toi ? demande Prudencia en regardant Brighton tourner dans le couloir.

— J'aimerais bien, oui, je soupire. Mais non. Va le retrouver.

Elle fait un signe de tête vers le cagibi.

— Bon courage.

— Toi aussi.

Lorsque j'entre dans le cagibi, Maribelle plane au-dessus d'Eduardo, qui est en train de masser sa lèvre ensanglantée.

— Qu'est-ce que vous faites ?

Maribelle m'ignore.

— Dis-moi comment je peux trouver June.

— Et comment Luna a injecté de l'essence de créature à une céleste, ajoute Iris.

— Et peut-être aussi comment tu as survécu au Blackout ? je demande d'une voix enrouée.

Eduardo secoue la tête.

— Vous pensez peut-être que c'est une négociation, puisque vous avez déjà commencé à vous défouler sur moi, mais ce n'est pas le cas. De toute façon, j'ai déjà gagné.

— Ah bon ? Et qu'est-ce que t'as gagné ? demande Maribelle.

Eduardo regarde autour de lui.

— Je pourrais vous demander un lit et des bougies parfumées au bois de rose pour éliminer l'odeur de serpillière sale. Mais je suis prêt à accepter votre protection face aux Verseurs de sang.

— T'es sérieux ? demande Iris.

— Si vous n'avez que des bougies à la vanille, je m'en contenterai.

Iris croise les bras.

— Tu peux te transformer en n'importe qui. Partir à l'autre bout du pays. Ils ne te retrouveront jamais.

— La dernière fois qu'un spectre métamorphe s'est enfui, il n'est pas allé bien loin avant que le gang retrouve sa trace. (Eduardo devient aussi immobile qu'une statue.) Il s'est fait torturer tellement longtemps qu'il est mort entre deux transformations, complètement méconnaissable. Stanton m'a très gentiment montré des photos de lui le soir de mon initiation. En guise d'avertissement amical. (Il lève les yeux vers nous.) Le seul moyen pour moi d'être à l'abri de Luna et des Verseurs de sang, c'est de rester dans cette planque. Où qu'elle soit.

Maribelle s'accroupit et approche son visage à quelques centimètres du sien.

— Dis-nous tout ce qu'on veut savoir, sinon on te libère.

— Ce serait peut-être une vraie menace si vous n'aviez pas autant besoin de moi. Je sais que vous n'avez pas la moindre intention de me laisser partir. (Le sourire suffisant d'Eduardo me rappelle l'assurance de son père pendant ses discours.) Luna est la personne la plus calculatrice au monde. Elle m'a appris à voir plus loin que le bout de mon nez.

— Je t'assure que t'es pas aussi intelligent que tu le crois, dit Maribelle.

— Peut-être pas, mais j'ai été assez malin pour vous faire venir au stade, réplique Eduardo.

Maribelle ne répond pas.

Une lumière grise enveloppe soudain Eduardo, et il rétrécit jusqu'à devenir une fillette à la peau blanche, vêtue comme les disciples de Luna. Il joue avec ses longs cheveux blonds et plonge son regard bleu perçant dans les yeux de Maribelle.

— Garde espoir, dit-il d'une voix aiguë.

— J'y comprends rien, je fais remarquer.

Maribelle lui lance un regard furieux.

— Cette fille – ce garçon – est Hope, la disciple que j'ai vue à la marina et qui m'a indiqué où on pouvait trouver June et les autres Verseurs de sang.

— Je savais que tu la cherchais grâce à ta vidéo YouTube. Je me suis dit que j'allais t'aider. (Eduardo reprend son apparence.) Si tu es furieuse parce que je t'ai manipulée, vas-y, libère-moi. Je ne m'en sortirai pas si mal, tant que je ne trahis pas Luna.

Je n'arrive pas à croire que le garçon qu'on a enchaîné dans ce cagibi est la personne qui nous a piégés. Il est le digne fils de son politicien véreux de père.

— T'as raison, on n'a pas l'intention de te laisser partir, dit Maribelle. Si tu refuses de nous expliquer pourquoi tu es en vie, qui est June, et ce que Luna manigance, alors tu ne me laisses pas d'autre choix que de te mettre une raclée.

Maribelle lève le poing, et je me précipite pour arrêter le coup avec mes deux mains. Elle cherche à lever le mystère de la mort de ses parents et à les venger, et je ne peux pas comprendre ce qu'elle traverse ; la seule question qui subsiste sur la mort de papa, c'est si elle aurait pu être retardée sans sa participation à l'essai clinique. Mais même si les intentions de Maribelle sont bonnes, elle ne peut pas péter les plombs comme ça pour obtenir ce qu'elle veut. J'ai envie de croire que la personne qui m'a aidé à m'entraîner vaut mieux que ça.

Maribelle dégage vivement son poing de mon étreinte.

— Tu te rends pas compte de ce que tu fais. Tu es ici depuis quoi, deux semaines ? Et soudain, tu t'imagines que tu sais tout sur nous.

— Je sais ce que vous êtes censés être, je réplique. On ne peut pas brutaliser les gens pour obtenir les réponses qu'on cherche. Sinon, on ne vaut pas mieux que les Verseurs de sang.

— Je veux que justice soit rendue, et ce n'est pas en bichonnant nos prisonniers que ça va arriver.

— Ça ne vous ferait pas de mal d'essayer, dit Eduardo.

Maribelle semble être tentée de me balancer à l'autre bout de la pièce pour pouvoir piétiner Eduardo en paix. Et s'il continue à la provoquer comme ça, je ne pourrai pas lui en vouloir.

— J'aimerais que la situation soit aussi simple, Emil, mais la guerre nous fait faire des choses dont on ne se croyait pas capables. On sait se montrer compatissants, mais on doit aussi parfois utiliser la violence pour rester en vie. Pour essayer de gagner.

— Je ne suis pas comme ça, je réponds. Je veux bien être un soldat, mais je ne suis pas un meurtrier.

Eduardo me dévisage et se redresse.

— Va faire un tour, Maribelle, lance Iris.

— T'as pas d'ordres à me donner ! (Maribelle s'avance tout près d'Iris et la regarde de haut.) On va perdre. On n'a pas la moindre chance de gagner avec une cheffe comme toi, et avec Emil qui fraternise avec l'ennemi. (Elle se retourne, et se retrouve si proche de moi que nos nez se touchent presque.) À ton avis, que font les soldats dans l'armée ? Est-ce que tu crois qu'ils se préparent au combat puis déposent les armes ? Non. Ils tirent, en s'efforçant de ne pas rater leur cible.

— Je comprends, mais notre but ultime est d'être en paix avec le reste du monde. Si on ne parvient pas à inspirer confiance à la population, des tas de gens seront morts en vain, tu ne crois pas ?

— Ne me parle pas de morts vaines alors que tu me mets des bâtons dans les roues quand j'essaie de comprendre qui a piégé et assassiné mes parents. (Maribelle ferme les yeux et secoue la tête.) J'ai eu tort d'avoir foi en toi. On a tous eu tort.

Sur ces mots, elle sort en claquant la porte.

Même si je n'ai jamais eu la prétention de devenir un sauveur extraordinaire, je me sens encore tellement coupable de ne pas être à la hauteur…

— Tu vas parler maintenant ? demande Iris.

Eduardo me montre du doigt.

— Je veux bien lui parler, à lui seulement.

— Hors de question, déclare Iris.

— Alors bonne chance pour comprendre le grand dessein de Luna avant le départ du Rêveur couronné, dit-il.

Iris lâche un profond soupir.

— Fais attention à lui, m'avertit-elle.

Elle me laisse seul avec le métamorphe. Tout devrait bien se passer puisqu'il est attaché, mais s'il se comporte bizarrement, il faudra que je réagisse vite en lui envoyant une fléchette enflammée.

— Pourquoi vouloir parler seulement avec moi ?

— Tu m'intrigues, dit Eduardo. (Il me dévisage avec une expression de pur émerveillement.) Je fais en sorte de ne jamais être vu plus d'une fois par quelqu'un, mais par le plus grand des hasards, nos chemins se sont déjà croisés plusieurs fois.

— Tu parles de hasard : tu as essayé de me piéger chez moi, puis de nous attirer au stade.

— Avant ça.

Les yeux d'Eduardo brûlent comme une éclipse grise et une lumière l'enveloppe. Je mets une minute à reconnaître la personne en qui il s'est transformé : c'est le garçon qui a filmé le combat de pouvoirs le soir de l'apparition du Rêveur couronné. Eduardo prend ensuite les traits de James, le type qui vendait le Breuvage avec Orton et avait la même coque de téléphone que le type à la fête de quartier. Puis il se métamorphose en l'unique disciple qui s'est échappé vivant de la bataille dans l'usine. Enfin, alors qu'une dernière lueur l'éclaire, il redevient lui-même.

— Désolé si je me suis planté sur certains détails. Je n'ai pas essayé de me rappeler exactement la couleur des yeux, la longueur des cheveux ou la taille. Mais tu comprends maintenant ? New York est une ville gigantesque, Emil. On croise sans cesse des gens qu'on ne revoit jamais. Alors que toi, tu n'arrêtes pas d'apparaître devant moi comme une luciole la nuit.

— Tu es mal placé pour dire ça, Eduardo. Tu es censé être mort.

— Je ne m'appelle plus comme ça. Eduardo Iron est mort pendant le Blackout, et toutes ses bassesses ont été englouties par les ténèbres. Tu n'es pas le seul à qui la vie offre une deuxième chance.

Il est au courant de mes origines. J'espère de tout mon cœur que les Marcheurs du Ciel ne le laisseront jamais partir d'ici.

— Comment est-ce que tu t'appelles si tu n'es plus Eduardo Iron ?

— Ness Arroyo, répond-il.

Je crois me souvenir qu'Arroyo était le nom de famille de sa mère. Il a voulu effacer tous ses liens avec le sénateur.

— Ton père sait que tu es vivant?

— Non.

— Maribelle pourra se servir de ça pour te forcer à dire la vérité sur June.

Ness hoche la tête, comme s'il avait déjà réfléchi à cette possibilité.

— Je suppose que les exécuteurs ont une unité spéciale chargée de trouver l'emplacement de ce refuge. Mais si le sénateur apprend que je suis vivant, tous les exécuteurs seront aussitôt tirés de leur lit et recevront l'ordre de me traquer. Les élections approchent, et il ne peut pas prendre le risque que le pays découvre que toute sa campagne est fondée sur un mensonge.

Il appelle son père «le sénateur». Ça me rappelle la fois où Brighton était tellement furieux contre papa qu'il l'a nommé «Leonardo» pendant une semaine. Mais papa avait refusé de laisser Brighton gagner en lui montrant à quel point ça l'ennuyait.

— Et tu as préféré faire équipe avec les Verseurs de sang plutôt que de continuer à vivre sous le même toit qu'Iron? je demande.

Ness se lève. Il doit mesurer quelques centimètres de moins que moi, mais il dégage une vraie puissance avec ses épaules bien droites et son regard intense.

— Le gang m'a transformé en quelqu'un de dangereux et d'exceptionnel. (Il remue la jambe, et la chaîne cliquette contre le sol.) Cette chaîne est inutile. Je pourrais très bien prendre l'apparence d'un gosse et m'échapper après t'avoir brisé le cou. (Il fait un pas vers moi, et mon poing prend feu. Les flammes grises et dorées illuminent le visage de Ness : les cernes sous ses yeux, et la même expression de défaite et d'épuisement que je vois sur mon visage quand je me regarde dans la glace.) Le sénateur n'a pas arrêté de se servir de moi comme d'un appât et d'un porte-parole de ma génération. Il a tout fait pour que j'apparaisse comme un enfant pleurant sa mère, tuée à cause de la violence des célestes. Les Verseurs de sang sont très loin d'être innocents, mais plus jamais je ne laisserai le sénateur se servir de moi. (Il me tourne le dos et s'allonge par terre, en se servant d'un rouleau de papier toilette en guise d'oreiller.) Bonne nuit, luciole.

VINGT-QUATRE

SANS POUVOIR

Brighton

Assis sur le toit, je contemple le Rêveur couronné qui scintille au-dessus de ma tête en essayant de me calmer. Si Emil a de l'autorité, c'est uniquement parce qu'il a le feu du phénix. J'espère encore obtenir un pouvoir moi aussi, grâce à la lignée dont je descends. Maman ne semble pas avoir hérité des pouvoirs de sa mère, mais le Rêveur couronné pourrait m'accorder des visions. Je deviendrais le grand voyant que ma grand-mère n'a jamais été, et ainsi, je pourrais prévoir les prochains agissements de Luna et empêcher que notre bande se fasse attaquer par surprise.

Une fois de plus, je montrerai aux Marcheurs du Ciel que je mérite leur attention.

La porte s'ouvre et Prudencia me rejoint sur le toit. Un vent frais souffle dehors, et elle frictionne ses bras nus.

— Je te cherchais.

— Tu m'as trouvé.

— Comment te sens-tu ?

Elle s'assoit à côté de moi, et sa présence apaise la rage qui me faisait bouillonner. J'ai encore chaud, mais désormais j'ai plus l'impression d'être installé confortablement devant une cheminée que debout dans un bâtiment en flammes. Je suis tenté de la prendre dans mes bras pour la réchauffer.

— Sous-estimé, je réponds. Ils n'ont pas conscience de ce que j'ai fait pour eux ? Et pour qui se prend Emil, en me disant d'aller m'occuper du montage de ma petite vidéo ?

— Il n'a pas parlé de ta « petite » vidéo.

— Ça revenait à ça. Moi aussi, je sauve le monde.

— C'est vrai, Brighton, mais c'est un travail d'équipe. On a tous un rôle différent à jouer. Et on doit se tenir à l'écart de certaines réunions et de certaines batailles.

— Si Emil y participe, alors moi aussi. Un point c'est tout.

Prudencia tourne son visage en direction du Rêveur couronné, et je ne parviens pas à la regarder dans les yeux.

— Est-ce que tu es là pour le protéger ou pour faire tes preuves ?

— J'ai déjà fait mes preuves, Prue. Désolé si mes succès ne sont pas aussi nombreux que ceux d'Emil.

— Il n'y a aucune raison d'être jaloux de lui. Même s'il n'y prend pas plaisir, il fait de son mieux. Vous êtes tous les deux remarquables à votre façon, ne l'oublie pas.

— Oh, arrête. Je ne vois pas ce qu'il y a de remarquable dans le fait d'avoir reçu des pouvoirs par hasard et de se faire tenir la main à chaque étape. Si je suis aussi exceptionnellement bon dans ce que je fais, c'est parce que je bosse dur depuis des années.

Prudencia se lève.

— Tu es vraiment con en ce moment, alors je vais te laisser encore un peu de temps. Peut-être que tu finiras par te rappeler qu'on est tous dans le même bateau.

Elle tourne les talons et disparaît. Je ne fais aucun effort pour la rappeler et je ne lui cours pas après.

Je reste dehors avec le Rêveur couronné jusqu'à ce que le froid devienne désagréable, puis je rentre à l'intérieur et je commence à travailler sur ma « petite vidéo » dans la salle d'informatique. Emil court partout en lançant des fléchettes de feu, et j'avoue que ce n'est pas facile pour moi de continuer à le soutenir. Sans moi, il ne connaîtrait pas toute cette gloire. Je pourrais très bien couper ses moments les plus glorieux pour voir moins de Gifs d'Emil sur mon fil d'actualités. Pourtant, la seule scène que je supprime, c'est celle où Maribelle se jette sur June pour la tuer. Même si June se bat dans le camp des Verseurs de sang pendant un combat en cage, il ne faut surtout pas donner aux internautes une raison de considérer Maribelle comme une meurtrière. On doit absolument garder la main sur l'image qu'on renvoie.

Je suis trop épuisé pour aller demander un deuxième avis à ce sujet. Je mets en ligne la vidéo, puis je me pelotonne sur le canapé. Les réactions ne se font pas attendre. Ma nouvelle tactique pour faire augmenter mon nombre d'abonnés est de poster mes vidéos très tard. Si un internaute veut faire savoir à son entourage qu'il a été parmi les premiers à visionner la vidéo, il doit s'abonner pour recevoir mes notifications. Je m'imagine mes abonnés se faisant réveiller toute la nuit par leurs notifications. Quand le contenu est aussi incroyable que ça, personne n'a envie d'arriver en retard au spectacle. Je passe vingt minutes à lire les commentaires au fur et à mesure qu'ils apparaissent. Beaucoup de gens sont admiratifs des progrès d'Emil, qui vise de mieux en mieux. D'autres sont impressionnés par l'hydre et le phénix. Et quelques-uns me trouvent courageux d'avoir accompagné les Marcheurs du Ciel alors que je n'ai pas de pouvoirs. Ils me qualifient de héros, et je sombre dans un sommeil bien mérité.

Je ne sais pas depuis combien de temps je roupille, quand je suis brusquement tiré d'un rêve dans lequel je volais. Emil m'appelle et me secoue pour me réveiller.

— Je veux pas aller dans notre chambre, je grogne en fermant les yeux pour continuer à dormir.

— Lève-toi ! crie Maribelle.

Je me redresse d'un coup et je vois Prudencia, Iris, et Atlas derrière Emil et Maribelle.

— Qu'est-ce qui se passe ? Eduardo a parlé ?

— Il s'appelle Ness, dit Emil. Il n'a rien dit.

— Alors ce n'est pas le fils d'Iron ?

Emil passe sa main dans ses cheveux bouclés en gardant les yeux baissés.

— Je te raconterai tout à l'heure. Ta vidéo a été mal accueillie.

— Tout le monde nous tombe dessus, ajoute Maribelle.

— C'est ta faute aussi, dit Iris à Maribelle.

Pendant qu'elles se disputent, ignorant les autres qui leur demandent de se calmer, j'ouvre mon ordinateur portable. La lecture des commentaires me donne mal au cœur. Les gens nous traitent de menteurs; ils me demandent des explications et me disent que je devrais supprimer ma chaîne. Mon nombre d'abonnés a chuté de presque dix mille personnes, et ce n'est que le début. Ça a toujours été une de mes peurs : qu'une chose dans laquelle j'ai mis tout mon cœur se retourne contre moi.

Tout est en train de foirer à cause de Tueur d'Étoile Argent.

Apparemment, un spectateur s'est attardé au stade et a filmé Maribelle lorsqu'elle a essayé de tuer June. Il a partagé sa vidéo sur Internet, et Tueur d'Étoile Argent l'a diffusée sur sa chaîne pour prouver que tous les messages que je faisais passer étaient faux, et que personne ne devrait me faire confiance ni faire confiance aux «Marcheurs du Ciel violents et destructeurs». J'ai le visage en feu et envie de gerber. J'ai l'impression de vivre un cauchemar, et même pire que ça – les héros que j'ai tout fait pour rendre populaires sont en train de se taper dessus parce que je les ai mis dans une situation difficile. Emil semble encore bénéficier d'un certain soutien de la part du public car il a laissé June s'échapper, mais dans d'autres commentaires il se fait traiter de complice.

Maribelle m'apostrophe :

— Ta chaîne était censée nous aider.

— Je suis désolé. Je voulais seulement protéger notre image.

— Ta campagne s'est retournée contre nous, crache Maribelle. Maintenant, tout le monde est convaincu que je suis aussi diabolique que les Verseurs de sang.

— Si la campagne s'est retournée contre nous, c'est à cause de la façon dont tu as agi, assène Iris. Même si

Brighton n'avait pas posté la vidéo, cette séquence aurait fuité. Il avait juste de l'avance. Et maintenant notre image est désastreuse. Quoi qu'il en soit, Maribelle, tu t'apprêtais à tuer quelqu'un, et ça ne ressemblait pas à de la légitime défense.

— Elle a tué nos parents ! (Maribelle paraît complètement perdue devant l'incompréhension d'Iris face à sa souffrance, comme si elle avait l'impression de ne pas parler la même langue qu'elle.) Je ne suis pas une tueuse avide de sang. Je demande simplement vengeance.

— On cherche la justice, pas la vengeance. Les célestes comptent sur nous pour y parvenir.

— Les spectres aussi, ajoute Emil.

— J'espère que tu n'es pas en train de défendre le métamorphe, dit Maribelle. Sa bande tue en toute impunité, pendant qu'on s'en prend plein la gueule parce que j'ai essayé de liquider la céleste responsable de notre situation. (Emil essaie de répliquer, mais elle parle plus fort que lui.) Si Atlas n'était pas venu chez toi ce soir-là, Ness t'aurait kidnappé et aurait sans doute fait tuer ton frère. Ness a bien cherché ce qui lui arrive, à lui d'assumer les conséquences de ses actes.

— Tu as essayé de tuer June, à toi d'assumer, réplique Iris.

— Non. Tout ce que je dois assumer, c'est d'être celle qui la tuera un jour.

Sur ces mots, elle sort de la pièce.

Atlas soupire.

— Je vais lui parler.

— Si tu n'arrives pas à la convaincre de coopérer, tu sais ce qui va se passer, n'est-ce pas ? demande Iris.

— Je ferai de mon mieux, mais Mari est comme elle est. Elle est tout aussi dévastée que toi.

— C'est différent.

— Pourquoi ?

Iris secoue la tête.

— Je suis plus âgée. J'ai passé plus de temps avec mes parents, et je me suis battue à leurs côtés. J'ai un fardeau plus lourd à porter. Fais juste… fais de ton mieux pour calmer le jeu. Il est essentiel qu'on reste unis.

Atlas hoche la tête et sort à son tour.

Personne ne dit rien.

— Je peux réparer ça, j'affirme. Je filmerai des excuses et j'admettrai mon erreur.

— On devrait attendre un peu pour poster une autre vidéo, dit Iris. Il vaut mieux ne pas réagir de façon impulsive.

— Mais… je vais continuer à vous accompagner en mission, pas vrai ?

— On en reparlera plus tard.

Sa réponse est claire. Je prends une profonde inspiration et me précipite vers la porte. Emil et Prudencia me courent après mais je me retourne vivement.

— Je vais bien. (C'est faux, évidemment.) J'ai juste besoin de prendre un peu l'air.

— Laisse-moi prendre l'air avec toi, dit Emil.

— Je veux être seul.

— Brighton, appelle Prudencia.

Mais je suis déjà en train de courir en direction du toit. Une fois arrivé là-haut, je contemple la ville lumineuse.

J'ai merdé. J'ai fait beaucoup pour la cause et je n'avais pas terminé, mais j'ai merdé. Et cette fois-ci ça n'a rien à voir avec le fait de foirer un examen. Cette fois, c'est monumental. J'ai fait passer des héros pour des terroristes sans cœur. Il faut absolument que je trouve le moyen d'arranger ça. Sinon, qui suis-je ? Quel est mon rôle dans tout ça ?

C'est une chose d'être sans pouvoir, c'en est une autre d'être complètement inutile.

VINGT-CINQ

LE CYCLE INFINI

Emil

Rien ne va plus.

Maribelle et Atlas sillonnent les rues depuis plusieurs nuits pour essayer de mettre la main sur un disciple, un alchimiste ou même un dealer qui aurait des liens directs avec Luna. Lorsqu'Iris ne s'isole pas quelque part, elle essaie d'extorquer des informations à Ness, mais celui-ci s'entête et refuse de nous révéler ce que trament les Verseurs de sang. Eva est exténuée à force d'enchaîner les séances de thérapie avec des célestes qui se sentent de plus en plus désespérés. Quant à Wesley, même s'il meurt manifestement d'envie de partir à Philadelphie pour retrouver Ruth et Esther, il reste dans les parages pour acheter du matériel et organiser le transfert des célestes qui ne se sentent plus en sécurité sous notre protection et souhaitent vivre dans un autre refuge.

J'aimerais pouvoir envoyer Brighton, Prudencia et maman ailleurs. Depuis qu'il a retiré sa vidéo de la bataille dans le stade, Brighton est littéralement obsédé par tout ça. Il surveille nos comptes sur les réseaux sociaux, enfermé dans la salle d'informatique – sans rien poster cependant, comme l'a ordonné Iris. Je pense qu'il cherche une solution à un problème insoluble. Un peu comme Prudencia, qui passe tout son temps à la bibliothèque pour découvrir davantage d'informations sur les mystérieux ingrédients que Sera a listés dans son journal. J'ai proposé de l'aider, mais elle ne veut pas de ma compagnie. Je ne peux pas m'empêcher d'avoir l'impression qu'elle me reproche tout ce qui va mal dans sa vie : elle a dû tourner le dos à sa tante, et maintenant Brighton lui tourne le dos. Les réserves de médicaments de maman – pour son cœur et contre ses crises d'angoisse – baissant dangereusement, Wesley est bravement retourné en chercher dans notre appartement. Maman ne pourra cependant pas prendre le risque d'aller faire renouveler son ordonnance elle-même, et on ne tardera pas à être obligés d'aller en voler dans une pharmacie ; si on se fait prendre, on ne fera que donner des arguments supplémentaires au sénateur Iron pour sa campagne.

Chaque fois que je marche dans ces couloirs, il y a un changement. Avant, les célestes sous notre protection m'admiraient, maintenant, ils passent devant moi comme si je ne pouvais rien pour eux. Pour être honnête, je crois qu'ils ont raison. Il me semble de plus en plus évident qu'on mène une guerre perdue d'avance. Iron sera élu président. L'avenir de tous les célestes s'assombrira de plus en plus. Ils perdront leurs droits et seront placés dans des camps à cause de leurs pouvoirs – ou pire encore. L'histoire se répète, et dans mes vies antérieures, je suis mort jeune pour servir la cause. Cette vie ne sera pas différente.

Au lieu de me planquer sous les couvertures et d'attendre notre prochaine mission consumé par le stress, je m'occupe de Ness. Les autres ne se sont pas montrés particulièrement compatissants envers lui; ils n'ont pas oublié que depuis qu'il est ado, Ness a tout fait pour que les célestes soient détestés. Il n'en reste pas moins un être humain qui a été élevé par un monstre. Iron ne changera jamais, mais j'ai espoir que Ness puisse s'en sortir. Je lui accorde donc du temps tranquille dans la salle de bains. Je lui donne un matelas gonflable pour qu'il ne dorme pas par terre. Je m'assure qu'il soit nourri autant que les autres, et je lui rapporte même parfois les plats non vegans que je ne peux pas manger.

Je continue aussi à faire des recherches sur les métamorphes, car depuis que Ness a affirmé être capable de me tuer s'il le souhaite, j'ai commencé à avoir peur qu'il se transforme en body-builder de deux mètres et me broie le crâne d'une seule main. En réalité, son pouvoir lui permet seulement de prendre l'apparence d'une personne, mais pas de devenir plus fort ou plus rapide, ou de copier des aptitudes qu'il ne possède pas. Malgré ça, je ne pense pas que je gagnerais si on se battait à mains nues. S'il décide de s'attaquer à moi, il faudra que je réagisse rapidement en lançant des flammes. Mais ça m'étonnerait qu'il le fasse – jusqu'ici en tout cas il s'est montré totalement inoffensif; il ne me remercie pas pour la nourriture ou les livres que je lui apporte, mais je n'y vois pas d'inconvénients tant qu'il n'essaie pas de me tabasser.

Ce soir je frappe doucement à la porte du cagibi pour lui apporter à dîner. Ness ne répond pas, ce qui n'a rien d'inhabituel. J'entre dans la pièce et je vois un homme plus âgé que lui et à la peau blanche allongé sur son matelas, qui murmure dans son sommeil. Les trois premières fois que je suis tombé sur Ness en train de dormir sous l'apparence de quelqu'un d'autre – une femme au crâne dégarni, un garçon avec le bout des doigts brûlés, un homme aux cheveux gras et au visage timide –, j'ai cru qu'il jouait à un jeu bizarre avec moi. Mais c'est la première fois qu'il a l'air aussi bouleversé. Les longs cheveux roux de l'homme sont collés à son front luisant de transpiration, et son visage est barré d'une cicatrice profonde. En m'approchant, je constate qu'il manque un morceau de son nez.

— S'il vous plaît, faites pas ça, faites pas ça, marmonne l'homme.

Je pose l'assiette par terre et je touche son épaule.

— Ness ?

L'homme se réveille d'un coup, et rapide comme l'éclair, sa main vient enserrer ma gorge et ses ongles s'enfoncent dans ma chair, m'empêchant de respirer alors que j'en ai désespérément besoin. Il lui manque un œil, mais cette absence est compensée par la haine qui brûle avec violence dans celui qui lui reste, d'un bleu perçant. Je martèle son poignet, son bras, son torse, mais mes coups se font de plus en plus faibles. Je suis sur le point de m'évanouir, lorsqu'une lumière grise apparaît et que l'étreinte de l'homme se relâche. Je peux de nouveau respirer. Ness est redevenu lui-même, et il retire sa main de ma gorge en tremblant.

— C'était pas moi ! dit Ness. C'est pas moi qui ai fait ça.

Bien sûr que c'était lui, bien sûr qu'il a fait ça. Qu'est-ce qu'il raconte ?

Je m'effondre sur le dos en inspirant et expirant profondément. Ness est penché au-dessus de moi ; Maribelle l'a menacé de mille choses, pourtant c'est la première fois que je lis une réelle inquiétude sur ses traits. Je me masse le cou, en sentant mon cœur palpiter dans ma poitrine.

— Je suis désolé. Ça arrive parfois, dit Ness en m'aidant à me relever. (Je m'appuie sur le mur le plus proche de la porte.) Je me transforme en d'autres personnes pendant mon sommeil.

Je suis complètement déconcerté par tout ça – l'étranglement, les excuses, puis les confidences.

Ça me prend une minute mais je finis par articuler :

— C'était qui ?

Ness s'assoit contre le mur en face, comme s'il voulait être le plus loin possible de moi.

— Un trafiquant. Il a essayé de me tuer le soir où on a voulu récupérer l'hydre à la marina. Mais je l'ai tué en premier.

J'avais beau me douter que Ness avait déjà ôté des vies, je suis quand même choqué de l'entendre le confirmer. Même si j'ai peur de lui poser la question, il faut que je sache.

— Alors ces autres personnes en qui tu t'es transformé…

— Je ne sais pas qui tu as vu, mais je suis aussi hanté par des personnes que je n'ai pas tuées. Mes cauchemars sont tellement réels que mon pouvoir les interprète mal, comme si je me concentrais pour me transformer.

Dione est la seule Verseuse de sang à m'avoir témoigné un peu de compassion. June n'en a rien à faire, et Stanton est d'avis que Dione fait preuve de faiblesse.

— Tu n'es pas faible, je dis. Le plus puissant de tous les pouvoirs est un cœur qui bat, pas vrai ?

— Tu me ressors la campagne de ton frère ?

— Non. Je suis désespéré parce qu'on a dix-huit ans et qu'on nous a transformés en armes. Tu es obligé de te faire passer pour mort afin d'échapper à ton père. Tu as dû manipuler des gens pour être enfin en sécurité. Tu as été forcé de tuer pour un gang auquel tu n'as pas envie d'appartenir. Je sais que j'aurai bientôt du sang sur les mains, ce n'est qu'une question de temps.

Sans regarder Ness, je commence à lui raconter toute la pression que j'ai subie, en m'échauffant petit à petit. Je vide mon sac, et je lui parle de la culpabilité qui me ronge à cause de ce qu'a fait Keon, et surtout de ma sévérité envers maman alors qu'elle s'est saignée aux quatre veines pour me donner une éducation et un foyer. Et pourtant je ne sais toujours pas comment j'arriverai à lui pardonner son silence ! Juste avant d'apprendre que je n'étais pas un vrai Rey, une autre bombe m'est tombée dessus et a complètement chamboulé ma vie. Tout ce qui s'est passé pendant ces trois dernières semaines est tellement fou. Je craque, et je me mets à pleurer si fort que j'aimerais que n'importe qui, même quelqu'un que je connais à peine comme Ness, me prenne dans ses bras et me mente en me disant que tout ira bien.

— Pourquoi est-ce que tu me racontes ça ?

— J'en sais rien. Peut-être parce que je suis paniqué de ne pas savoir comment être un bon frère, un bon fils, un bon meilleur copain et un bon héros, et que tu es la seule personne qui n'attend rien de moi.

Il se tait, et son silence m'incite à continuer. Comme quand j'étais petit et que papa me demandait ce qui n'allait pas lorsqu'il me voyait en colère ; je lui jurais que je ne voulais pas en parler, et il restait avec moi pour me tenir compagnie jusqu'à ce que je finisse par exploser et par lui raconter tout ce que j'avais sur le cœur.

— Je me demande ce que mon père penserait de moi aujourd'hui, je dis.

Avant que Ness ait le temps de me poser des questions sur lui ou de me demander de partir pour pouvoir manger en paix ses pancakes réchauffés au micro-ondes, je lui raconte à quel point papa était ouvert. Comment jamais il n'a remis en cause ma sexualité, comment il m'a encouragé à me jeter à l'eau avec Nicholas en me disant que, comme lui, j'aurais peut-être la chance d'épouser mon amour de jeunesse. Il a tout fait pour que je ne me sente jamais inférieur à Brighton quand mes bulletins étaient décevants alors que les siens étaient excellents.

— Il me manque vraiment, mais peut-être que c'est une bonne chose qu'il soit mort. Il n'aura pas besoin de me voir devenir quelqu'un que je n'ai pas envie d'être.

— Je me dis la même chose pour ma mère, dit Ness. Quand j'étais plus jeune, je voulais être acteur. On allait voir des comédies musicales et des films, et je sentais une… une attirance pour les scènes et les plateaux. Broadway, les superproductions, les films indépendants. Tout. On répétait les textes des pièces de l'école pendant que notre chauffeur m'emmenait à des cours de théâtre à une heure de chez nous. Si elle avait su à quel point tous ces cours me servent dans mon quotidien de Verseur de sang, elle m'aurait dit d'oublier mes rêves, comme le sénateur.

La mort de papa quand j'avais dix-sept ans a déjà été une épreuve très difficile, mais je ne peux pas m'imaginer ce que ça fait de perdre un de ses parents à treize ans, comme Ness.

— Comment c'était de perdre ta mère ?

— Déroutant, il répond après un instant de réflexion. Ça s'est passé si soudainement, et puis le sénateur m'a dit ce que je devais ressentir : de la colère, de la haine, du dégoût. Il m'a obligé à pleurer devant les caméras. Je suis devenu le porte-parole des enfants ayant perdu des proches à cause de la violence des célestes. J'ai endossé ce rôle parce que c'était le seul moyen pour que le sénateur m'apporte son soutien. Ne va pas croire que je parle d'affection. Parfois des poignées de main, parfois de la fierté. Mais c'était mieux que rien, car j'avais besoin de remplir le vide que ma mère avait laissé dans ma vie.

Je lui dis que je suis désolé pour sa mère, même si c'est un peu tard.

— Moi aussi je suis désolé pour ton père. Tu as de la chance d'être autant aimé par le parent qui te reste. Ta mère a tout fait pour te protéger, alors que mon père s'est servi de moi pour gagner des voix.

Il se lève et s'assoit au milieu de la pièce. Ça ressemble à une invitation, alors je fais pareil. Je sens le savon à la lavande bon marché qu'on a dans les salles de bains, et cette odeur m'apaise autant que la lueur d'une bougie.

— Comment c'était de perdre ton père? demande Ness.

Je lui raconte que ça a été déroutant aussi, même si on avait eu plusieurs mois pour se préparer. Parfois papa prétendait qu'il était en bonne santé, mais on n'arrivait pas à jouer le jeu quand il toussait du sang et était si brûlant de fièvre qu'on devait le conduire en urgence à l'hôpital. C'était super dur de partir à l'école le matin sans savoir s'il serait toujours en vie à notre retour. Quand il n'y a plus eu d'espoir – il a fait son testament, ses adieux –, les médecins lui ont suggéré d'explorer la piste des essais cliniques, en affirmant qu'il n'avait rien à perdre. Sauf qu'il avait quelque chose à perdre, et qu'on a tous été pris de court quand il a fait une septicémie – surtout Brighton, qui ne se remettra jamais vraiment d'avoir retrouvé papa mort.

— Tu as de la chance d'avoir ce pouvoir d'immortalité, luciole.

— Tu trouves? Ce cycle infini est une malédiction. Ça fait même pas un mois, et je suis incapable de me regarder dans un miroir. Je n'ai pas envie de me battre pour le reste de ma vie – le reste de mes vies.

— Mais si on pouvait tous être immortels, ma mère serait en vie, remarque Ness. Ton père aussi.

— Tu crois que l'immortalité est une solution aux problèmes de ce monde?

— Je ne crois plus à ce monde. Notre pays s'apprête à élire mon père... le sénateur... à la présidence. Aucune personne dotée de pouvoirs ne sera plus en sécurité. Il va finir par découvrir que je suis en vie, ce n'est qu'une question de temps, et alors il n'hésitera pas à me faire exécuter pour protéger son image. Ça me serait bien utile d'avoir comme toi la sécurité éternelle. Je pourrais fuir le sénateur et Luna pour toujours et vivre ma vie.

— C'est pas une vie de toujours fuir et se battre, je fais remarquer.

— C'est mieux que de mourir, réplique-t-il.

Sa vision de la vie me fait froid dans le dos.

— Je n'ai pas envie de perdre ceux que j'aime, mais je ne veux pas non plus d'un monde dans lequel on ne peut pas mourir. Dans lequel on peut être hanté ou torturé pour toujours.

Ness me regarde fixement de ses yeux ambre.

— Tu renoncerais à ton pouvoir de résurrection ? Je ne te crois pas.

— Je suis déjà en train de chercher un remède. Je n'ai pas envie de mourir, mais je refuse de vivre pour toujours.

— Tu ne comprends pas, luciole. C'est trop tard. Luna est une reine de la stratégie, et elle a placé ses pions alors qu'on n'était même pas nés. Elle est patiente et calculatrice. Elle aurait pu s'octroyer des pouvoirs il y a des années, mais à quoi ça lui aurait servi ? Elle ressemble au sénateur sur ce point – bien qu'elle n'ait pas de pouvoirs, elle fait partie des personnes les plus puissantes du pays. Mais aujourd'hui elle est mourante, et le Rêveur couronné est arrivé à temps pour qu'elle puisse accomplir son dessein ultime.

Voilà un très bon exemple d'une personne que je ne voudrais pas voir vivre éternellement.

— Qu'est-ce qu'elle a ?

— Une maladie du sang, répond Ness, et je sens mon cœur se serrer. On ne peut prendre qu'une fois le sang d'une créature.

C'est une très bonne nouvelle pour le remède qu'on trouvera pour neutraliser les pouvoirs.

— Luna a tenté de faire fusionner différentes essences, mais ça a eu pour seul effet de rendre les gens mortellement malades; et ils se sont retrouvés avec des pouvoirs très affaiblis par rapport à ceux des créatures dont venaient les essences. Ça ne l'a pas aidée à atteindre son objectif.

— Et c'est quoi, cet objectif?

— L'immortalité, répond Ness.

— La véritable immortalité est impossible, je dis. Même les phénix meurent.

Ness hoche la tête.

— Peut-être, mais quand Keon est mort et n'est pas ressuscité, Luna a pris conscience que l'essence de phénix ne lui suffirait pas à devenir immortelle. Elle a persévéré, contrairement aux nombreux alchimistes qui avaient tenté la même chose avant elle, et elle est allée plus loin.

— Est-ce qu'elle s'attend à trouver chez moi la solution pour y parvenir?

— Non. Elle ne peut pas te vider de ton sang : le sang doit être pur et venir directement d'une créature. De toute manière, Luna ne cherche pas la solution, puisqu'elle l'a déjà trouvée. Ton vieux copain Orton en est la preuve.

— Alors c'est quoi la solution? Du sang de céleste mélangé avec du sang de créature?

— Orton n'était pas un céleste. C'était un spectre, à cent pour cent.

— Mais il était capable de passer à travers des objets solides. Aucune créature n'a ce pouvoir.

— C'est exact, dit Ness. (Il me laisse un moment pour comprendre par moi-même, mais rien n'y fait.) C'est un sang supérieur à tous les autres, et Luna s'est associée avec des alchimistes spécialisés dans la nécromancie pour l'obtenir : elle tue des fantômes.

Qu'est-ce qu'il raconte ? J'ai l'impression de m'être fait avoir, comme s'il ne faisait que mentir depuis le début.

— Personne ne peut toucher un fantôme.

— Dis ça à June, le tout premier spectre à avoir en lui du sang de fantôme ; elle a possédé la mère de Maribelle et l'a fait passer pour la responsable du Blackout, mais elle m'a aussi sauvé la vie au moment de l'explosion, explique Ness. Tu commences à comprendre, luciole ? Luna a une longueur d'avance sur tout le monde. Elle est sur le point de réunir le sang de trois êtres – une hydre, un fantôme, un phénix. Si on la décapite, il lui poussera une nouvelle tête. Si on essaie de la blesser, elle disparaîtra. Et si d'une façon ou d'une autre on parvient à la détruire complètement, elle renaîtra.

— Mais tu as dit que ça ne fonctionnait pas. Que ses cobayes n'y survivaient pas.

— Luna n'utilise pas de sang pur sur ses cobayes. Pour l'élixir qu'elle boira, il lui faut la tête d'une hydre qui n'a encore jamais été décapitée, un phénix jamais ressuscité, et des fantômes appartenant à sa lignée. Quand le Rêveur couronné atteindra son zénith, elle les réunira à l'église Alpha de la Nouvelle-Vie et obtiendra ainsi ce qu'elle appelle son « sang de Faucheuse ». Elle deviendra l'être vivant qui se rapproche le plus de la Mort, et marquera l'histoire en n'entrant jamais dans l'histoire.

J'aimerais que ce ne soit qu'une légende, mais c'est la vérité. Luna a passé sa vie à mettre au point un élixir pour se rendre invincible. On ne peut pas gagner contre elle.

— Mais si elle meurt, elle devra reprendre à zéro comme moi, non ?

Ness secoue la tête.

— Si ses calculs sont corrects – et il y a des chances qu'ils le soient –, elle s'éloignera du monde un instant et renaîtra comme elle-même.

— Elle a donc l'hydre. Qu'est-ce qu'elle compte faire ensuite ?

— Quel jour on est aujourd'hui ?

— Mardi.

Ness prend une profonde inspiration.

— Luna a prévu d'aller au cimetière des Anciens pour capturer les fantômes de ses parents. Ce soir.

— Quoi ?! On est foutus.

— Sans doute. Mais l'invocation de ces fantômes sera très complexe, Luna a donc fait appel à Anklin Prince, un alchimiste de haut niveau. Plus il s'est écoulé de temps depuis la mort d'une personne, plus il est difficile de capturer son fantôme. À moins que cette personne ait succombé à une mort violente et n'ait pas eu le temps de faire la paix avec sa vie passée. Luna a assassiné ses parents quand elle avait dix-sept ans. Je crois que c'est la seule fois qu'elle s'est sali les mains.

— S'ils sont morts il y a tellement d'années, jamais leurs fantômes ne seront retrouvés.

— Leur mort a été d'une violence extrême. Luna était à l'époque tout aussi créative qu'elle est cruelle aujourd'hui.

Les parents de Luna errent donc depuis des décennies, et elle a l'intention de les faire revenir afin de les anéantir pour toujours. Je ne me sens pas le courage d'affronter quelqu'un d'aussi tordu.

— Et pour le phénix ? je demande, mais au moment où les mots franchissent mes lèvres je comprends soudain tout : j'ai une de ces illuminations que Brighton a souvent et que je lui envie tellement, sauf que celle-ci est terrifiante. Le phénix *astre gris.*

Ness hoche la tête.

— Si tu veux mettre un terme à la folie de Luna, tu dois la détruire, luciole. Point barre. Le problème, c'est que tu n'as absolument rien d'un tueur. Tu n'as même pas voulu laisser Maribelle assassiner une meurtrière sans remords. Regarde les choses en face. Luna est la plus forte.

Je serre mes genoux contre moi, en retenant un hurlement.

— Pourquoi est-ce que tu me racontes tout ça ? je demande après un moment de silence.

Ness soutient mon regard.

— Toi aussi, tu es la seule personne qui n'attend rien de moi.

VINGT-SIX

L'ENVOL

Emil

Les Marcheurs du Ciel m'assaillent de questions. Comment sait-on que Ness n'essaie pas de nous attirer dans un guet-apens ? Pourquoi m'a-t-il tout révélé ? A-t-on la moindre chance de battre les Verseurs de sang ? Bien qu'il n'y ait pas de réponses certaines, c'est soudain le branle-bas de combat ; on enfile précipitamment notre équipement et on se dirige vers les voitures. Iris tente de convaincre Ness de nous accompagner, mais essuie un refus catégorique. Il n'ira pas au cimetière affronter Luna, à moins d'être un cadavre qu'ils pourront y enterrer.

Je cherche Brighton pour lui dire au revoir, mais je ne le trouve pas. Rien d'étonnant, puisqu'il nous attend dans la voiture, installé sur la banquette du fond.

— Sors de là, ordonne Iris en s'asseyant derrière le volant.

— Non. Si Luna est vraiment là je la filmerai, et elle devra enfin rendre des comptes pour tous les crimes qu'elle a commis.

— C'est trop dangereux, j'insiste. S'il te plaît, Brighton, reste ici cette fois.

Il n'y a rien à faire. Brighton déclare :

— Il faudra me faire sortir de force. Vous feriez mieux de ne pas perdre de temps et de partir au cimetière.

— J'espère que les étoiles seront avec nous, soupire Iris.

Une fois Maribelle, Atlas et Wesley installés, Iris démarre. Prudencia n'est pas là pour veiller sur Brighton.

Les Marcheurs du Ciel espèrent survivre à cette nuit grâce au Rêveur couronné qui amplifiera leurs pouvoirs. Ils auront un avantage sur les Verseurs de sang, puisque leur lumimagie est d'origine naturelle ; je suis plutôt soulagé d'être de leur côté. Pourtant, lorsqu'Iris gare la voiture, j'ai du mal à respirer. Il est impossible de savoir ce qui nous attend.

Il fait un tel froid dans le cimetière des Anciens que de la condensation s'échappe de nos bouches à chacune de nos expirations saccadées tandis qu'on arpente les allées à la recherche des Verseurs de sang. L'obscurité qui règne est angoissante – jamais elle n'est si profonde en ville. Plus je m'enfonce dans le cimetière en passant devant des tombes sans inscription, plus je regrette l'absence de lampadaires. Pour toute lumière nous avons les étoiles scintillantes du Rêveur couronné, dont la forme se dessine davantage chaque nuit. Si on ne parvient pas à arrêter le gang ce soir, Luna se rapprochera encore de son objectif. Et si nous parvenons à créer une potion qui neutralise les pouvoirs, qui sait si elle sera assez puissante pour anéantir Luna une fois qu'elle aura bu son sang de la Faucheuse ?

— On devrait investir dans des manteaux, fait remarquer Wesley.

Je fais apparaître une boule de feu pour nous réchauffer et nous éclairer. Je constate alors que ce n'était pas des branches qui craquaient sous mes pieds, mais des os fins et noircis qui forment une traînée menant à un arbre. Brighton suit la traînée avec sa caméra.

— Bright, grouille-toi.

— Je fais un reportage.

— Tu devrais vraiment pas être là.

— Toi non plus.

— Je m'en passerais bien, je dis. Mais c'est différent et tu le sais.

— J'ai merdé, et je vais réparer ça. Je montre plus d'initiative que ton métamorphe préféré, qui est resté glander à Nova. Je te parie qu'il est en train de baratiner quelqu'un pour qu'on le laisse regarder Netflix.

Je ne peux pas en vouloir à une personne qui refuse de se battre parce qu'elle tient à la vie. Je le comprends trop bien.

— S'il ne voulait pas de pouvoirs, il n'aurait pas dû en demander, insiste Brighton.

Je m'apprête à le supplier d'arrêter son petit numéro de héros et de rentrer à Nova, quand Iris nous fait signe de la fermer. Elle s'accroupit derrière la statue d'une hydre sans tête. Bien que le vent glacial soit de plus en plus fort, je serre les mains pour éteindre la boule de feu, de peur qu'elle nous trahisse. Aussitôt, mes doigts redeviennent froids.

En bas d'une colline, trois Verseurs de sang se tiennent à quelques mètres l'un de l'autre. Reliés par des cordes sombres, ils forment un triangle et sont entourés d'une dizaine de disciples en robe de cérémonie. Au milieu d'eux se tient un homme de petite taille aussi pâle qu'un cadavre et aux cheveux aussi gris que des nuages de pluie. Debout entre deux tombes, l'alchimiste Anklin Prince tient une urne en métal avec un rebord de pierre. Je n'arrive pas à voir ce que représentent les glyphes dorés gravés sur la base, mais ils brillent de mille feux pendant qu'Anklin chante une mélopée.

En face d'Anklin, c'est Luna Marnette en personne. On ne la voit jamais dehors en temps normal. Si Ness n'était pas détenu à Nova, j'aurais juré que c'était lui qui se faisait passer pour elle. Mais il doit s'agir de la vraie Luna. Elle a un visage émacié et des cheveux argentés emmêlés qui lui arrivent à la taille, ses yeux ne quittent pas l'urne qu'elle regarde avec intensité. Des gants en dentelle qui scintillent sous le clair de lune recouvrent ses mains, et elle porte trois dagues rangées dans leur étui à sa ceinture. Je ne connais ni le son de sa voix, ni la couleur de ses yeux, et pourtant j'ai l'impression qu'elle me hante déjà. Ness dit qu'elle n'a pas besoin de pouvoir pour être puissante. Je le crois sur parole.

Une sensation de froid m'envahit de nouveau. Les morts n'aiment sans doute pas qu'on les dérange.

— T'approche pas, OK? je murmure.

Brighton secoue la tête.

— Occupe-toi de ton boulot, et laisse-moi faire le mien.

Il va finir par nous faire tuer, je le sens.

On reste tous rassemblés, nous efforçant de ne pas nous faire repérer par le clan de Luna.

— Il faut absolument qu'on mette la main sur cette urne, chuchote Atlas. Wesley, à toi de jouer.

— On ne sait pas à quoi servent ces cordes, avertit Iris.

— Elles font sans doute partie du rituel, répond Maribelle. Wesley peut aller jeter un coup d'œil rapidement. On devrait profiter de l'effet de surprise...

Soudain, un os craque derrière nous et une voix crie :

— LES MARCHEURS DU CIEL !

Un disciple.

D'un violent coup de vent, Atlas le fait tomber à la renverse.

Des sortilèges fusent autour de nous, pulvérisant la statue. Rien ne se passe comme prévu, mais on est prêts à tout pour empêcher Luna de capturer les fantômes de ses parents. Deux disciples me prennent en chasse, l'air froid emplit mes poumons comme quand je rentrais en courant du métro jusqu'à notre immeuble en hiver pour pouvoir me mettre vite au chaud. Des éclairs bleu électrique effleurent mon épaule et explosent autour de mes pieds. Je bondis derrière un arbre, qui est aussitôt touché par un sort et se met à trembler. Je tire alors une fléchette enflammée sur un disciple et je l'atteins à la cheville. Un autre trébuche sur lui.

Je continue à avancer, et je vois avec soulagement Brighton accroupi derrière un bosquet de buissons taillés près de la tombe de quelqu'un qui a dû être plein aux as de son vivant. Les Verseurs de sang ne font pas le moindre geste, et ça me terrifie de les voir comme ça. Pourquoi est-ce que ni Stanton, ni Dione, ni June ne laissent tomber la corde pour se battre ? Elle ne doit pas servir uniquement de décor au rituel. Rapide comme l'éclair, Wesley se précipite vers la triade de spectres et bondit dans les airs. Mais lorsqu'il touche la corde, il est repoussé par un champ de force doré étincelant qui le projette en arrière. Son dos heurte violemment une imposante pierre tombale et il tombe la tête la première dans la boue. Son corps est totalement inerte, je ne l'ai jamais vu aussi immobile.

— Wesley ! s'écrie Atlas.

Entouré de feuilles tourbillonnantes, il donne des coups de poing dans l'air ; six disciples s'écroulent sous la force de ses coups de vent.

On se précipite sur Wesley pour le retourner. Atlas le secoue, mais ses yeux restent fermés.

— Est-ce qu'il respire encore ?

Atlas prend son pouls puis hoche la tête.

— Il faut qu'on l'amène à Eva.

Mon regard oscille entre les Verseurs de sang et Wesley.

— Sortons-le d'ici.

Les sortilèges continuent à éclater autour de nous. Je ne m'habituerai jamais à l'idée que quelqu'un essaie de me tirer dessus. J'ai du mal à croire que Luna veuille se servir de moi comme d'une arme. On ne casse pas une épée qu'on a l'intention d'utiliser pour poignarder quelqu'un plus tard.

— Iris !

Elle se fraye un chemin parmi les disciples pour revenir jusqu'à nous, en les envoyant valser dans toutes les directions. Elle trébuche à plusieurs reprises, touchée par des sortilèges, mais aucun n'est suffisamment puissant pour percer sa peau. Elle écarquille les yeux en voyant Wesley.

— Dites-moi qu'il n'est pas mort.

— Pas encore. Il faut qu'on le ramène à Eva.

— J'aurais dû la laisser venir avec nous, je suis tellement bête…

— C'est pas le moment de culpabiliser, l'interrompt Atlas. Je vais mettre à terre tous les disciples encore debout, et pendant ce temps tu emmènes Wesley à la voiture.

J'ai toujours rêvé d'avoir le pouvoir de me téléporter plutôt que celui de faire apparaître du feu. Surtout maintenant, j'aurais pu mettre Wesley en sécurité. Mais je peux l'aider à ma façon, et je me jette de nouveau dans la bataille aux côtés d'Atlas. Maribelle vole au-dessus de nous et distribue des coups de pied aux disciples pour leur faire lâcher leurs baguettes. Elle jette une grenade-gemme en direction de June, mais le champ de force la renvoie aussitôt et elle explose en plein vol.

Prenant une profonde inspiration, je passe à l'attaque. J'envoie une fléchette enflammée droit sur le disciple qui pointe sa baguette sur moi, et une autre sur celui qui vise Atlas. J'aperçois un disciple bondir d'un arbre avec un filet dans les mains pour tenter de capturer Maribelle, je lui jette une boule de feu qui explose contre son torse.

La voie est libre, mais sans doute pas pour longtemps. Il faut absolument que je parvienne à traverser ce champ de force. Je charge une boule de feu puis la lâche, espérant que le pouvoir de phénix lui permettra de passer, mais elle revient sur moi à une telle vitesse que je ne peux l'éviter. La boule de feu me frappe avec force et me coupe le souffle ; j'ai l'impression de recevoir un coup de marteau dans le ventre. Je ne suis donc pas immunisé contre mon propre pouvoir. Bon à savoir, mais mauvais moment pour le découvrir.

Couché à terre, je lève les yeux vers le ciel. Atlas vient d'être touché par un sortilège et fait une chute de six mètres, avant de s'écraser dans la boue à côté de moi.

— Atlas !

Maribelle apparaît à nos côtés.

— Je vais bien, Mari, dit-il d'une voix faible.

La fureur se lit dans le regard de Maribelle.

— Surveille-le !

Maribelle ramasse une baguette magique et s'élève dans les airs. Elle ne montre aucune pitié envers les disciples.

Le froid s'intensifie encore dans le cimetière, j'ai la sensation d'être étendu entièrement nu sur un trottoir enneigé. Un hurlement retentit, si perçant que j'ai la certitude qu'il hantera désormais toutes mes nuits. Il pénètre au plus profond de mon cœur, et soudain je me sens extrêmement seul. Il me semble que je pourrais mourir à cet instant sans que personne ne s'en préoccupe.

Anklin a cessé ses incantations.

Deux ombres lumineuses noires apparaissent de nulle part au-dessus des tombes des parents de Luna, les fantômes sont si tangibles qu'on pourrait les croire vivants. Ils dévisagent d'abord Luna avec une expression d'incompréhension, puis d'horreur. La personne qui se tient devant eux est beaucoup plus âgée que la jeune femme qui les a sauvagement assassinés. Les Marnette essaient de se prendre la main, sans y parvenir – elles sont insaisissables.

Les gants en dentelle de Luna se mettent à étinceler. Elle s'avance avec un air menaçant, telle une prédatrice, et les fantômes reculent. Les lèvres des Marnette s'agitent, mais aucun mot n'en sort, juste ce hurlement glaçant qui me donne la sensation d'être douloureusement vide, comme privé de tout bonheur. Contrairement à June, Stanton et Dione semblent être en proie à la même souffrance. Malgré cela, ils ne lâchent pas la corde, empêchant ainsi les Marnette de s'échapper. Les deux fantômes tambourinent sur le champ de force comme s'il s'agissait d'une porte, l'homme tente même de l'enfoncer d'un coup d'épaule tandis que celle qui fut son épouse hurle à quelques centimètres du visage de Dione. Dione ferme les yeux.

Un héros n'est pas censé s'avouer vaincu aussi facilement, pourtant je ne suis pas loin de jeter l'éponge. Cette vie n'est pas faite pour moi. Je sais que si je lance du feu, il sera dévié. C'est comme si j'étais sans pouvoir.

Suivie par Anklin qui tient toujours l'urne, Luna accule son père. Sans rien dire, elle l'agrippe à la gorge avec ses mains gantées scintillantes et tente d'enfoncer sa tête dans l'urne. Il ne se laisse pas aspirer facilement, mais Luna continue à appuyer. Une minute plus tard, le fantôme de son père a disparu, emprisonné dans l'urne. Elle l'achèvera plus tard. Le fantôme de sa mère tombe à genoux en hurlant de plus en plus fort. Luna décrit des cercles autour d'elle comme un vautour puis l'enferme à son tour dans l'urne. Une fois l'urne scellée, Anklin la tend à Luna.

Le sourire qui se dessine sur ses lèvres me donne la chair de poule.

— Tue-les, déclare-t-elle, rompant le silence.

Stanton, June et Dione laissent tomber la corde, et le champ de force disparaît.

Maribelle et moi sommes les seuls Marcheurs du Ciel encore capables de se battre, Iris s'occupe de Wesley et d'Atlas à quelques mètres de là. Le moment est venu ; en plus de décevoir tout le monde, on va mourir. On est sur le point de se faire tuer.

Stanton se précipite dans ma direction. Je m'empresse de lui lancer une fléchette enflammée, mais celle-ci ne fait que le retarder un instant. Il se jette sur moi, m'attrape à la gorge et me propulse dans les airs. Le monde tourne autour de moi. Je traverse le cimetière à toute vitesse avant de m'écraser au sol en percutant une pierre tombale. Je me sens sombrer, et je dois lutter pour garder les yeux ouverts. Maribelle est engagée dans un combat au corps à corps avec Stanton. Chacun anticipe les coups de l'autre, mais soudain Stanton accélère le rythme et surprend Maribelle en lui décochant un coup de pied dans le menton. Dione court dans ma direction en criant, et je vois deux bras supplémentaires sortir de ses flancs. Je ne suis pas assez rapide pour riposter, mais Iris m'enjambe d'un bond et attrape Dione en plein vol, avant de la plaquer au sol.

— Va chercher l'urne, m'ordonne Iris, qui se fait frapper à la mâchoire par l'un des nouveaux poings de Dione.

Je me relève en essayant d'ignorer ma douleur – ma cheville déjà en train de gonfler et ma tête qui n'en finit pas de tourner. Luna observe la bataille, sans même tressaillir quand je m'approche d'elle.

— Tu n'as pas en toi le feu que j'attendais, me lance-t-elle.

— Je suis arrivé jusqu'ici.

— C'est la fin pour toi, ma petite merveille, dit-elle en tirant de sa ceinture une dague munie d'une poignée en ivoire calciné et d'une lame dentelée jaune. Tu as entendu parler du terminateur d'infini, n'est-ce pas ?

Anklin la rejoint et elle lui tend la dague avant de reprendre :

— J'ai commis la grave erreur de ne pas poignarder Bautista en plein cœur quand je l'ai tué, mon cher Anklin, alors assure-toi de transpercer Emil correctement pour mettre fin à sa lignée une bonne fois pour toutes.

Luna s'éloigne avec l'urne, et Anklin me fonce dessus avant que je puisse faire le moindre mouvement. Je bascule et il enfonce son genou dans mon estomac en approchant la lame de ma poitrine. Je lui saisis alors le poignet et j'essaie de lui arracher son arme. Le phénix en moi se manifeste avec force, guidant mes actions comme si son essence avait conscience que notre feu risque d'être éteint à jamais.

Anklin reprend le contrôle, et le bout de la lame effleure mon sweat. Je prie pour que Brighton ne soit pas en train de regarder et ait le bon sens de se tirer d'ici. Je n'ai pas envie de tuer cet homme, mais je dois faire ce qu'il faut pour rester en vie. Hurlant et transpirant, je fais apparaître des flammes qui brûlent les mains d'Anklin. Laissant tomber la dague, il essaie d'étouffer le feu.

Sans perdre une minute, je m'élance à la poursuite de Luna. Malgré ma fatigue, je cours encore assez vite pour la rattraper. Je bondis et la plaque contre le sol, et l'urne s'échappe de ses mains. Je m'apprête à tirer une fléchette enflammée, mais au dernier moment Luna repousse mon poignet et fait dévier la trajectoire du projectile, qui vient se planter dans une plaque funéraire. Aussitôt, Luna m'envoie son poing dans la figure, et je sens sa bague m'entailler la joue. Si je survis à ça, maman va me faire ma fête pour m'être battu avec une vieille femme, si diabolique soit-elle. Je frappe Luna à la mâchoire mais ça ne suffit pas pour la mettre K.-O., et je me demande combien de coups elle a reçus dans sa vie pour savoir si bien les encaisser.

Avec un mouvement d'épaule, j'attrape l'urne et je pars en courant en direction de la voiture. Je slalome entre les disciples qui commencent à se relever, et je m'accroche à l'urne comme si ma vie en dépendait. Purée, j'aurais vraiment pu être un dieu du football américain. Le nez ensanglanté, Stanton me barre la route. June tente de distraire Maribelle, qui tombe dans le panneau et dirige sa baguette vers elle. Dione et Anklin apparaissent derrière moi, et Luna se rapproche aussi.

— Si vous faites un pas de plus, je vide l'urne, je dis, en essayant d'ouvrir le couvercle.

Ils me regardent en souriant d'un air moqueur, comme s'ils savaient que cela arriverait.

— Très bien. Ne vous approchez pas, sinon je la brûle.

Ils se figent tous.

— Donne-la-moi, articule Luna.

Le chant du phénix résonne de plus en plus fort en moi, et mes bras s'embrasent avec davantage de puissance que les fois précédentes, se transformant en véritables ailes de feu gris et doré. Alors que Stanton se jette sur moi, je m'élève dans les airs et je sens mes jambes pendre dans le vide. Dingue, je vole ! L'effet d'apesanteur n'est pas aussi fort que je l'aurais cru, et j'ai plutôt l'impression de faire les tractions les plus laborieuses de ma vie, mais il ne faut surtout pas que je tombe avec l'urne. Je redouble d'efforts pour dépasser la cime des arbres.

— Faites-le descendre ! crie Luna.

Je remue mon corps en levant le poing. Je monte alors en flèche, en sentant le vent et les flammes gronder devant mes yeux. Tenant fermement l'urne, je sors du cimetière en volant ; pour une fois, ma joie l'emporte sur ma peur.

VINGT-SEPT

LA CHUTE

Brighton

Emil flamboie comme une comète, et des flammes grises et dorées fendent le ciel nocturne.

J'oublie un instant ma caméra en voyant mon frère s'envoler. C'est le pouvoir que j'aurais le plus rêvé d'avoir. Depuis combien de temps Emil sait-il qu'il peut faire ça ? Est-ce qu'il gardait le secret pour pouvoir s'échapper dans un moment de gloire éclatante ? Contrairement à lui, je ne fuis pas le combat. Il peut retourner à Nova et jouer la sécurité avec Ness, je m'en fous. En tout cas, ce n'est pas parce qu'il a mis la main sur l'urne que la bataille est terminée.

Maribelle et Iris se défendent péniblement contre Stanton, Dione et Anklin.

Apercevant une baguette par terre, je lâche ma caméra.

Stanton tourne les yeux vers moi, et Iris profite de ce moment d'inattention pour le frapper avec une telle force qu'il se retrouve précipité vers un trio de disciples vaincus. Je ramasse la baguette, qui pèse le poids d'une batte en acier alors qu'elle a la taille d'un grand couteau de cuisine. Je serre la baguette entre mes doigts. J'ai toujours eu la sensation d'être puissant, et cette fois je le suis vraiment.

Ce n'est pas un jeu vidéo. C'est la réalité.

Je tiens la baguette de la même façon que tous les héros et exécuteurs que j'ai vus faire sur YouTube.

Je ne pourrai peut-être tirer qu'une fois, alors je choisis la cible la plus importante.

Plissant les yeux en direction de Luna, je fais un petit mouvement du poignet.

L'éclair orangé manque Luna de plusieurs centimètres et atteint un arbre qui prend feu aussitôt. La force du sortilège me fait tomber à la renverse. J'ai le bras qui tremble si fort que j'ai l'impression qu'un tremblement de terre fait rage dans mon poignet. Je lâche la baguette. Luna me regarde fixement en penchant la tête, sourit, puis me montre du doigt. Un instant plus tard, des disciples me sautent dessus. Je tente de récupérer la baguette mais ils me traînent par terre. J'enfonce mes ongles dans la terre en appelant les Marcheurs du Ciel au secours. Stanton vole au-dessus de moi et me retourne sur le dos, et je vois son visage couvert de bleus. Il me cloue au sol d'une poigne aussi puissante qu'un étau et m'assène un coup de poing entre les yeux.

VINGT-HUIT

CŒURS

Emil

Je n'ai pas la force de rester longtemps dans les airs. Quelques minutes après avoir pris mon envol, je me prépare à atterrir dans une rue loin du cimetière. Je me demande si j'ai plus de facilité que les autres spectres à gérer mes pouvoirs, étant donné que mon corps n'a jamais été complètement humain. Quoi qu'il en soit, ça me demande énormément d'efforts. Je ne suis pas le seul : Wesley crache ses poumons après avoir passé quelques minutes à courir à une vitesse vertigineuse, et Maribelle se sent rapidement attirée vers le sol quand elle est en lévitation.

Une fille me filme pendant ma descente avec mes ailes de feu doré et gris, et je me grouille de tourner au coin de la rue quand elle me demande une photo. Je m'engouffre dans une ruelle et fouille dans une benne à ordures, à la recherche d'un sac en papier pour cacher l'urne. Même si je ne me crois pas au-dessus des lois, je vole un vélo en faisant fondre la chaîne. Je peux difficilement prendre le métro avec l'urne alors que la plus grande ennemie de notre ville a besoin des fantômes qu'elle contient pour devenir indestructible.

Je suspends le sac avec l'urne sur le guidon et m'éloigne dans la nuit, en m'assurant que personne ne me suit. Je préfère éviter les voies fréquentées et je mets une heure à rentrer à Nova alors que le trajet aurait pu me prendre vingt minutes. Je suis dans un sale état en arrivant, mais prêt à voir tout le monde. J'espère que Wesley et Atlas sont en train de se faire soigner. Eva, Prudencia et maman m'attendent devant la porte.

— Le mot de passe, dit Eva.

— Détruire Luna avant qu'il soit trop tard, je dis, et elle me laisse passer.

J'enlace maman et Prudencia, étonné et reconnaissant de pouvoir de nouveau les serrer dans mes bras.

— Pourquoi est-ce que tu n'es pas avec les autres? demande Eva.

— J'ai découvert que je pouvais voler. Ils ne sont pas encore rentrés?

— Ils ne devraient plus tarder.

Je leur montre l'urne, et cette vue me déprime. Luna était prête à saigner les fantômes de ses parents pour pouvoir vivre éternellement. Il faut absolument qu'on trouve le moyen de libérer les Marnette.

La porte d'entrée s'ouvre d'un coup, et Iris crie le mot de passe. Elle trimballe Wesley sur une de ses épaules tout en tenant les jambes d'Atlas, tandis que Maribelle le porte sous les aisselles. Pourquoi Brighton n'aide-t-il pas Maribelle? Eva se met immédiatement au travail avec Wesley, lâchant des hurlements alors qu'elle absorbe sa douleur. Maribelle la presse de se dépêcher. Mon cœur se serre. Je suis parfaitement inutile ici, et préfère sortir pour voir où en est Brighton. Peut-être qu'il a été amoché aussi et met du temps à entrer parce qu'il boite. Constatant qu'il n'est ni dehors ni dans la voiture, je retourne en courant à l'intérieur.

— Où est Brighton ?

Iris prend une profonde inspiration et secoue la tête.

— Où est mon frère ?

— Les Verseurs de sang l'ont capturé, lâche-t-elle.

Maman pousse un cri en portant la main à son cœur. Prudencia la soutient, et je reste immobile.

— Tout s'est passé si vite, dit Iris. Tu t'es envolé, et on était en train de perdre la bataille. Brighton a trouvé une baguette et a visé Luna, mais il a manqué son coup, et c'est là qu'ils l'ont attrapé. On a voulu les poursuivre, mais…

Elle regarde Wesley, qui est en train de reprendre conscience.

— Vous l'avez abandonné ! crie Prudencia.

— On a dû agir vite, se justifie Iris.

Mon frère est retenu en otage par le gang le plus violent de New York, et je frémis à l'idée qu'il pourrait lui arriver bien pire que de mourir. L'urne a beau être en notre possession, je n'ai plus l'impression d'avoir remporté une victoire.

J'ai tellement envie de sortir de cette guerre que je pourrais en mourir. J'ai envie de m'arracher les cheveux, les dents, les ongles et les os. J'ai envie de hurler à en perdre la voix. J'ai envie de rester sous l'océan pour me débarrasser à jamais de ce feu de phénix.

Je traverse le couloir pour prendre la main de maman.

— Je vais le récupérer, je te le promets.

Mes paroles ne la consolent pas.

— Ils vont le tuer, Emil, ils vont le tuer !

— Non ! Ils ont sûrement besoin de lui.

Brighton ne m'a pas écouté quand je lui ai dit de rester en retrait, et pour ça, c'est vraiment le plus grand des imbéciles. Mais parmi toutes mes vies, c'est moi le plus grand des traîtres. J'ai promis à maman que je protégerai Brighton, son unique fils biologique, et je l'ai abandonné en m'envolant loin du cimetière.

— Je vais le ramener, et ensuite on arrêtera avec tout ça.

Elle a le bras qui tremble et respire péniblement. Soudain, elle s'agrippe à moi d'une main et se frappe la poitrine de l'autre.

Elle est en train de faire une crise cardiaque.

VINGT-NEUF
EXTRAORDINAIRE

Brighton

Stanton ne m'a pas loupé avec son coup de poing. Je suis étendu sur le sol en béton d'une pièce sombre et sans fenêtre. Peut-être que je suis sous terre. Pas dans des égouts, ça ne sent pas les ordures, ni dans le tunnel du métro, c'est bien trop calme. En tout cas, les Verseurs de sang ne m'ont pas attaché. Peut-être qu'ils ne pensaient pas que je me remettrais si vite. Je me lève en chancelant et j'entrouvre la porte. Le couloir est froid et faiblement éclairé par une ampoule qui clignote. J'ai l'impression de me retrouver dans un de ces jeux vidéo d'horreur auxquels je refusais de jouer le soir, et je retourne vite dans la pièce où on m'a laissé. Il y a une différence entre le courage et la bêtise. Ce n'était peut-être pas très malin de ma part d'attaquer Luna, et les Marcheurs du Ciel sont sans doute en train de se demander comment j'ai pu être deuxième de ma promo, mais au moins j'étais armé. Il est hors de question que j'aille explorer les lieux sans rien pour me défendre. J'ouvre un tiroir, en songeant que je me trouve peut-être dans une salle de sport miteuse, jusqu'à ce que j'y trouve une caisse à outils. J'enfonce le tournevis dans ma ceinture et je garde à la main la clé anglaise et le marteau, puis je sors dans le couloir.

J'ai un mauvais pressentiment. Les Verseurs de sang veulent sûrement m'attirer dans un piège, mais je n'ai pas beaucoup d'options, et je n'ai pas l'intention de croupir dans cette pièce en attendant de pouvoir frapper quelqu'un à mort avec le marteau. Je tourne au coin du couloir, et je vois un disciple portant une caisse de potions sortir par une porte, traverser le couloir et disparaître par une autre porte. Je compte jusqu'à trois, puis je me dirige vers la pièce dont il est sorti en rasant les murs et je me faufile à l'intérieur.

C'est un laboratoire, plus petit et encore plus en bazar que ma chambre. La lumière vive accentue mon mal de crâne alors que je regarde autour de moi : il y a des chaudrons à l'ancienne qui puent le soufre, des plateaux couverts de plumes, d'écailles et de fourrure, des bocaux qui contiennent des canines jaunes et des dents humaines, des récipients sans étiquette remplis d'ingrédients qui ressemblent à de l'écorce d'arbre et à des rubis broyés, entre autres. Je pose le marteau et la clé anglaise sur le plan de travail, et j'examine les fioles de sang scintillant de céleste et de potions de toutes les couleurs avec des noms de pouvoirs inscrits dessus. Un registre ouvert est posé à côté, dans lequel la provenance de chaque pouvoir est indiquée d'une écriture serrée – un grand nombre d'entre eux ne viennent pas de New York. Nausée, fièvre et septicémie figurent sur la liste des effets secondaires risquant d'affecter le buveur de la potion.

Si j'en bois une, est-ce que j'aurai un pouvoir ?

Je ne sais pas de quelle façon ces potions sont testées, mais même si je n'obtiens qu'une fraction de pouvoir, ça sera toujours mieux que de devoir utiliser ces outils pour me protéger. Je devrais sans doute n'en essayer qu'une, mais laquelle ? Avec le pouvoir de métamorphose, je pourrais prendre l'apparence d'un disciple, tandis que le pouvoir de force surhumaine me permettrait de détruire les murs qui me retiennent prisonnier. Je m'empare d'une potion de couleur grise, en rêvant de m'échapper d'ici en volant.

La porte s'ouvre et Luna entre dans la pièce, suivie de Dione.

— Ah, voilà le garçon qui a essayé de m'assassiner, déclare Luna.

J'ai raté mon coup avec la baguette, mais peut-être que Luna est assez proche de moi maintenant pour que je lui balance le marteau à la tête avant que Dione ait le temps de me massacrer. Ça rendrait service à tout le monde. Je sens mon poignet qui tremble en pensant au tournevis rangé dans ma ceinture. Si elles s'approchent de moi, je m'en fous, je le leur plante dans le cou.

— Vous mourrez quoi qu'il arrive, je dis, moins fort que je voulais. On ne vous laissera pas devenir immortelle.

— J'espère sincèrement que vous avez dû torturer mon cher Ness pour qu'il vous parle du cimetière.

— Il est dans notre camp. Il ne veut pas non plus que vous accédiez au pouvoir.

— Ce que tu me racontes est fascinant. Pourtant, je ne l'ai pas vu combattre à vos côtés, réplique Luna en toussant.

Elle essuie un filet de sang qui coule au coin de ses lèvres gercées avec un mouchoir taché de rouge et de brun. Ses yeux sont bordés de cernes sombres, comme les miens ; sauf qu'au lieu de faire du montage vidéo, elle passe ses nuits à chercher la formule de l'immortalité.

— Tu penses donc que je ne mérite pas de vivre ? reprend-elle.

— C'est votre faute si vous vous êtes empoisonnée.

— Dirais-tu la même chose de ton père ? (Luna me regarde avec un sourire moqueur qui me tord les boyaux, et je serre le poing.) Bien sûr que je sais tout de la maladie de Leonard Rey. J'ai fait des recherches sur le descendant de Keon, ton frère adoptif. Ce qui est arrivé à ton père est tragique. (Elle fait le tour de la table au centre de la pièce et y met de l'ordre, en roulant un plan que je n'ai pas eu le temps d'examiner.) Tu aimes bien les histoires, n'est-ce pas ? Connais-tu celle de ma petite sœur, Raine ? Elle était malade, et aucun des alchimistes et praticiens sur qui je pensais pouvoir compter pour la sauver ne s'est montré à la hauteur. Tu es convaincu qu'il n'y a que le pouvoir qui m'intéresse, alors que tout ce que je fais, je le fais pour la vie.

Je n'en reviens pas que cette maîtresse du crime ait maté mes vidéos YouTube.

— Vous avez beaucoup de sang sur les mains pour quelqu'un qui se préoccupe autant de la vie.

Luna passe devant moi, et je remarque qu'elle sent le feu de bois. Sans manifester la moindre peur, elle me tourne le dos et passe son doigt dans une poudre noire puis la presse sur sa langue, avant de lâcher un profond soupir.

— Malheureusement, apprendre à préserver la vie exige que d'autres soient sacrifiées. (Elle se retourne en fronçant ses sourcils clairsemés.) Tu n'as aucun rôle dans mon grand dessein, et ça ne vaut pas la peine de te tuer. Ça ne valait même pas la peine de t'enfermer. Si on avait capturé Emil, il aurait fallu l'attacher avec de lourdes chaînes pour l'empêcher de se servir de ses pouvoirs. Mais toi, tu n'es qu'un pion qui va me permettre de récupérer l'urne que ton frère m'a volée.

Je saisis le tournevis et tente de la poignarder, mais Luna le fait tomber de mes mains sans effort. Je la pousse violemment contre la table et j'attrape la potion pour lancer des éclairs, alors que Dione traverse la pièce d'un bond.

Je débouche la fiole. Si je chope une septicémie, je ne m'en sortirai pas en me reposant et en buvant de l'eau comme si j'avais juste de la fièvre. Mais aux grands maux les grands remèdes – Luna le sait, mon père le savait, et je le sais. Je vide la potion d'un trait. Elle a un goût de sirop pour la toux, de baies pourries et de fer, et j'ai un haut-le-cœur. Je ne recrache pas le liquide, malgré la sensation de vertige qui me traverse aussitôt, comme quand j'étais petit et que papa me faisait tourner sur sa chaise de bureau au travail. Dione me saisit à la gorge et me plaque contre le mur, et je lutte pour ne pas tousser.

— Je ne vois pas d'inconvénient à lui briser le cou, dit Dione avec un regard menaçant.

Luna se redresse en s'appuyant sur la table.

— Je le répète, il n'en vaut pas la peine.

Dione resserre son étreinte autour de mon cou et je sens le sang me monter à la tête. Soudain, une décharge électrique me secoue, crépitant à travers mes bras. Je repense à Atlas qui montrait à Emil comment faire apparaître son pouvoir. J'ai entendu ses conseils mille fois en travaillant sur le montage des vidéos. Je me concentre pour déclencher la foudre, je la sens juste sous ma peau, elle n'a besoin que d'un petit coup de pouce… Je mets mes mains sur Dione comme pour la pousser, et soudain des éclairs blancs la traversent. Ses yeux s'écarquillent et son étreinte se relâche. Elle s'effondre à mes pieds tandis qu'une fumée s'élève du trou béant dans son estomac. Je m'attends à ce que sa chair se régénère, mais elle ne fait plus le moindre geste.

C'était de la légitime défense. J'ai tué pour me défendre, comme les Marcheurs du Ciel. Je suis moins choqué par le fait d'avoir eu le pouvoir de me protéger que par la rapidité avec laquelle tout ça est arrivé. Dione a fait beaucoup de mal, et je n'ai pas l'intention de me sentir coupable d'avoir agi ainsi. Je n'ai pas le temps de me prendre la tête alors que j'ai l'opportunité de tuer le monstre qui m'a sous-estimé.

J'enjambe le corps de Dione, et Luna recule. Elle se retrouve acculée dans un coin du laboratoire.

Elle me croyait inoffensif. Le disciple que j'ai aperçu tout à l'heure dans le couloir revient, et je lui envoie un éclair en plein cœur. Il s'effondre, la bouche ouverte.

C'est la première fois que j'invoque mon pouvoir, et pourtant j'y arrive bien plus facilement qu'Emil. Je le savais, je l'ai toujours dit. Il a beau s'être réincarné, c'est dans mes veines que coule le sang d'une longue lignée dotée de pouvoirs. Et cette lignée recommence avec moi.

Luna essaie de s'échapper mais je la fais tomber en lui lançant des éclairs.

— J'avais tort, murmure Luna en pressant son bras ensanglanté.

— À propos de quoi ?

— Tu es extraordinaire.

Je hoche la tête.

— Malheureusement, Luna, préserver la vie exige que d'autres soient sacrifiées.

Je m'avance vers elle, et je la bombarde d'éclairs jusqu'à ce qu'elle rende son dernier souffle.

J'ai réussi ce que personne d'autre n'avait été capable de faire ! J'ai tué la seule Verseuse de sang qu'Eva avait peur d'affronter sur le terrain, et j'ai démoli la maîtresse du crime avant qu'elle devienne toute-puissante. J'ai hâte de me tirer d'ici et de retourner à Nova pour fêter ça avec ma famille et Prudencia. Je demanderai à la bande de me procurer un équipement de Marcheur du Ciel digne de ce nom, puis je m'attaquerai à la prochaine menace.

Soudain, la pièce tourne autour de moi et des flashs se succèdent rapidement alors qu'on remonte le temps : Luna retrouve le peu de couleurs qu'elle avait sur le visage, les éclairs rentrent dans mes mains, elle court à reculons, le corps du disciple se lève et sort, et je me retrouve de nouveau plaqué contre le mur avec la main de Dione sur ma gorge.

— Mais… Vous êtes censée être morte, j'articule en suffoquant.

— Jamais, dit Luna. Je ne me laisserai pas tuer, et surtout pas par un imbécile incapable de faire la différence entre une illusion et la réalité.

— Une illusion.

Luna regarde l'une des fioles.

— Ces potions sont à moi : elles n'ont pas été efficaces pour transformer des humains en célestes, mais on a constaté qu'elles avaient des effets secondaires hallucinatoires. Je n'ai pas voulu continuer à mettre en danger la santé de mes disciples. On vend donc ces fioles dans les rues et on filme les buveurs au cas où l'un d'eux manifesterait de vrais pouvoirs. Ça nous permet d'étudier les sujets. On l'appelle le Breuvage – c'était l'idée de Ness, mais il t'en a sûrement parlé puisqu'il est dans votre camp, pas vrai ?

Je suis sans pouvoir, et sans voix. J'ai bu le Breuvage comme ces deux idiots dans le parc. Évidemment. Ce que j'ai ressenti était tellement réel que je suis encore sous le choc, mais pas autant qu'en apprenant que Ness est un traître. Et dire que mon frère pense qu'il essaie de tourner la page et de devenir quelqu'un d'honnête.

Malgré ma résistance, Dione me traîne dans le couloir sans effort et me pousse brutalement dans une pièce. Je trébuche, m'écorchant les bras et le visage sur le béton, et je me retrouve aux pieds de Stanton. June est plongée dans la lecture d'un livre poussiéreux et ne lève même pas les yeux vers moi. Luna entre dans la pièce à son tour et ferme la porte à clé derrière elle, comme si j'avais une chance de fuir, pris en étau entre trois Verseurs de sang.

— Tu te fais une idée bien précise de ce qu'est un héros, et c'est ce qui provoquera ta chute, dit Luna. Ça ne sera pas une chute très longue, puisque tu n'es jamais allé bien haut. Pour sauver et reconstruire le monde, il faut quelqu'un qui accepte de faire le nécessaire. Contrairement à moi, tu ne possèdes ni la nature, ni le cœur qu'il faut pour ça. Mais ce n'est pas grave. Chacun a son rôle à jouer.

Stanton m'attrape par la peau du cou et m'assoit de force sur une chaise placée devant le mur.

Mon regard tombe sur la caméra que j'ai lâchée au cimetière pour pouvoir ramasser la baguette. Elle est dirigée sur moi.

— Tu rêves tellement d'être sous le feu des projecteurs, me lance Luna. Allez, fais-nous un sourire.

TRENTE

PLUS PUISSANT QUE LE FEU

Emil

Je ne me pardonnerai jamais d'avoir fait passer le monde avant ma famille. Il s'avère qu'Eva n'a pas le pouvoir de guérir les cœurs, mais Wesley s'est dépêché d'aller chercher la nitroglycérine de maman. Elle se repose au calme, pendant qu'on s'est tous retrouvés dans la salle de réunion. Je m'apprête à retourner la voir quand je reçois une notification sur mon téléphone.

> *Les Célestes de New York* vient de mettre en ligne une nouvelle vidéo : Rendez l'urne.

— Brighton !

Tout le monde se tourne vers moi, et Prudencia m'arrache mon téléphone. Brighton est en vie, c'est sûr. Personne d'autre ne connaît le mot de passe hyper compliqué qui permet accéder à ses comptes. À moins qu'il se soit fait torturer et ait fini par le leur donner. Ça fait quelques heures que je suis séparé de Brighton, et j'ai eu le temps d'imaginer des tas de scénarios horribles. Luna s'est montrée tellement cruelle avec ses parents et leurs fantômes qu'elle n'aura aucune pitié envers mon frère. Si la réalité atteint ne serait-ce que la moitié des idées que je me fais, il vaudrait peut-être mieux pour lui qu'il meure.

— Lance la vidéo, m'ordonne Prudencia.

Atlas la projette sur le mur, et les Marcheurs du Ciel se taisent.

La miniature de la vidéo montre Brighton avec une joue éraflée et un œil enflé. Je remercie les constellations que maman ait pris un somnifère pour reposer son cœur. Elle a failli mourir à la pensée de ce qui arriverait à Brighton, et cette vidéo l'achèverait. Prudencia me prend la main en tremblant, mais je n'ai pas la force de serrer la sienne.

Brighton est assis sur une chaise devant un mur crasseux. Je repense alors à toutes les fois où il matait des vidéos flippantes ; jamais je n'aurais pensé qu'il figurerait un jour dans l'une d'elles. Mon cœur tambourine dans ma poitrine quand j'entends la voix de Stanton de l'autre côté de la caméra.

— Dis à ton frère ce qu'il doit faire, ordonne Stanton.

Brighton se redresse.

— Allez vous faire voir.

— Fais ce qu'ils disent ! crie Prudencia, comme si c'était un chat vidéo.

Avec un grognement, Stanton s'avance devant la caméra et enserre la gorge de Brighton. Un instant plus tard, mon frère a le visage rouge écarlate et les yeux exorbités. Je suis tenté de détourner le regard, mais j'aurais à nouveau la sensation de l'abandonner.

Stanton le lâche enfin, et Brighton reprend péniblement son souffle.

— Vas-y, dit Stanton en serrant les dents.

Brighton est au bord des larmes mais parvient à se maîtriser.

Je n'ai aucune idée de ce qu'on va entendre. Peut-être qu'il va dire que tout est ma faute, ou qu'il est sur le point de mourir à cause de moi.

— Si vous voulez me récupérer, le seul moyen est de ramener l'urne et le prisonnier à sept heures du matin au plus tard. (Brighton est pris d'un tremblement.) Sinon, je serai exécuté en direct. Retrouvez-nous à l'endroit où on a passé les dernières minutes de notre journée d'anniversaire. (Stanton zoome sur le visage de Brighton avec la caméra, et celui-ci tressaille.) Si vous ne rapportez pas la vraie urne, ils me tueront. Ne jouez pas à ça. Ma vie a plus de valeur que la sienne.

Stanton frappe Brighton avec une telle force que la chaise se renverse en arrière et que Brighton tombe par terre, inconscient.

La vidéo est coupée.

Même si je n'ai jamais considéré tout ça comme un jeu, c'est la première fois que cela me paraît aussi réel. Je n'ai jamais eu aussi envie de détruire quelqu'un avec mes flammes.

Prudencia s'effondre en pleurant. Maribelle frappe la table avec son poing. Wesley regarde fixement par la fenêtre.

Les Verseurs de sang sont vraiment des monstres, et pas seulement parce qu'ils volent les pouvoirs des créatures. Ça ne leur a pas suffi de menacer de tuer Brighton ;

non, il a fallu qu'ils aillent plus loin et l'humilient sur sa propre chaîne. Quand il a repris conscience, ils l'ont sûrement forcé à mettre lui-même la vidéo en ligne. Le nombre de vues augmente rapidement, et je me demande combien de personnes ont signalé la vidéo ou contacté les autorités. Je parie que des tas d'internautes partagent le lien à tout-va comme si nos vies n'étaient qu'une série en temps réel.

— Brighton parle du toit de notre immeuble, je dis. (Personne ne répond, et je suppose qu'ils sont encore trop stupéfaits pour réagir.) Je ne sais pas si je suis capable de voler de nouveau, mais je vais y aller avec l'urne. Une fois qu'ils nous auront rendu Brighton en échange, on pourra leur tendre un piège. Et on rentrera avec Brighton et l'urne.

Iris serre l'urne avec une telle force que je suis surpris qu'elle ne se brise pas.

— On ne peut pas risquer de perdre l'urne. Si Luna reprend possession des fantômes, on ne pourra peut-être plus l'arrêter.

— Mais si on ne la lui rapporte pas, elle tuera sûrement mon frère !

— Luna fera bien pire que ça si elle devient indestructible.

— On sauve les innocents, dit Atlas. C'est notre mission.

Iris prend une profonde inspiration.

— Il faut parfois sacrifier quelqu'un pour le bien commun, déclare-t-elle en évitant mon regard. Ça m'arrache le cœur de le dire, mais notre mission a toujours été d'arrêter Luna et les Verseurs de sang. Mes parents sont morts en essayant de mener à bien cette mission.

— Mes parents aussi sont morts ! crie Maribelle.

— C'est pas pareil ! explose Iris.

— Parce que tes parents étaient les chefs ? Redescends sur terre. Si on a fait confiance à tes parents puis à toi pour diriger les Marcheurs du Ciel, c'est uniquement à cause de votre ancienneté. Tu fabules complètement si tu crois que vous n'avez pas de sang sur les mains juste parce que vous ne faites pas le sale boulot. Brighton a eu le courage de tenter ce pour quoi nos parents se battaient, et ce que tu ne te serais jamais risquée à faire. Et maintenant il doit le payer de sa vie ?

— On risque tous de le payer de notre vie, réplique Iris.

Maribelle secoue la tête.

— Tu es incroyable. Tu ne mérites vraiment pas de diriger ce groupe. Rassurez-moi, personne d'autre n'est d'accord avec elle ?

Eva croise les mains sur la table et regarde fixement le plafond.

— Désolée, mais je suis d'accord avec Iris. On essaie déjà de protéger les célestes de ce pays, et si Luna parvient à prendre le pouvoir, elle s'attaquera aux célestes de l'étranger et nous tuera tous parce qu'on a osé s'opposer à elle.

Wesley prend le parti d'Eva et Iris.

— Brighton a bien du courage, et il a fait beaucoup pour nous. Mais on a failli mourir au cimetière. L'échange ne sera pas équitable ; on a trop à perdre.

— Moi, je serais prêt à mourir pour te protéger, dit Atlas.

— Tu sais très bien ce que je veux dire, réplique Wesley.

— Non, absolument pas. Si tu avais été capturé par les Verseurs de sang, je serais déjà parti pour essayer de sauver ta peau. Si on devient soudain si prudents, alors on devrait tout quitter et aller vivre nos vies comme on le souhaite tant que c'est encore possible. Parce que tout ce qu'on a entrepris prendra fin le jour où Luna accédera au pouvoir.

— On doit s'assurer d'être encore là pour combattre, rétorque Wesley. J'ai une famille, mec. Pour elle et pour les autres, j'ai le devoir de faire tout mon possible pour que Luna ne devienne pas impossible à arrêter.

Je n'arrive pas à croire que les Marcheurs du Ciel sont en train de débattre pour savoir si la vie de mon frère vaut la peine d'être sauvée.

— Si vous me voulez dans votre camp, j'ai besoin de mon frère avec moi ! je rugis. C'était la condition de notre alliance, ce sera celle de notre séparation. Vous allez vraiment oser me dire en face que vous êtes prêts à laisser mourir Brighton alors qu'il a risqué sa vie pour attirer l'attention du monde sur vos existences ?

Personne ne dit rien.

— Je vais le récupérer, même si je dois y aller seul et sans l'urne. Je me battrai jusqu'au bout pour qu'il sache que je ne l'ai pas abandonné quand il avait le plus besoin de moi. Bonne chance pour mener votre guerre sans nous.

Je sors en claquant la porte, tout en sachant pertinemment que je ne survivrai pas tout seul. Je ne suis pas né avec des pouvoirs, mais ça fait dix-huit ans que je suis un frère.

Aucun feu n'est plus puissant que ce lien.

*

Il est presque six heures quand j'appelle Kirk, et je suis soulagé de l'entendre décrocher.

— Emil ?

— Salut, Kirk. Je...

— Comment vas-tu ? J'ai essayé plusieurs fois de te contacter. J'aimerais comprendre pourquoi tu as pris la décision de devenir un spectre et...

— Je sais, je sais. Je suis désolé de ne pas t'avoir donné de nouvelles, mais la situation n'a fait qu'empirer.

— Tu parles de ton frère ? J'ai vu la vidéo.

Évidemment. Ma vie n'est plus qu'un spectacle pour les gens.

— Brighton est dans une situation compliquée, et je ne parviendrai peut-être pas à le sauver. Mais si tu gardes Aurora à distance du musée, les Verseurs de sang ne gagneront pas. Annule le gala, fais-la sortir du pays.

Je lui raconte que Luna a l'intention d'utiliser le sang pur d'Aurora pour devenir immortelle.

— Immortelle ? Emil, c'est impossible.

— Je t'aurais dit la même chose avant d'apprendre que je me suis réincarné. (Kirk ne dit plus rien. C'est la première fois que j'évoque ce secret avec quelqu'un qui ne vit pas à Nova.) Que mon essence s'est réincarnée, en tout cas. Il s'avère que Keon avait le pouvoir de ressusciter. Il est devenu Bautista, et...

— Et maintenant il y a toi. (Kirk garde un instant le silence.) Emil, c'est une nouvelle incroyable, vraiment. Même si je ne demanderais pas mieux que de t'aider, on ne peut pas annuler le gala. Le musée a besoin de ce financement pour ne pas fermer ses portes. Les Chevaliers auréolés seront présents pour protéger Aurora, mais je les avertirai du danger.

— Luna a l'intention de préparer son élixir lorsque le Rêveur couronné atteindra son zénith. Annule le gala.

— D'ici là, Aurora aura éclos. Les Chevaliers auréolés sont capables de la protéger, je te le promets. J'aimerais te poser d'autres questions sur cette histoire de résurrec…

Je raccroche. Entre les Marcheurs du Ciel qui nous laissent tomber et Kirk qui ne prend pas mon avertissement au sérieux, j'ai perdu le maigre espoir qui me restait.

Je me dirige vers le cagibi où se trouve Ness. Étendu sur son matelas gonflable, il lève les yeux vers moi et pose son livre.

— Te voilà enfin, luciole.

Je m'assois au milieu de la pièce, et je suis soulagé quand il me rejoint. Je lui raconte tout : Luna et son rituel, mon envol avec l'urne, Brighton qui est détenu en otage.

Il regarde la vidéo puis me rend mon téléphone.

— Elle veut que je revienne.

— C'est pas juste, je sais. Je suis désolé. Mais Brighton est innocent.

— Qu'est-ce que tu proposes ? Vous m'offrez en sacrifice, et une fois qu'on a mis Brighton en sécurité, on s'enfuit tous ?

Si seulement c'était aussi facile.

— Iris préférerait sacrifier Brighton.

— Elle n'a peut-être pas tort, fait-il remarquer.

— J'en ai rien à faire du bien commun. Je n'ai pas demandé ces pouvoirs, et je ne suis pas responsable de mes vies antérieures. Je ne sais pas quand Keon est né, ni quel était le plat préféré de Bautista, et je me sens déjà suffisamment coupable d'une guerre que je n'ai pas provoquée. Mais si Brighton s'est fait prendre par les Verseurs de sang, c'est ma faute. Personne n'est plus important pour moi que mon frère… S'il meurt, je ne me le pardonnerai jamais.

La porte s'ouvre, Maribelle et Atlas apparaissent.

— Les gentils sont arrivés, annonce Ness sur un ton pince-sans-rire en faisant mine d'applaudir.

— Ils m'ont soutenu tout à l'heure, je dis.

Atlas me tapote l'épaule.

— On est là pour t'aider aussi, maintenant. Brighton et toi, vous avez beaucoup fait pour nous. Bien plus que ce qu'on aurait dû vous demander.

Maribelle fait tourner une dague dans sa main tout en dévisageant Ness.

— Tu viens de ton plein gré ?

— C'est à lui de décider s'il veut nous accompagner, je déclare.

— T'es vraiment pas fait pour cette vie-là, soupire-t-elle.

Ça ressemble plus à des excuses qu'à une insulte.

Tant mieux pour tous les Marcheurs du Ciel qui poursuivent la lutte alors qu'ils ont aussi été tentés de se tirer d'ici, mais la vie de soldat est trop oppressante à mon goût. Ce n'est pas parce qu'on possède des pouvoirs qu'on devrait être une arme ambulante. Ce n'est pas mon truc, et dès qu'on aura sauvé mon frère, j'arrêterai tout.

Ness se lève.

— Je me suis mis dans cette situation, et je m'en sortirai moi-même.

Il retourne volontairement à une vie dont il ne veut pas, et je ne sais pas comment le remercier pour ça.

— Je te protégerai aussi, je lui promets.

— D'accord.

Ça serait plus facile si Ness était un Verseur de sang aussi ignoble que Stanton. Mais d'après ce qu'il m'a confié, il est tiraillé entre deux choix de vie peu souhaitables et a opté pour celui qui l'effrayait le moins.

— C'est Eva qui a l'urne, dit Atlas. Elle n'acceptera de la donner à personne d'autre qu'à Iris. À toi de jouer, Ness.

Ness semble perplexe.

— Vous me faites suffisamment confiance pour me demander de prendre l'aspect de votre cheffe ?

Maribelle lâche un bruit moqueur.

— Ce n'est pas ma cheffe.

— Je te fais confiance, je dis.

Prenant une profonde inspiration, Ness commence à se transformer sous nos yeux. Un voile de lumière l'enveloppe, son corps rétrécit, sa peau s'assombrit et ses cheveux deviennent plus courts et de couleur verte. La douleur se lit sur ses traits pendant toute sa métamorphose, qui s'achève en moins d'une minute. Il a désormais l'apparence d'Iris, mais a gardé ses vêtements.

— Je ne sais pas comment elle est habillée, dit-il d'une voix qui est encore la sienne au départ et devient peu à peu celle d'Iris.

On lui décrit le tee-shirt au slogan militant, le jean blanc et les rangers d'Iris, et il fait les changements nécessaires.

On sort dans le couloir. Même si je sens qu'Atlas n'est pas à l'aise avec cette situation, il va nous aider. Comme Ness. Une fois qu'on aura l'urne, il faudra que je trouve le moyen de nous sauver tous. Je tiendrai la promesse que j'ai faite à Ness.

Maribelle fait irruption dans la salle des profs, nous sur ses talons. C'est la première fois que j'y entre. Eva est allongée sur un canapé-lit, et sa tête émerge de sous un oreiller.

— Donne-nous l'urne avant que ta copine change d'avis, dit Maribelle en faisant un geste vers Ness, qui se tient bien droit comme Iris.

Eva se frotte les yeux.

— Je ne laisserai pas les Verseurs de sang repartir avec l'urne, mais il faut que je récupère mon frère, je dis.

Eva sort de son lit et ouvre un coffre-fort caché dans un placard. Elle tend l'urne à Ness et se tourne vers moi.

— Je te laisse une chance, dit-elle en me regardant avec intensité.

Elle a compris ce qui se passait, et pourtant elle nous laisse faire. L'expression sur son visage est cependant sans équivoque : malgré son angoisse, elle espère qu'elle ne regrettera pas d'accorder sa confiance à quelqu'un qui est prêt à tout pour sauver son frère.

On va chercher notre équipement puis on file vers la voiture sans prendre le temps de se changer, de peur qu'Iris ou Wesley découvrent ce qu'a fait Eva. Vêtue d'une tenue de combat, Prudencia vient tambouriner à la vitre. Elle essaie d'ouvrir la portière de derrière mais je l'ai verrouillée.

— Laisse-moi entrer, dit-elle.

— Non. Brighton est dans ce merdier parce qu'il n'a pas su se défendre. Je refuse de te mettre en danger aussi.

— Je suis tout à fait capable de me débrouiller !

— S'il te plaît, prends ton mal en patience et explique tout à maman au cas où…

Je ne suis pas aussi désespéré que tout à l'heure, quand je pensais devoir mener cette bataille tout seul. Je vais survivre, et je vais sauver Brighton. Maman n'aura jamais besoin de paniquer en apprenant que son fils est menacé de mort.

Je demande à Atlas de démarrer, et on roule sur quelques mètres quand la voiture s'arrête brusquement. Mon front et celui de Ness percutent les sièges devant nous, et les roues continuent à tourner dans le vide comme si on était coincés dans un fossé. Iris a dû nous courir après et saisir l'arrière du véhicule, mais quand je me retourne je ne vois que Prudencia. Elle marche dans notre direction avec les mains tendues, comme si elle voulait me serrer dans ses bras. Quand elle arrive devant ma vitre, elle claque des doigts, et la portière se déverrouille. Elle entre dans la voiture en me poussant contre Ness.

— Je t'avais bien dit que j'étais capable de me débrouiller, répète Prudencia. (Ses yeux brillent de mille feux comme des étoiles clignotantes.) Je viens avec vous.

TRENTE ET UN

L'ÉCHANGE

Emil

Depuis le début, ma meilleure amie est une céleste.

— Je voulais t'en parler, commence Prudencia tandis qu'on s'éloigne à toute allure de Nova.

— Alors pourquoi tu l'as pas fait?

Brighton, Prudencia et maman ont beau m'avoir toujours soutenu, ces semaines ont été les plus solitaires de ma vie. Quand papa nous a quittés, on était tous unis par notre chagrin. Mais quand j'ai obtenu ces pouvoirs, personne n'a pu se mettre à ma place et comprendre ce que j'éprouvais. Du moins c'est ce que je pensais.

— Les exécuteurs ont souvent cru à tort que ma mère était une céleste, alors qu'en réalité c'est mon père qui en était un. Ma tante m'a fait promettre de ne jamais utiliser mes pouvoirs tant que je vivrais sous son toit. Ça ne m'a pas posé de problème. Je ne voulais plus de ces pouvoirs après avoir vu mon père se faire tuer à cause des siens.

Elle se tourne vers moi avec l'énergie de quelqu'un qui peut enfin partager son secret avec le monde. Malgré ça, je m'en veux de lui faire revivre cet événement horrible qui s'est produit il y a tant d'années.

— J'étais vraiment tiraillée, reprend-elle. D'un côté j'avais envie de m'entraîner pour combattre avec les Marcheurs du Ciel, mais d'un autre côté je ne voulais pas être définie par mon pouvoir. Je me suis donc battue différemment, avec des podcasts, des manifestations... une autre forme d'activisme.

— Est-ce que Brighton est au courant ?

Prudencia secoue la tête.

— Seulement Iris.

Maribelle se retourne vivement.

— Quoi ?

— J'ai dû lui dire pour qu'elle nous laisse participer aux missions, Brighton et moi. C'était le seul moyen.

— Elle n'est pas censée avoir de secrets pour nous, dit Maribelle. Je n'arrive pas à y croire.

Ness laisse échapper un long sifflement.

— Que de drames ! Mais on va pouvoir tirer profit du fait que personne ne sait que tu es une céleste, pas vrai ?

— Si seulement Brighton n'était pas parti sans moi au cimetière, dit Prudencia. J'aurais pu le protéger, comme quand on s'est battus contre Orton.

Tous les éléments du puzzle se mettent en place dans ma tête. Je me souviens du moment, dans le métro, où j'ai eu l'impression que Prudencia allait donner un coup dans le dos à Orton ; en réalité, elle s'apprêtait à le frapper avec son pouvoir. Et quand Orton s'est embrasé, ce n'est pas mon feu qui l'a retenu de nous foncer dessus, mais Prudencia. Je n'ai pas arrêté de me plaindre de toutes les difficultés que je rencontrais, et pendant ce temps elle souffrait seule et en silence. Elle était tellement déterminée à mener une vie normale qu'elle ne s'est pas confiée à nous.

— Je suis désolé, je dis. On va arranger tout ça.

— J'espère, répond-elle.

Trente minutes plus tard, on n'est plus qu'à quelques pâtés de maisons de notre immeuble, avec un plan en tête. Je n'aurais jamais pensé revenir ici. Dans mon cœur, cet appartement restera toujours mon chez-moi, même si je ne pourrai jamais y vivre à nouveau – que je parvienne ou non à me débarrasser de ces pouvoirs. On se gare de l'autre côté de la rue, et je demande à Ness de partir en éclaireur pour savoir si les Verseurs de sang sont déjà arrivés.

— Attends, dit Maribelle. Il va se transformer et s'enfuir.

Ness regarde par la vitre et observe un homme qui porte des sacs de course. Puis il ferme les yeux et prend son apparence.

— Je suis impatient de vous surprendre, dit-il avec sa propre voix.

— Tu lui fais vraiment confiance? demande Maribelle.

— Suffisamment.

Son objectif est le même que le nôtre : arrêter Luna et en finir avec cette vie.

Quelques minutes plus tard, une femme entre dans la voiture.

— Désolé, ce n'est pas un Uber, je dis.

— Les Verseurs de sang sont là, murmure la femme en reprenant les traits de Ness. La moto de Stanton est garée au coin de la rue, et j'ai aperçu Dione sur le toit. Aucune trace de June, mais il y a des disciples dans le hall qui refoulent les résidents.

— Alors on s'en tient au plan, dit Prudencia.

On sort de la voiture et on entre dans l'immeuble voisin par l'entrée de derrière. Alors qu'on monte l'escalier, je me souviens de toutes les fois où on se planquait ici pendant nos parties de cache-cache ; nos potes avaient tellement de mal à nous trouver qu'ils finissaient par nous envoyer un texto pour nous dire qu'ils abandonnaient. Mais aujourd'hui, ça n'a rien d'un jeu. On arrive sur le toit, et ils sont là. Brighton est par terre, les mains liées dans le dos. Stanton tient une baguette pointée sur sa tête et nous regarde droit dans les yeux. Luna n'est nulle part en vue, mais Anklin Prince est présent.

Je fais apparaître mes ailes de feu et je m'envole d'un toit à l'autre en tremblant. Mon atterrissage n'a rien de gracieux, mais je garde la tête haute. Atlas et Maribelle me rejoignent, en portant Ness et Prudencia au-dessus du vide.

— Rendez-moi mon frère, je dis.

Je n'ai jamais vu Brighton aussi terrorisé.

Stanton a un sourire moqueur.

— Luna est impatiente de te revoir, Ness.

Maribelle tire une dague de sa ceinture.

— Pas assez pour venir en personne.

— Luna a tiré des leçons de la fois où ce garçon a tenté de lui tirer dessus, répond Stanton en pressant un peu plus le bout de sa baguette sur la tempe de Brighton.

Les termes de l'échange sont négociés. J'accompagnerai Ness à mi-distance de nos deux clans, et Anklin libérera Brighton après avoir vérifié l'urne. Une fois que j'aurai récupéré Brighton, je neutraliserai Anklin pour permettre à Prudencia de reprendre l'urne avant que les Verseurs de sang aient le temps de mettre la main dessus. Je n'ai pas envie de m'attarder ici et de me battre, mais si c'est nécessaire, pour une fois on aura l'avantage du nombre.

On se retrouve au milieu du toit. Anklin prend l'urne des mains de Ness, et celle-ci tremble, comme si les fantômes se débattaient pour en sortir. Brighton a l'œil tellement enflé qu'il ne peut plus l'ouvrir, et son visage et ses bras sont maculés de sang séché. Son œil valide oscille entre Ness et moi, et il secoue subtilement la tête. Je ne comprends pas ce qu'il essaie de nous dire, jusqu'à ce que des sortilèges se mettent soudain à éclater autour de nous. Tout le monde se baisse aussitôt.

Des disciples arrivent en courant par l'escalier de secours, et Dione apparaît comme par enchantement pour me plaquer au sol. Je lance du feu et je frappe son dos avec mon poing en flammes pour me libérer de son étreinte. Puis je me relève vivement et prends Anklin en chasse, mais je m'arrête en voyant Stanton tirer sur Brighton avec sa baguette. Par télékinésie, Prudencia dévie l'éclair blanc et l'envoie vers une autre destinée loin d'ici. Brighton s'immobilise, sous le choc, comme le jour où mes pouvoirs ont fait surface pour la première fois dans le métro. Profitant de ce moment d'inattention, Stanton jette sa baguette et bondit sur Brighton. Le pouvoir de Prudencia n'est pas assez puissant pour le retenir, et Stanton heurte avec force le dos de Brighton. Brighton roule sur le béton et s'arrête aux pieds de Prudencia.

— Brighton ! je hurle.

Atlas et Maribelle sont occupés à combattre Dione et ses quatre bras. Prudencia semble à bout de forces, et lutte pour empêcher deux disciples d'arriver jusqu'à elle.

Je sais qu'elle protégera Brighton, je dois donc me concentrer sur l'urne. J'appelle Ness, et on court tous les deux vers Anklin pour le prendre en tenaille, et on le coince sur le rebord du toit.

— Donnez-nous l'urne, je dis.

Anklin tente de se jeter dans le vide mais Ness le rattrape par-derrière. Il lui arrache l'urne et la brandit en l'air comme un trophée, et les battements de mon cœur s'apaisent. Le sourire de Ness disparaît soudain lorsqu'il voit Stanton se rapprocher de nous.

Ness me balance alors l'urne à la figure. Tout devient noir.

TRENTE-DEUX

ANIMÉ PAR LE FEU

Brighton

Mes yeux sont fermés, mais des éclairs verts, gris, bleus et orange percent l'obscurité qui m'enveloppe. J'ai chaud, comme si je me trouvais sous un projecteur. Cette chaleur devient rapidement agréable, jusqu'à ce que les hurlements commencent. Plissant les yeux, je distingue Eva et ses mains guérisseuses. Même si la lumière est trop aveuglante pour que je puisse continuer à la regarder, j'arrive à me détendre en sachant que je suis en sécurité dans l'infirmerie de Nova, et je laisse Eva faire son travail. Une fois qu'elle a terminé, Eva essuie son visage luisant de transpiration avec le bas de sa chemise et se laisse tomber sur sa chaise.

— Merci, Eva. Désolé que tu aies dû subir ça.

— J'ai connu pire…

C'est inquiétant, car je n'ai jamais eu aussi mal de ma vie.

Les dernières choses dont je me souviens sont Emil criant mon nom et les yeux brillants de Prudencia quand elle m'a sauvé la vie. Soudain, j'ai de nouveau très chaud.

— Où sont les autres ?

— Un peu partout. Principalement dans la salle de réunion, et Prudencia tient compagnie à ta mère qui se repose. Quand tu étais… pendant ton absence, elle a fait une crise cardiaque.

— Quoi ? (Je me redresse brusquement dans mon lit.) Est-ce que tu l'as guérie ?

— Je peux soigner la plupart des blessures et certains saignements internes, mais le cœur ne fait pas partie de mes compétences.

— Alors pourquoi est-ce qu'elle n'est pas à l'hôpital ?

— Les exécuteurs sont à la recherche de toute ta famille, Brighton. Je te promets qu'on fait de notre mieux pour la soigner ici.

— Ça suffit pas.

— Je suis désolée que mon pouvoir ne soit pas miraculeux, répond sèchement Eva.

Je ne vais pas m'excuser une fois de plus. J'ai bien le droit de réagir comme ça en apprenant que la vie de ma mère est entre les mains de personnes qui ne peuvent pas l'aider. Même si… certaines d'entre elles réservent parfois des surprises.

— Où est Emil ?

Je me lève et me dirige vers la porte. Je veux savoir depuis combien de temps il est au courant pour le pouvoir de Prudencia. Eva regarde fixement le mur comme si elle ne m'avait pas entendu.

— Bon d'accord, je suis désolé, Eva.

— Je n'attendais pas de fausses excuses. Je n'avais juste pas envie d'être celle qui t'annoncerait qu'Emil a été pris en otage par les Verseurs de sang.

J'ai l'impression de me retrouver de nouveau prisonnier, à la merci de Stanton et de ses coups de poing. Les paroles de Luna me reviennent à l'esprit : si Emil avait été à ma place, il aurait fallu l'enchaîner ; ses pouvoirs ne suffiront pas à le protéger.

— Comment est-ce que ça a pu arriver ? Qu'est-ce que foutaient les autres ? Wes et Iris avaient mieux à faire ?

— Tu devrais en parler avec eux, dit Eva.

— Volontiers.

Même si je n'étais pas complètement guéri, l'adrénaline me donnerait certainement la force d'avancer. Je passe devant un céleste qui me regarde en levant les yeux au ciel, et je suis tenté de le pousser dans un casier. Au moins, moi, je vais dehors et je me bats, alors que lui reste planqué ici. J'entre en trombe dans la salle de réunion, et je tombe sur Maribelle, Atlas, Wesley et Iris assis autour de la table.

— Tu as meilleure mine, dit Atlas.

Sans répondre, je me dirige droit sur Wesley et Iris.

— Vous étiez où ? Dites-moi en face que je ne valais pas la peine d'être sauvé. C'est parce que j'ai merdé avec la vidéo ? Ou parce que je me suis pas réincarné avec des pouvoirs qui vous intéressaient ? Après tout ce que j'ai fait pour vous, vous avez une drôle de façon de me dire merci.

Iris sort la tête de ses mains.

— Ne le prends pas personnellement. On a le devoir d'agir pour le bien de la communauté des célestes dans son ensemble. Si ça avait été mon frère, j'aurais pris la même décision.

— Mais t'as pas de frère. Tu serais prête à risquer la vie d'Eva ?

Iris écarte cette éventualité d'un geste, les larmes aux yeux. Elle désigne Maribelle et Atlas.

— Passe tes nerfs sur eux. Ce sont eux qui sont partis d'ici tête baissée. En plus d'avoir perdu ton frère, ils ont laissé les Verseurs de sang récupérer Ness et l'urne.

Maribelle lance un regard noir à Iris.

— Ne rejette pas la faute sur nous, alors qu'au moins, on a essayé de faire quelque chose. Emil était résolu à retrouver les Verseurs de sang, avec ou sans nous, et je ne suis pas désolée d'avoir essayé de sauver la vie de Brighton. Peut-être qu'on aurait pu garder l'urne si vous nous aviez aidés.

Wesley se lève avant que Maribelle et Iris puissent ajouter un mot.

— Brighton, on a beaucoup de respect pour toi, mais comprends-nous. On ne peut pas risquer le destin du monde pour sauver une seule vie. Ce n'est pas comme ça qu'on remporte les guerres.

Je n'en reviens pas qu'un de mes héros soit en train de me dire que ma vie ne valait pas la peine d'être sauvée.

— Me faites pas croire que vous n'allez pas faire une exception pour Emil. Celui que tout le monde soutient.

— On doit améliorer notre stratégie, dit Atlas. On aurait dû être plus unis, mais les enjeux sont plus élevés à présent. On ne sait même pas à quoi Emil pourrait leur servir, et on ne peut pas organiser une mission de sauvetage sans être sûrs que…

— … qu'il y a quelqu'un à sauver…, je complète.

— Il ne nous reste plus qu'à essayer d'arrêter les Verseurs de sang avant qu'ils mettent la main sur le phénix dont Luna a besoin pour terminer son élixir.

Je n'ai jamais été aussi déçu par les gens que j'admire depuis des années. Ils n'ont pas voulu s'embêter à me sauver, et n'ont même pas soutenu Emil.

— Ce qui est sûr, c'est que je viens avec vous. (Je me tourne vers Wesley et Iris.) Vous allez voir, ils vont regretter de s'en être pris à mon frère.

Je sors en claquant la porte. Ils n'ont pas intérêt à essayer de partir sans moi.

Je me dirige vers la chambre de maman, qui est en train de déjeuner avec Prudencia. À voir leurs visages fatigués, on a l'impression qu'elles n'ont pas fermé l'œil depuis plusieurs jours. Je n'arrive même pas à me rappeler la dernière fois que l'un de nous a pu dormir une nuit complète. Prudencia s'approche de moi pour m'enlacer, mais je recule d'un pas en regardant maman.

— Mon étoile, dit maman. (Sa lèvre inférieure tremble.) Tu es revenu.

— Mais maintenant c'est Emil qui est danger. Je pars le récupérer.

— Non, je t'en supplie. Reste là. Laisse les Marcheurs du Ciel s'occuper de ça.

— Ils ne l'ont même pas soutenu la première fois !

— Tu ne peux pas t'exposer au danger comme Emil, dit Prudencia. Je sais que tu n'as pas envie d'entendre ça et que tu rêverais d'être le frère qui a des pouvoirs, mais ce n'est pas le cas, et tu n'as rien à faire sur un champ de bataille. Regarde ce qu'Emil et toi vous faites subir à votre mère !

Je la regarde droit dans les yeux.

— Excuse-moi, on se connaît ?

Prudencia contourne le lit et s'approche de moi avec un air de défi.

— Tu n'as aucun droit d'être énervé parce que je ne t'ai pas dit que je suis une céleste.

— Si ! Alors toutes ces fois où tu épluchais le journal de Bautista et Sera avec Emil, vous vous retrouviez pour parler de vos pouvoirs extraordinaires ? En vous disant que c'était vraiment dommage que je loupe ça ? Je parie que vous vous foutiez de moi derrière mon dos.

Je ne raconterai jamais à personne mon expérience avec le Breuvage, et la sensation de puissance et de triomphe que j'ai éprouvée quand j'ai cru avoir tué Luna, Dione et ce disciple. Je passe déjà suffisamment pour un con comme ça, et personne n'a besoin de le savoir.

— Brighton, j'avais décidé de ne plus jamais me servir de mes pouvoirs. Même si j'aurais adoré te confier ce secret, j'avais peur que tu insistes afin de tourner une vidéo de moi pour ta websérie, ou que tu me fasses culpabiliser de ne pas développer mon pouvoir. Mais Emil et toi, vous comptez tellement pour moi que je suis revenue sur la promesse que je m'étais faite, dans le seul but de veiller sur vous pendant les missions.

— Regarde ce que ça a donné.

Les yeux de Prudencia se remplissent de larmes, puis des étoiles y apparaissent et se déplacent rapidement. Elle respire profondément, et c'est sans doute la seule raison pour laquelle je ne suis pas éjecté par la fenêtre.

— Tu n'es pas juste, Brighton, dit maman.

— Qu'est-ce que vous en savez? Vous êtes toutes les deux des menteuses.

Maman prend une grande inspiration. Je me mords la langue mais je suis trop furax pour retirer ce que j'ai dit. Si je reste ici plus longtemps, je risque d'aggraver la situation.

— J'ai du boulot, je dis avant de sortir.

Je suis épuisé, affamé, et je rêve d'une douche, mais je n'arrête pas de penser à Emil et de me demander s'il est encore vivant.

Je retourne dans ma chambre, j'ouvre mon ordinateur portable et je vais directement sur YouTube; c'est un réflexe pour moi, presque autant que celui qui me pousse à respirer. Il n'y a aucune vidéo de la captivité d'Emil dans l'onglet « Tendances ». Je cherche son nom en ligne mais je ne trouve rien de nouveau, mis à part les habituels propos élogieux et haineux. Je vérifie les statistiques de la vidéo où je me fais casser la figure par Stanton. Elle enregistre plus de deux millions de vues depuis que Stanton m'a forcé à la mettre en ligne tôt ce matin. Je parcours les commentaires : Lore me porte dans ses prières; Tueur d'Étoile Argent et ses abonnés prétendent qu'il s'agit d'une mise en scène; des internautes affirment que j'aurais dû laisser les autorités faire leur travail au lieu de fourrer mon nez dans cette affaire – je doute fort que les exécuteurs se soient précipités pour me sauver la vie; d'autres font des hypothèses sur le lieu de la rencontre, comme si ça allait être l'occasion pour eux de se faire prendre en photo avec Emil; le dernier commentaire que je lis vient d'une personne qui tente d'organiser un pari sur le temps que mettra Emil pour me sauver la vie. S'ils savaient.

La porte s'ouvre et Maribelle entre dans la pièce.

— On a déconné en faisant confiance à ce métamorphe, dit-elle. On a suivi sa piste, mais on aurait dû se méfier.

— Emil serait capable de faire confiance à Luna si elle lui promettait de tourner la page. Il est trop gentil.

— Le feu brûle en toi, dit-elle en croisant les bras. Tu as montré beaucoup de courage en tentant de tirer sur Luna. Viens t'entraîner avec moi. On va faire ce qu'il faut pour que tu ne rates pas ton coup la prochaine fois.

Je pose mon ordinateur portable et je me lève.

Je vais être le héros de mon frère. Quoi qu'il arrive.

TRENTE-TROIS

LE TERMINATEUR D'INFINI

Emil

Quand je reprends conscience, je suis entouré par quatre disciples qui pointent leurs baguettes sur moi à la façon d'un peloton d'exécution. Mes poignets sont enchaînés au-dessus de ma tête, et mes bras me tirent. J'ai encore plus mal au crâne qu'après la première fois que j'ai lancé du feu. Je n'arrive pas à croire que j'ai fait confiance à Ness ; ce n'est qu'un bâtard hypocrite, qui a joué avec mes angoisses face à cette guerre. Le mec m'a complètement séduit.

Je n'ai aucune idée de l'endroit où je me trouve, mais dans le silence, j'entends les hurlements de l'hydre à pelage doré. Une vie de plus qui va être perdue.

Peut-être que je n'ai fait qu'empirer cette guerre. Si j'avais refusé de me battre et que je m'étais contenté de rester à Nova en m'occupant de mes affaires, Brighton ne se serait pas retrouvé en mission, et je ne n'aurais pas essayé de tisser des liens avec quelqu'un qui travaille pour la plus grande maîtresse du crime de New York. J'ignore ce qui s'est passé après que Ness m'a assommé avec l'urne, et j'espère que Brighton, Prudencia et les

Marcheurs du Ciel vont bien. Même si je tremble de tous mes membres en pensant à ce qui m'attend, mieux vaut que ce soit moi plutôt que mon frère. Je suis peut-être nul pour sauver des vies, mais le sacrifice est aussi un acte héroïque.

La porte s'ouvre en grinçant, laissant place à Luna et Ness.

— Tu es tombé bien bas, ma petite merveille, dit Luna en faisant tournoyer le terminateur d'infini qui lui servira à m'anéantir et à éteindre mon feu de phénix. Keon était un génie, et le premier spectre d'une longue série. Quant à Bautista, bien qu'il m'ait trahie, il a le mérite d'avoir fondé un mouvement qui a mis beaucoup d'obstacles sur ma route. Mais toi, qu'as-tu fait? Tout ce pouvoir… et pourtant aucun feu ne brûle dans ton cœur.

— Peut-être que ma prochaine vie vous impressionnera, je dis.

— Même si tu n'étais pas censé te réincarner, ça a été une leçon précieuse pour moi. J'ai frappé Bautista avec le terminateur d'infini, sauf que j'ai fait l'erreur de ne pas viser le cœur. Je ne pensais pas que ça avait de l'importance, après tout, les phénix meurent ne serait-ce que d'une entaille au ventre lorsqu'on les frappe avec cette arme. Mais il semble que ce soit différent pour le corps d'un spectre, à cause de sa part humaine. Bautista s'est vidé de son sang, mais sa lignée ne s'est pas éteinte. Je sais par Ness que tu ne possèdes aucun souvenir des vies de Keon et de Bautista, et j'ai la certitude d'avoir au moins fait disparaître cette aptitude.

C'est donc pour ça que je ne me rappelle pas leurs vies, et non parce que Bautista avait ingurgité toutes ces potions destinées à supprimer ses pouvoirs.

— Tu m'as cependant servi à quelque chose, reprend Luna. Tu m'as montré jusqu'où pouvait aller le pouvoir d'un spectre. Il sera si merveilleux de voler avec ces splendides ailes et de vivre pour l'éternité. (Elle tend le terminateur d'infini à Ness, qui saisit la poignée en ivoire.) Heureusement pour toi, tu as plus de valeur vivant pour un de mes clients que tu n'en as pour moi mort, aussi tentant soit-il de mettre fin à ta lignée une bonne fois pour toutes. Cela dit, plus tu seras faible, mieux ce sera pour tout le monde.

Ness s'approche de moi.

Mes bras s'embrasent d'un coup, mais je suis dans l'incapacité de lancer des fléchettes de feu. Si Luna veut voir quelque chose d'impressionnant, je vais lui montrer ; je ne capitulerai pas sans me battre. Je vole aussi haut que je le peux, en tendant mon cou contre le plafond. Les chaînes m'empêchent de m'échapper, mais j'arrive à détendre mes bras suffisamment pour lâcher une pluie de fléchettes de feu dans la pièce. Les disciples se dispersent, et je rate Luna de peu, mais soudain Ness bondit et entaille ma peau au-dessus de ma cheville. Une douleur fulgurante court le long de ma jambe et un éclair argenté brille avec intensité sous mon jean foncé. Mes ailes disparaissent, et je tombe brutalement sur le pied du côté de ma cheville blessée. Mon épaule gauche se déboîte sous la violence du choc.

— Lève-toi, ordonne Ness.

— Je t'en prie, tue-moi.

S'il éprouve la moindre pitié, il m'achèvera rapidement et prétendra que c'était un accident. Si la personne qui renaît après moi a en mémoire les souvenirs de Keon, elle risque d'être tentée de poursuivre son œuvre. Il faut absolument que ce conflit meure en même temps que Luna, quand les Marcheurs du Ciel la détruiront.

— Lève-toi, répète Ness.

— Je peux pas.

Ma jambe me fait atrocement mal, comme si je continuais à recevoir des coups de couteau.

Luna ordonne à un disciple de m'aider, mais Ness lui fait signe qu'il n'a pas besoin de lui. Lâchant le terminateur d'infini, il me porte sans ménagement puis me plaque brutalement contre le mur. Il a les yeux rouges, et j'ai envie de lire des excuses dans son regard. Mais c'est à cause de lui que je suis dans cette situation, parce que j'ai fait l'erreur de lui faire confiance. Il se mord la lèvre, et je me prépare. Il ramasse la dague et la plante entre mes côtes. Je hurle de toutes mes forces, pleurant, crachant du sang. Mes entrailles deviennent si bouillantes que j'ai la sensation qu'elles sont en train de fondre. Ness enfonce de nouveau l'arme entre mes côtes, de l'autre côté cette fois : deux blessures jumelles, qui me font souffrir avec une telle violence que je devrais m'évanouir, mais les vagues de douleur qui affluent chaque seconde me tiennent éveillé.

— C'est merveilleux, mon pur miracle, dit Luna en prenant la dague ensanglantée des mains de Ness. Je suis très fière de toi, comme toujours.

Elle donne l'ordre aux disciples d'enchaîner mes pieds, bien qu'elle ne s'attende sûrement pas à ce que je récupère mes pouvoirs de sitôt.

Quelques minutes plus tard, je me retrouve seul.

Chaque fois que j'ai la sensation que mon état s'améliore, ma douleur redouble d'intensité, et je me mords la lèvre si fort que j'ai un goût de sang dans la bouche. Je suis trempé de sueur, et j'ai la sensation de me faire dévorer vivant par les flammes. Je prie le ciel nocturne pour mourir ici, tout de suite. Les manches et le bas de ma chemise sont imprégnés de sang, qui dégouline le long de mes jambes et macule le sol. J'appelle au secours, sachant pertinemment que personne ici ne s'en soucie. Je me souviens alors que Brighton va bien parce que j'ai eu le courage de me battre pour lui, et que je serai toujours prêt à souffrir pour qu'il soit en sécurité.

Le temps passe, et la douleur, atroce, ne faiblit pas.

Un chant de phénix résonne faiblement à mes oreilles, me suppliant de tenir bon, mais je suis fatigué d'entendre cette musique ; j'aimerais que quelqu'un vienne éteindre mon feu pour de bon.

TRENTE-QUATRE

LES NOMBREUX VISAGES

Ness

Je tremble violemment devant le miroir et j'agrippe le lavabo de mes mains ensanglantées.

Une lumière grise s'épanouit autour de moi, je deviens Peter McCall quand il avait treize ans. Des yeux marron qui s'agrandissaient de terreur quand nos chemins se croisaient, et des lèvres fines qui frémissaient chaque fois que je l'acculais dans un coin. Il était tellement petit que seule la moitié de son visage se reflète devant le miroir. C'est le premier céleste que j'ai tyrannisé après l'assassinat de ma mère. Ses parents l'ont changé d'école quand ils l'ont surpris à essayer de mettre fin à ses jours. Lumière grise. Harry Gardner, quatorze ans. Un œil au beurre noir et une dent en moins, après avoir eu affaire à mes poings. Le premier céleste que j'ai tabassé. Je suis rentré chez moi furax parce qu'il n'avait pas utilisé son pouvoir sur moi, ce qui m'aurait permis de le faire mettre en taule. Lumière grise. Rhys Stone, quinze ans. Des yeux bleus, un sourire éclatant, un avenir brillant devant lui. On ne s'est jamais rencontrés en personne, mais comment oublier le visage du céleste qui a été tué à cause de mon discours lors de l'investiture du sénateur, à cause des mots qu'il avait écrits pour moi? Des mots que je croyais à cette époque.

Lumière grise après lumière grise apparaissent successivement devant mes yeux les nombreux visages des gens à qui j'ai fait du mal directement ou indirectement. Certains sont en vie, d'autres sont morts. Dont certains assassinés de mes propres mains.

Mais l'un d'eux me secoue bien plus fort que les autres.

Lumière grise. Plus grand que moi, des cheveux plus bouclés, des yeux noisette et un visage que je ne n'ai encore jamais vu sourire, même si j'espère que ça arrivera un jour. Emil Rey. Luciole. J'avais tout faux sur lui. Il est trop irréprochable, trop parfait. Il a été détruit ce soir – c'est moi qui l'ai détruit.

Je n'en ai pas envie, mais j'ajoute sur lui les cicatrices dont je suis responsable et je regarde fixement devant moi.

Je resterai éternellement hanté par le souvenir des larmes qui ont empli ses yeux, de la bave sur son menton, de ses joues empourprées alors qu'il hurlait à la mort, et de son sang sur mes mains.

Lumière grise.

Je suis redevenu moi-même. Si seulement j'étais quelqu'un d'autre.

TRENTE-CINQ

LE GALA

Emil

J'ai perdu toute notion du temps à cause de l'absence d'éclairage naturel. Même s'il m'est presque impossible de dormir avec les bras suspendus par des chaînes, mon corps continue à s'engourdir. Je suis régulièrement tiré de mon état de torpeur par des disciples qui m'apportent des repas composés de biscuits salés et d'eau crasseuse. J'ai supplié l'un d'eux de me fournir une chaise mais il m'a ri au nez. Il s'agissait peut-être de Ness déguisé, jouant à un de ses jeux psychologiques dont il sort toujours gagnant. Un seul disciple m'a manifesté de la pitié en bandant mes blessures, et encore, c'était sûrement sur ordre de Luna qui a dû avoir peur que je me vide de mon sang.

Alors que je suis en train de m'assoupir, Stanton entre dans la pièce et décroche la chaîne du plafond. Je m'effondre par terre. Mes bandages se défont lorsqu'il me traîne dans les couloirs en béton. Il me hisse sur ses épaules et monte un escalier menant à un quai de chargement avant de me jeter brutalement à l'arrière d'une camionnette. Je suis groggy et tout est flou autour de moi, mais parmi les disciples qui m'entourent je reconnais Ness, qui ne paraît pas du tout affecté. Je ne suis plus capable de lancer du feu, et pourtant des baguettes sont pointées sur moi. Ness tient le terminateur d'infini, il n'a même pas pris la peine d'essuyer le sang de la lame. Inutile de la nettoyer alors qu'il va s'en servir à nouveau sur moi.

La route est cahoteuse, mais au moins je peux enfin reposer mes jambes complètement engourdies. J'ai envie de dormir. Bien que je me sois toujours vanté d'être capable de faire la sieste dans un auditorium bruyant à l'école et de somnoler dans le métro, cette fois la peur me tient éveillé. Pas à cause des armes que tous braquent sur moi, prêts à me tuer au moindre geste de travers, mais parce que je me demande où on m'emmène, et surtout pourquoi je suis plus utile à Luna vivant que mort.

La camionnette s'arrête. Je respire l'air frais. Sous la silhouette du Rêveur couronné qui brille dans le ciel nocturne, si proche de sa forme définitive, je sens mes forces revenir un peu. Je reconnais immédiatement l'endroit : le parking du musée des Créatures naturelles. Je regrette que Kirk se soit montré si têtu et ait refusé d'annuler l'événement, mais peut-être que les Chevaliers auréolés parviendront à résister aux Verseurs de sang et à protéger Aurora. June passe à travers la porte de derrière et l'ouvre depuis l'intérieur, faisant entrer tout le monde dans le musée. C'est la première fois que j'emprunte ce couloir, mais June nous guide d'un pas décidé. Je parie qu'elle a passé du temps dans le musée, une présence fantomatique invisible, et qu'elle en connaît désormais les moindres recoins. Je n'arrive pas à croire que je suis de retour ici. Je suis curieux de savoir combien de temps Kirk attendra avant de raconter mon histoire dans la Véranda, celle du spectre phénix *astre gris* qui n'a fait qu'attirer des malheurs sur sa famille.

Il me reste tout de même une lueur d'espoir. Les Marcheurs du Ciel savent que les Verseurs de sang vont tenter de voler l'œuf de phénix, et je compte sur leur présence ce soir. Chaque fois qu'on tourne dans un couloir, je m'imagine Atlas apparaître et plaquer tout le monde au sol avec ses tempêtes, assez longtemps pour que Wesley puisse intervenir et me mettre en sécurité. Eva devra souffrir le martyre pour me guérir, ça me fait mal rien que d'y penser.

Lorsqu'on arrive dans l'escalier, après nous être séparés de plusieurs disciples, une ravissante mélopée de phénix en provenance de la salle de gala nous parvient aux oreilles. Convaincu qu'on va à présent monter vers la Véranda, je prie toutes les étoiles du ciel pour que tous les Marcheurs du Ciel soient présents, unis et prêts à tout pour protéger Aurora et me sauver. Mais je constate avec stupeur que June nous emmène en bas. Les lumières de la maison des Hydres sont éteintes pour la nuit, et on s'approche d'une chambre forte avec des murs transparents, étroitement gardée par six personnes.

Les Chevaliers auréolés.

Les guerriers les plus redoutables en place pour protéger Aurora. Ils me considéreront comme un traître parce que je possède des pouvoirs de phénix, mais ça m'est égal tant qu'ils parviennent à repousser les Verseurs de sang. Comme à leur habitude, leur visage est dissimulé par un masque en argile muni d'un bec doré, et ils portent leur armure en poussière de soleil parée de manches en plumes écarlates et bleu nuit. Deux d'entre eux brandissent des arcs en métal tandis que les autres sont armés de haches et d'épées.

— Frappez, mes enfants, ordonne Luna.

June disparaît à travers le sol tandis que Stanton et Dione passent à l'attaque, esquivant habilement les flèches grâce à leurs réflexes aiguisés. Ness agrippe mon bras, comme si j'avais la moindre chance de m'échapper. Dione s'empare de la hache d'un des Chevaliers et la fait tournoyer avant de la lui enfoncer dans le ventre. Alors qu'elle s'apprête à recommencer, l'un des Chevaliers auréolés, une femme menue aux longs cheveux sombres, fait un immense bond vers Dione comme si elle volait et lui tranche la gorge avec son épée en bronze. L'étreinte de Ness se resserre et je réprime une violente envie de vomir en voyant la tête de Dione se séparer de ses épaules et son corps s'affaisser comme une marionnette abandonnée.

Les cinq Chevaliers auréolés restants se jettent sur Stanton et le charcutent avec leurs armes, à chaque coup d'épée je sens mes propres souffrances ressurgir. June réapparaît alors et prend possession du corps d'un chevalier à la carrure athlétique, puis se sert de son épée pour poignarder deux autres chevaliers dans le dos sous le regard terrifié de la dernière, qui finit par comprendre ce qui se passe. C'est une chose d'imaginer le pouvoir de possession, le voir à l'œuvre est effroyable.

La Chevalière auréolée qui a décapité Dione se redresse brusquement.

— Nimuel, qu'est-ce que tu fabriques ?

— Il est possédé ! je crie, et Luna se charge personnellement de me frapper dans le dos.

— Laissez mon mari, sinon je vous massacre aussi, l'avertit la chevalière. June s'approche et la Chevalière saisit aussitôt la poignée en obsidienne de son épée en bronze.

— À dans une autre vie, déclare-t-elle en enfonçant son épée dans le cœur de son mari possédé.

Mais June a quitté son corps, et une expression d'horreur s'affiche sur les traits de la Chevalière quand elle réalise ce qu'elle vient de faire. Stanton profite de son instant d'inattention pour se relever et lui briser le cou.

Mon espoir a été de courte durée.

Ness m'entraîne dans le couloir, et je suis pris d'un haut-le-cœur lorsqu'on contourne la tête de Dione gisant au milieu d'une mare de sang. Luna ne semble pas particulièrement inquiète pour Dione, et je me demande si elle l'a déjà vu régénérer sa tête ou si ça lui est simplement égal qu'elle soit morte.

— Ne vous approchez pas, lance Kirk, depuis l'intérieur de la chambre forte, l'œuf d'Aurora entre les mains.

Le ronronnement d'un générateur se met à résonner et un dôme d'énergie protecteur aux reflets jaunes les entoure. June tend la main à l'intérieur, mais tombe aussitôt à la renverse.

— Personne n'entrera ici, déclare Kirk.

— Nous n'en avons pas l'intention, reprend Luna d'une voix doucereuse. En fait, nous aimerions que vous sortiez.

— Vous n'avez pas le droit de mutiler ce phénix. Les exécuteurs vont arriver d'une minute à l'autre.

Je suis fier de voir Kirk résister.

Mais Luna se met à rire :

— Nous foulons les cadavres des Chevaliers auréolés. Les exécuteurs n'arriveront pas à nous retenir longtemps.

— Il suffit que je vous retienne jusqu'à la disparition du Rêveur couronné.

— Je suis tentée de réduire en cendres le musée et l'ensemble de ses collections si rares, assène Luna. Mais ça n'aurait pas d'intérêt pour moi. J'ai une proposition à vous faire. Vous connaissez bien Emil, il me semble. C'est un spectre prometteur : il est capable de voler, alors que ni Keon ni Bautista n'avaient manifesté ce pouvoir. Je suis prête à vous laisser étudier leur héritier pour faire avancer vos recherches et écrire sur lui dans vos revues scientifiques, en échange du phénix.

— Ne fais pas ça, Kirk ! Tu sais qu'elle veut tuer le phénix pour devenir immortelle !

— Quelle théorie ridicule. La pureté du phénix me soignera, mais elle fera aussi des merveilles pour le reste du monde, si je parviens à mes fins.

— Mais… le gala bat son plein, et les tickets…

— Annoncez aux participants que le phénix est mort. Remboursez-les. Vous gagnerez plus d'argent avec des revues au sujet d'un spectre phénix qu'avec cette soirée. C'est un signe de l'univers – le garçon phénix qui était sous votre nez pendant tout ce temps. Vous pourriez trouver les réponses aux questions que vous vous êtes toujours posées. Les créatures sont en voie d'extinction, et vous savez que les spectres représentent la prochaine étape de l'évolution.

Kirk semble hésiter.

— Et ce n'est pas pour devenir immortelle que vous voulez mettre la main sur Aurora ?

— L'immortalité est impossible à atteindre. Ce qui s'en rapproche le plus, ce sont les réincarnations de Keon. Approfondir la science de la réincarnation et faire perdurer les souvenirs à chaque cycle de vie : c'est pour tenter cela que j'ai besoin du phénix. (Luna tire les chaînes autour de mes poignets.) Nous avons atténué provisoirement ses pouvoirs avec un terminateur d'infini. Je suppose que vous utiliserez vos propres méthodes pour l'empêcher de s'envoler, pour le dompter comme vous l'avez déjà fait par le passé avec d'autres phénix.

Les larmes me montent aux yeux. Je n'arrive pas à croire que je vais terminer comme ça.

— Kirk, c'est complètement délirant ! Je suis une personne, un être humain !

Kirk évite mon regard, et je sais quel sera mon destin.

— Je tiens toujours parole, dit Luna.

— Vous avez dit qu'il volait ? C'est fascinant. Je me demande s'il peut retourner dans ses vies antérieures, ou…

Luna lève la main d'un geste autoritaire.

— Vous pourrez réaliser toutes les expériences que vous souhaitez. C'est d'accord ?

— Entendu, répond Kirk.

Le bouclier de protection s'abaisse, et Kirk sort de la chambre forte avec l'œuf de phénix. Il s'avance vers nous, à chacun de ses pas je m'étonne que personne ne lui ait tiré dessus. Les cadavres ne semblent pas le déranger autant que je m'y attendais, et qui sait dans quelles autres affaires louches il a déjà trempé pour arriver là où il en est aujourd'hui.

De près, l'œuf est vraiment superbe. Il ne ressemble à rien de ce que j'ai vu jusqu'à présent ; les coquilles qu'on expose sont vieilles et maculées de taches. Cet œuf recouvert de plumes contient une vie et rougeoie comme s'il était posé au-dessus d'une cheminée. J'entends le chant d'Aurora, une mélopée à la fois belle et dissonante, comme si quelqu'un appuyait sur plusieurs touches de piano en même temps. Je sens qu'Aurora n'a pas simplement soif d'une bataille, mais d'une guerre. Si on lui laisse la possibilité de vivre, elle pourra devenir une machine à tuer. Si Luna parvient à lui prendre son sang, ce sera catastrophique pour le monde : il exacerbera ses instincts violents jusqu'à de nouveaux sommets.

Ness me tire en arrière.

— Où veux-tu qu'on le mette, Kirk ?

— Pour le moment, dans la réserve au bout du couloir. Je lui administrerai un sédatif là-bas.

— Tu es devenu fou ? je m'écrie. Je ne suis pas un animal !

Je sais qu'il ne gobe pas les mensonges de Luna sur le bien commun. Il agit seulement dans son propre intérêt.

Ness me traîne dans le couloir.

— Reste avec moi, Luciole. Je vais te sortir de là, murmure-t-il à mon oreille.

Une sensation de malaise m'envahit. Je n'ai pas envie de lui faire confiance, mais l'espoir renaît quand il relâche son étreinte sur mon bras et que son pouce frôle ma peau en décrivant des cercles.

— S'il te plaît, sors-moi de là.

Tant pis si j'ai l'air idiot de le supplier alors qu'il est peut-être encore une fois en train de me manipuler : je suis prêt à tout pour ne pas me faire enfermer dans une cellule ou me faire tuer.

Stanton appelle Ness.

— Tu as dépassé la réserve.

Ness se tourne vers moi.

— Tu m'as dit que c'était la pièce suivante. Tu te fous de moi, Emil ?

Puis il ajoute, tout doucement :

— Fais payer Stanton pour tout ce qu'il vous a fait, à ton frère et à toi.

J'attends, et j'entends le chant qui vibre en moi, il lutte contre la douleur irradiante qui m'envahit alors que j'essaie de convoquer le feu. Dès que Stanton est suffisamment près de moi, je lève mes mains et je bombarde son torse de fléchettes de feu.

— Cours !

J'ai toujours les poignets attachés mais Ness porte mes chaînes, et un instant plus tard on monte les marches à toute vitesse. Je guide Ness dans le musée et je l'emmène à la Véranda, tout en haut. Les exécuteurs présents seront mieux armés pour nous protéger. Utiliser mon pouvoir m'a fait mal à la poitrine, mon cœur bat à tout rompre et mes jambes chancellent, mais l'adrénaline me donne l'énergie d'avancer jusqu'à la salle où a lieu le gala. Les nombreux invités sont habillés avec une telle élégance qu'il vaut mieux que je ne sache pas le prix que leur a coûté leur tenue, parce ça me donnerait sûrement envie de faire chauffer mes poings. Soudain, des sortilèges éclatent derrière nous et un courant puissant nous soulève dans les airs. Atlas se tient près du balcon, le visage marqué par l'effort, alors qu'il nous attire peu à peu jusqu'à lui.

— Tu as une sale mine, fait remarquer Atlas.

— Je vais vite me remettre. Luna est en bas avec l'œuf. Tu es seul ? Maribelle est avec toi ?

— Elle est là, et on n'est pas seuls.

Je regarde autour de nous. Wesley fonce vers des disciples, tandis qu'Iris fait sortir les mécènes pour les mettre en sécurité. Maribelle est en pleine bagarre, et Prudencia se sert de son pouvoir de télékinésie pour faire pleuvoir les phénix suspendus au plafond sur les disciples qui tentent de l'attraper.

Et puis il y a Brighton. Pour une fois il n'a pas de caméra à la main. Il est armé d'une baguette.

TRENTE-SIX
LES VENTS

Maribelle

Où est-elle ?

Les invités mettent un temps fou à sortir de la salle de gala, trébuchant sur les robes longues des femmes, ce qui ne me facilite pas la tâche pour trouver June. Elle est forcément là aujourd'hui. Luna a besoin de ce phénix ; l'œuvre de toute sa vie en dépend.

Une fois que j'aurai mis la main sur elle, je ne la lâcherai pas.

En attendant je ne chôme pas, et j'assomme des disciples à tout bout de champ. Voyant un sortilège arriver droit sur moi, je m'écarte de sa trajectoire et il vient percuter un disciple qui s'approchait furtivement de moi avec une dague. Alors qu'un autre disciple tente bravement de me coller son poing à la figure, je me baisse rapidement puis me relève en lui décochant un coup de pied qui lui casse le nez. Puis je soulève un disciple dans les airs avant de le lâcher sur une vitrine derrière laquelle sont exposés différents œufs de phénix. Quelqu'un est sûrement en train de filmer la scène et je vais encore me prendre un flot d'insultes sur les réseaux, mais le monde doit connaître l'existence de June, cette meurtrière sans pitié. Une pluie de sortilèges s'abat dans ma direction et je me retrouve acculée dans un coin pour y échapper. Je me cache derrière la scène où est installé l'écran géant sur lequel devait être diffusée la naissance du phénix. Je sors la tête ; les disciples sont sur le point d'encercler la scène, et je n'arrive pas à léviter suffisamment haut pour passer au-dessus de l'écran et m'enfuir de l'autre côté. Je m'apprête à appeler Atlas ou Wesley à l'aide quand j'entends des grognements et des hurlements. Je cherche à savoir ce qui s'est passé, le cœur battant, quand je vois Brighton debout avec sa baguette tendue, une expression de fierté sur le visage.

— La voilà, dit Brighton en pointant de sa baguette l'autre côté du hall.

June.

Sans la quitter des yeux, j'appelle Wesley. Un instant plus tard, il apparaît à mes côtés.

— June est là-bas. Attrape-la et ne la laisse pas s'échapper.

Il s'éloigne à toute vitesse en grimpant sur le mur, et je m'élance vers elle en criant de toutes mes forces pour la distraire. Atlas me fait signe de surveiller mes arrières, mais lui et les autres sont là pour ça. Du verre éclate derrière moi ; je ne prends pas la peine de me retourner et reste focalisée sur ma cible : June. La silhouette floue de Wesley descend en flèche du mur derrière June. La heurtant de plein fouet, il referme ses bras autour de son corps et tombe par terre avec elle. Les yeux brillants, June se débat pour se dégager de son étreinte, en vain.

— C'est terminé pour toi, je dis en l'agrippant à la gorge.

— Maribelle ! s'exclame Wesley avec inquiétude.

— Laisse-moi !

Elle est tout à moi.

Cette fille a possédé ma mère et m'a arraché ma famille. Il n'y a aucune trace de peur dans ses yeux. Pour l'instant.

Je la soulève dans les airs et la jette violemment à mes pieds, face contre terre. Puis après l'avoir retournée, je commence à la frapper. Un coup pour maman. Un coup pour papa. Un coup pour Finola. Un coup pour Konrad. Je continue à la bourrer de coups de poing, pour tous les célestes qui ont été accusés, blessés, emprisonnés et tués à cause du Blackout. La chair au niveau de mes articulations s'ouvre et mon sang scintillant se mélange au sien. Je ne sens même pas la douleur. Une décharge d'adrénaline me traverse à la vue de cette meurtrière clouée au sol, à ma merci. Jamais je n'ai ressenti ça.

— Mari ! Mari ! appelle Atlas.

Je me retourne, sans lâcher la gorge de June, et je la sens se débattre sous moi. Les Marcheurs du Ciels sont en train de se faire peu à peu maîtriser par les sortilèges. Emil est là-haut sur le balcon avec Ness et envoie des fléchettes de feu, mais avec moins de force et de vitesse qu'à son habitude. Wesley décrit des cercles autour de Stanton en s'efforçant d'éviter la brume venimeuse qu'il envoie vers lui, tout en essayant de lui décocher quelques coups. Iris est engagée dans un combat avec une Dione à six bras, dont le cou est couvert de sang. Mon regard se pose enfin sur Atlas au milieu de ce chaos : il est blessé au bras droit et à l'épaule gauche, et a du mal à se servir de son pouvoir pour repousser les assauts des disciples.

Il faut que j'en finisse avec June maintenant, sinon Atlas et moi ne serons jamais réellement en sécurité. Elle finira par trouver notre refuge et viendra nous trancher la gorge en pleine nuit.

Je suis prise d'un frisson, comme un avertissement. Un instant plus tard, je hurle en sentant un objet tranchant s'enfoncer dans ma poitrine – un morceau de verre provenant d'une vitrine brisée, que June a ramassé par terre. Elle le fait tourner à l'intérieur de moi et je relâche mon emprise sous le coup de la douleur, ce qui lui permet de m'échapper. Je me jette en avant mais elle est devenue intouchable. Elle lève vers moi son visage couvert de notre sang.

June s'approche de moi d'un pas nonchalant. Elle n'est pas menaçante. Elle ne peut pas me faire de mal quand elle est dans cet état, et je ne vois pas comment cette assassine silencieuse pourrait avoir l'espoir de remporter le deuxième round. Pourtant elle ne s'arrête pas et continue à marcher droit sur moi en me fixant avec ses yeux qui brillent comme des éclipses clignotantes. Elle est toute proche, et puis elle disparaît. Soudain, j'ai si froid que j'ai l'impression de me baigner nue dans une mer glaciale.

J'ai la sensation que mon corps ne m'appartient plus. Je me lève sans le vouloir et j'avance comme si j'étais en mode pilote automatique. June a pris possession de mon corps. Je hurle de toutes mes forces, mais je ne sais pas si elle m'entend. Je panique et je suffoque. J'ai beau sentir le mouvement de chacun de mes muscles, le sol sous chacun de mes pas, je ne peux décider de rien. Maman a dû éprouver le même sentiment d'impuissance.

Un chaos indescriptible règne dans la salle. Luna se tient près de la porte avec l'œuf de phénix et observe la scène. J'aimerais crier à Wesley de le lui arracher et de s'enfuir loin d'ici, mais il est trop occupé à donner le tournis à Stanton. Atlas plane au-dessus des disciples, tout en esquivant des sortilèges. Il m'appelle encore. Mais ce n'est pas moi qui me dirige vers lui, pas vraiment. June ramasse une baguette avec ma main, et je sens une légère vibration contre ma paume – elle est encore suffisamment chargée pour lancer un sort. Lorsque June lève la baguette, je m'attends à la sentir contre ma tempe – mais pour me tuer, elle va devoir nous tuer toutes les deux.

Je vise – non, c'est June qui vise – Atlas avec la baguette, et les vents qui le portent tombent d'un coup lorsque le sortilège le frappe en plein cœur.

TRENTE-SEPT

JAUNE FONCÉ

Maribelle

Je sens June quitter mon corps au moment où Atlas s'écrase sur une vitrine. Sans me soucier d'elle, je me précipite vers Atlas. Iris apparaît soudain à côté de moi, balançant des disciples à l'autre bout de la salle. J'écarte les reliques détruites pour me frayer un chemin jusqu'à Atlas. Je ne l'ai jamais vu aussi immobile. Je soulève doucement sa tête.

— Atlas, Atlas. Non, s'il te plaît, mon amour. S'il te plaît, regarde-moi, regarde-moi.

Ses yeux sont mi-clos et sa chemise est imprégnée de sang.

Je glisse ma main sous son gilet, qui était en trop mauvais état pour le protéger, mais son cœur ne me répond pas. Ça n'a pas de sens : c'est Atlas, et il doit rester près de moi parce que c'est uniquement grâce à lui que je suis encore en vie. On est censés avoir des enfants un jour, qui voleront dans les airs avec nous, et on vivra, on vivra tous ensemble jusqu'à devenir vieux.

Je colle mon front contre le sien et je le supplie de tenir sa promesse. Ça ne marche pas, alors je lui crie à la figure. Mais ça ne le réveille pas non plus.

Je lui ai tiré dessus.

June m'y a forcée.

Je serre les dents, réprimant une envie de vomir. Mes bras tremblent et un frisson glacial se propage de ma tête à mon cœur. Puis j'ai chaud, comme quand j'étais au lit, malade, et que j'attendais que maman me prépare son infusion au miel, au citron et à l'ail. La bataille se poursuit autour de moi. Mes yeux croisent ceux de June, qui me regarde fixement, et cette vision me met en furie. Je me lève en hurlant, et mon corps est si brûlant qu'il me semble être à l'intérieur du soleil. Je sens une pression sur mes yeux, surtout le gauche, et j'entends un rugissement qui ne vient de nulle part. Un anneau de feu jaune foncé explose autour de moi et percute toutes les personnes qui se tiennent à une dizaine de mètres de moi. Je suis la dernière debout.

Des flammes lèchent mes coudes.

Comment est-ce possible ?

Tout le monde a les yeux levés vers moi. Près de la porte, Luna me regarde avec une expression d'émerveillement. Soudain, un disciple à côté d'elle la frappe au visage. Profitant de sa surprise, il lui arrache l'œuf et part en courant. Une lumière grise l'enveloppe alors qu'il s'approche. Ness.

Je me fiche du phénix ou de l'élixir. Je me retourne vers Atlas, étendu sans vie, et j'ai envie de me servir de ce feu avant qu'il disparaisse. Un jet de flammes jaune foncé jaillit de la paume de ma main, mais June disparaît dans le sol avant qu'il l'atteigne. Dione s'est déjà échappée. Je parviens à toucher Stanton, brièvement seulement, avant que tous les Verseurs de sang rejoignent Luna et s'enfuient avec elle.

Les flammes disparaissent, et je me sens soudain très faible. Je ressens un vide que je n'ai encore jamais connu, et je me retourne vers Atlas en chancelant pour m'écrouler sur lui. Je me blottis contre son torse, et même s'il ne passe pas son bras autour de moi, je m'endors.

TRENTE-HUIT
LES CENDRES

Maribelle

J'ai rencontré Atlas sur le pont de Brooklyn.

J'étais allée là-bas avec Iris pour neutraliser un trio de célestes qui menaçait de commettre un attentat si les exécuteurs ne relâchaient pas leur chef emprisonné dans les Limites. C'était un moment important pour nous, car le chef avait été mis sous les verrous grâce à nos parents. En réalité, c'était une embuscade : ceux qu'on prenait pour les victimes sont sortis de leurs voitures et ont commencé à nous attaquer. On a envisagé un instant de sauter dans l'East River mais on ne l'a pas fait, parce qu'il fallait qu'on fasse nos preuves. Un céleste m'a plaquée au mur avec son pouvoir de télékinésie et a voulu me planter une dague en plein cœur. Et il y serait parvenu si Atlas n'était pas intervenu : il est descendu du ciel et l'a fait basculer du pont avec ses tempêtes. Je l'ai reconnu parce que j'étais abonnée à son compte Instagram. Il donnait l'impression d'être obsédé par son image mais, dans la réalité, Atlas s'est montré entièrement dévoué à la mission. Tout comme Wesley, qui éloignait des gens de la scène en les portant à une vitesse étourdissante. Un céleste a voulu frapper Atlas pour le faire tomber, mais je lui ai décoché un coup de pied qui l'a envoyé valser dans le pare-brise d'une voiture. Atlas m'a remercié de lui avoir sauvé la vie, et je lui ai dit qu'on était quittes.

Mais ce soir, alors qu'il avait besoin de moi en renfort, je l'ai tué.

J'ai passé une heure seule dans notre chambre, frappant le mur de mes poings en hurlant, pleurant dans l'oreiller qui conserve son odeur. J'aimerais tant qu'il soit au lit avec moi et me prenne dans ses bras pendant la nuit, pour sentir disparaître le poids du monde qui pèse sur mes épaules et avoir l'impression qu'on est seuls sur terre.

Quand ils étaient dehors et tentaient de sauver le monde alors même qu'on les détestait, papa et maman ont toujours eu le courage de laisser paraître leurs sentiments. Leur attitude m'a inspirée en grandissant. Même après le Blackout, j'étais encore déterminée à tomber amoureuse et à me battre pour mon amour. Mais je n'aurais pas dû en parler. June aurait pu tuer n'importe qui ; si elle a choisi Atlas, c'était dans le but de m'anéantir. Au moins, mes parents sont morts ensemble.

J'erre dans les couloirs, et je finis par retrouver les autres dans la salle de réunion. Recroquevillé contre le mur, Wesley sanglote en donnant des coups de pied par terre. Emil, Brighton et Prudencia sont assis autour de l'œuf, et se figent en me voyant. Eva masse le dos d'Iris en décrivant des cercles. Iris semble elle aussi dans un état d'hébétude.

— Où est Atlas ? je demande.

— Maribelle, je suis tellement désolée, dit Eva. Je ne peux rien…

— Je sais que tu ne peux pas le ressusciter. Où est-il ?

— En bas, dans la chambre de Wesley.

J'ai de nouveau très chaud, et si je n'arrive pas à me contrôler, ce mystérieux anneau de feu risque de tuer tous ceux qui sont dans cette pièce. Ça n'aurait rien d'étonnant, puisque je suis une meurtrière maintenant. Le garçon que j'aimais plus que tout au monde est parti à cause de moi. Cette fois-ci Atlas n'est pas là pour m'aider à me calmer.

— Qu'est-ce qui m'arrive ? je demande. Je meurs de chaud.

— Une évolution de ton pouvoir ? suggère Eva.

— J'ai un pouvoir de lévitation. S'il évoluait, ce serait pour que je puisse voler plus haut et plus loin.

— Tu es sûre que personne n'avait le pouvoir de jeter du feu dans la lignée de tes parents ? demande Brighton.

Tout le monde émet des suppositions, à l'exception d'Iris.

— Tu sais quelque chose, je dis en m'approchant d'elle.

Elle évite mon regard.

— Personne ne savait… personne ne pensait que ça arriverait. Mes parents étaient convaincus que ton pouvoir avait atteint son paroxysme. Il s'est manifesté si tard, et ton sang est scintillant, et tu n'as montré aucun autre signe pouvant indiquer que tu es…

— Que je suis quoi ?

— Un spectre, lâche Iris. C'est du feu de phénix, Maribelle. Il s'est simplement manifesté autrement que celui d'Emil. Et tu as su voler avant de jeter du feu.

Je vais réduire ce bâtiment en cendres.

— Comment tu sais tout ça ?

— On m'a fait jurer de ne rien dire. Le fait que tu expérimentes ces deux pouvoirs… c'est exceptionnel, d'autant que… d'autant que ce n'était pas le cas de Bautista. Il ne possédait que le feu du phénix.

— Qu'est-ce que Bautista vient faire là-dedans ?

— J'y crois pas ! crie Brighton en se couvrant la bouche de sa main.

— Tu as été élevée par Lestor et Aurora, répond Iris. Ce sont tes parents, mais…

— Tais-toi. Je me fiche de savoir qui est ton indicateur secret. Je suis une Lucero. Fin de l'histoire.

— Tu es la fille de Bautista et de Sera, Maribelle. À notre connaissance, tu es le premier enfant né de l'union d'un spectre et d'une céleste.

Le silence tombe. Même Wesley s'arrête de pleurer et regarde fixement devant lui avec une expression désorientée. Emil est la seule autre personne dans cette pièce qui peut avoir une idée de ce que je ressens, mais nos expériences sont différentes. Sa vie antérieure est mon père biologique. Je ne sais pas du tout quand maman et papa ont décidé de m'adopter, ni comment ça s'est passé. Est-ce que c'était l'idée de Bautista et de Sera ? De Finola et de Konrad ? Pourquoi personne ne m'en a parlé ? Pourquoi est-ce que c'était un secret ?

Je pose la question que je redoute :

— Qui d'autre savait ?

— Personne, répond Iris.

Même Eva secoue la tête.

— Iris, comment as-tu pu lui cacher ça ? Ce n'était pas une information comme les autres. C'est sa famille.

— On m'a fait jurer de garder le secret ! Maribelle, je ne voulais pas semer le désordre dans ta vie. Ce n'était pas à moi de le faire.

— C'est des conneries ! Tu étais la seule personne au courant ! Atlas est mort sans jamais savoir qui j'étais vraiment. J'aurais pu moi-même mourir sans le savoir !

— Mon rôle était de te protéger. C'est ce que voulaient Lestor et Aurora.

— Ne t'avise pas de parler en leur nom ! (Soudain, je m'interromps, frappée par l'évidence.) Je comprends pourquoi tu as gardé tout ça secret ! Tu as eu peur que je veuille prendre le commandement de ce groupe si j'apprenais que mes parents étaient Bautista et Sera.

Iris se lève d'un bond de son siège et frappe du poing sur la table avec une telle force qu'elle se brise.

— Pas une seule fois, tu n'as essayé de me rendre la tâche plus facile ! Tu étais ma meilleure amie, tu étais comme une sœur pour moi. Pourtant, tu me tombes dessus chaque fois que quelque chose se passe mal, et tu ne reconnais jamais mon mérite quand on remporte une victoire. J'ai sacrifié ma vie pour diriger ce groupe. (Je ne me souviens pas de la dernière fois que j'ai vu Iris pleurer.) Tu te fiches bien de ma douleur parce que tu t'imagines que je suis indestructible, que je suis assez forte pour porter tout le monde sur mes épaules. Voilà un scoop pour toi, Maribelle. Moi aussi, j'ai le cœur brisé depuis le Blackout. Merci d'avoir pris des nouvelles.

Je lui tourne le dos. Je ne lui pardonnerai jamais. Je m'assois à côté de Wesley et j'essaie de comprendre ma vie. Je suis une céleste et un spectre – c'est possible après tout. Mon pouvoir de lévitation n'a rien à voir avec le pouvoir de voler qu'avaient maman et papa. Ont-ils été choisis pour m'élever – et pour me mentir – parce qu'ils avaient des pouvoirs ? Si je tiens les miens de Bautista, qu'est-ce que j'ai hérité de Sera ? Elle avait des visions très puissantes, et moi j'ai... j'ai de bonnes intuitions, notamment quand la situation se complique pendant une bataille. Le rêve que j'ai fait juste avant de voir papa et maman pour la dernière fois et le malaise qui m'a envahie parce que je sentais qu'ils n'allaient pas revenir : ce n'était pas de la paranoïa, c'était une *prémonition.*

J'aurais pu empêcher le Blackout si j'avais compris et entretenu mon pouvoir.

— Qu'est-ce qu'on fait maintenant ? demande Brighton avec un air décidé. (Il semble vouloir prendre les choses en main.) Ce bâtiment est truffé de célestes qui devraient s'impliquer davantage. Je peux...

— Tu ne vas rien faire du tout, dit Emil.

— C'est à moi de décider de ce que je veux faire, réplique Brighton avec une fougue qui manque aux autres Marcheurs du Ciel.

— On a l'œuf de phénix. On a gagné. Luna est foutue.

— Ça ne ressemble pas à une victoire.

— On s'est fait torturer, et on a la chance d'être encore en vie. C'est le moment de déclarer forfait.

— Tu n'es pas obligé de participer. On arrêtera Luna sans toi.

— Tu ne peux plus nous accompagner en mission, dit Iris. On vient de perdre un de nos meilleurs célestes, et un de nos meilleurs amis. Atlas était puissant, il était doué, et il est mort. Si on n'a pas réussi à le ramener vivant ici, rien ne garantit qu'on pourra te protéger. Le risque est trop grand, et si tu remontes un jour dans une de nos voitures, je t'en éjecterai personnellement.

Brighton est rouge écarlate.

— Tu as estimé que je ne méritais pas d'être sauvé, et maintenant tu oses me dire je ne peux pas m'engager dans cette guerre parce que je risque de mourir ? Tu n'es pas à l'abri du danger juste parce que les sortilèges peuvent rebondir sur ta peau. La vitesse de Wesley ne l'a pas empêché de se faire blesser. Et j'ai plus souvent été sur le champ de bataille qu'Eva.

— Brighton, ça suffit ! s'écrie Prudencia. Reste avec ta famille. Reste avec moi. Il y a eu suffisamment de sang versé comme ça.

— Hors de question que je laisse tomber, rétorque Brighton. Mais tant mieux pour vous si vous en êtes capables.

Il sort de la pièce.

Iris s'approche de Wesley.

— Il faut qu'on transfère tout le monde. C'est trop dangereux.

Galvanisée par l'énergie de Brighton, je me lève.

— Ne vous inquiétez pas pour les Verseurs de sang. Je les trouverai avant qu'ils nous trouvent. Je vais leur régler leur compte une bonne fois pour toutes, à June et aux autres.

— Les Marcheurs du Ciel ne sont pas des tueurs, dit Iris. Est-ce qu'on peut au moins être d'accord là-dessus ?

— Peut-être que vous, vous ne tuez pas. Mais moi si. (Je me lève et me dirige vers la porte.) Je démissionne.

*

La première pensée qui me vient en voyant Atlas sous la couverture est qu'il ne doit pas pouvoir respirer. J'écarte la couverture, et je reste pétrifiée pendant quelques secondes avant d'éclater en sanglots. Un trop-plein de souvenirs m'assaille : le dîner romantique que j'avais organisé sur le toit de Nova, les douches qu'on prenait ensemble, notre premier baiser, et toutes les fois où il me faisait tellement rire que j'en oubliais ma souffrance. Il était devenu mon foyer, et maintenant je ne sais où aller.

Avant de quitter Nova, il faut que je m'occupe de lui.

Je sors pour aller chercher des serviettes et de l'eau et je tombe sur Emil, assis dans le couloir. Je ne m'arrête pas, mais il me suit.

— Je comprends ce que tu ressens, avec ce que tu as appris sur ta famille. Si tu as envie d'en parler…

— Je ne ressens rien du tout, je l'interromps. Tu n'es pas mon père.

— Je sais. Ce n'est pas du tout pour ça que je t'en parle. C'est tellement… bizarre. Mais je sais ce que c'est de vivre un truc aussi bouleversant et de découvrir que tes parents ne sont pas tes vrais parents. Ce n'est pas du tout la même chose, j'en suis conscient, mais tu n'as pas besoin d'affronter ça toute seule.

Je me retourne d'un coup et le regarde avec une expression de défi. Il recule, les yeux brillants de larmes.

— Je ne suis pas intéressée par un groupe de soutien, et surtout pas avec toi. Si tu avais tenu June comme je te l'avais demandé, c'est elle qui serait morte, et non Atlas.

— Je suis désolé…

— Ness sait-il où est June ?

— D'après lui, le gang bouge régulièrement. Après sa trahison, ils n'iront sûrement pas là où ils vont habituellement.

C'est bien ma veine.

— Maribelle, je suis sincèrement désolé, et je…

— Cette bataille est terminée pour toi, c'est super. Ta place n'est pas ici. Mais avant que tu partes, dis à Wesley de venir me voir. Personne d'autre.

Les Marcheurs du Ciel se sont morcelés, et je m'en fiche. Je suis une armée à moi toute seule.

Je vais dans la salle de bains puis je retourne auprès d'Atlas avec un seau d'eau et des serviettes. Je nettoie le sang et les débris sur son visage, tout en lui répétant à quel point je suis désolée. Wesley arrive et me propose son aide, je ne proteste pas.

— Il voulait être incinéré, je dis. Fais-lui tes adieux pendant que je prépare ma valise.

— Mari, ne…

— Il n'y a que lui qui pouvait m'appeler comme ça.

Je ne m'attarde pas dans notre chambre. Atlas était mon refuge – où qu'il soit, c'était avec lui que je me sentais heureuse et en sécurité. Je fourre dans un sac en toile toutes les affaires auxquelles je tiens – le vin touché par les étoiles que m'a offert Atlas, les jumelles de papa, les lunettes de lecture de maman, et les dagues que je vais planter dans le corps de June. Quand je redescends, Wesley m'aide à porter Atlas dans la cour, et on étend son corps sur une plaque de verre. Je pose la question qui me hantera jusqu'à ce qu'on soit réunis.

— Et s'il n'a pas vu June prendre possession de mon corps ? Et s'il m'a juste vue pointer une baguette dans sa direction et lui jeter un sort ? Il n'a pas dû avoir le temps d'y réfléchir. Tout s'est passé si vite, Wes. Ça me rend malade de penser qu'il n'a même pas eu le temps de comprendre que ce n'était pas moi, et en même temps je m'en veux de regretter que sa mort ait été aussi rapide.

— Il savait que tu l'aimais, dit Wesley.

— Il serait encore vivant si je ne l'avais pas aimé.

Wesley ne répond rien. C'est vrai.

— Techniquement, c'est moi qui l'ai tué, et je devrais donc être capable de faire revenir son fantôme. Mais seulement une fois que j'aurai tué June. Après ça, je pourrai l'envoyer reposer en paix.

— Si tu veux bien, j'aimerais être présent.

Je hoche la tête.

— À très bientôt, Atlas.

Je fais apparaître mon pouvoir, en pensant très fort à ma vengeance ; et je ferme les yeux lorsque les flammes jaune foncé enveloppent le corps d'Atlas. Je ne partirai pas, mais je suis incapable de regarder. Pendant une heure, je reste à pleurer dans les bras de Wesley en tournant le dos à Atlas, réchauffée par le brasier. Puis, une fois que le corps d'Atlas s'est entièrement consumé, je vide la bouteille de vin touché par les étoiles au pied d'une plante qui dépérit. Avec une pelle de jardin, je rassemble les cendres d'Atlas et j'en mets autant que je peux dans la bouteille, tout en priant la plus puissante des constellations qu'il y en ait assez pour que je puisse faire revenir Atlas un jour et lui dire vraiment adieu.

— Quand est-ce qu'on se reverra ?

— Je suis sûre que nos chemins se recroiseront. Prends soin de ta famille, Wes.

— Fais attention à toi, Maribelle.

Je marche vers le parking en tenant la bouteille remplie de cendres tout près de mon cœur. Pendant mes années de Marcheuse du Ciel, je n'ai pas toujours eu envie de sauver le monde. Trop de gens me vouaient une haine féroce. Désormais, je n'ai plus aucun doute sur mon moteur. La vengeance pure.

Brighton m'attend au niveau de la voiture d'Atlas. Debout à côté du siège du conducteur, il porte son ordinateur sous le bras et son sac à dos sur l'épaule.

— Tu as besoin de compagnie ? demande-t-il. Je suis prêt à tout. Je ne suis pas comme Emil, je ne te mettrai pas de bâtons dans les roues.

Je hoche la tête.

— Allons-y. On a un fantôme à tuer.

TRENTE-NEUF

LUCIOLE

Emil

Cette soirée a été vraiment atroce. L'œuf d'Aurora dans les mains, je me sens complètement tiraillé : qui a le plus besoin de moi ? Est-ce que je dois rester avec les Marcheurs du Ciel, arranger les choses avec Brighton, ou bien aider maman et Prudencia à faire les valises ? J'ai envie de ne plus penser à tout ça pendant un moment, alors je vais voir la seule personne qui n'attend rien de moi. Ness ayant jugé plus approprié de ne pas nous accompagner dans la salle de réunion, pendant qu'on pleurait Atlas et qu'on réfléchissait aux stratégies pour la suite, je l'ai installé dans une salle où était entreposé du matériel d'arts plastiques. Ce n'est pas beaucoup mieux que le cagibi où il campait avant, mais au moins il y a plus de lumière ici, et il y flotte une agréable odeur de peinture et de papier. Ness regarde par la fenêtre ouverte et respire l'air frais.

Je ne sais toujours pas vraiment où on en est tous les deux. Quoi qu'il en soit, il m'a sauvé la vie et a repris l'œuf des mains de Luna. C'est suffisant pour que je recommence à lui faire un peu confiance.

— Tout va bien ? demande Ness. Excuse-moi, c'est vraiment une question débile.

Je m'assois au centre de la pièce, et, tout en admirant l'œuf à plumes bleues d'Aurora, je lui raconte ce qui s'est passé depuis que je l'ai laissé là deux heures plus tôt. Eva n'a pas réussi à guérir les blessures qui m'ont été infligées par le terminateur d'infini – infligées par Ness. Maribelle a découvert la véritable origine de son pouvoir. Brighton a pété un câble devant tout le monde, et je ne l'ai pas revu depuis. Maribelle m'a accusé – légitimement – d'être responsable de la mort d'Atlas. Je ne sais pas comment je pourrais encore me regarder en face si je l'aidais à assassiner quelqu'un, mais ce serait beaucoup plus facile de se faire à la mort d'une meurtrière plutôt qu'à celle d'un héros.

— Tu veux que je peigne quelque chose pour te changer les idées ? demande Ness.

— Tu sais peindre ?

— Théoriquement, oui. Mais je n'ai pas beaucoup de talent.

Son geste me touche. Mais je n'ai vraiment pas le cœur à regarder Ness étaler de la peinture sur une toile pendant que les célestes font leurs valises dans l'affolement afin d'évacuer les lieux le plus vite possible.

— Peut-être une autre fois, je dis.

— Alors à la place, je peux te donner une explication ?

Il reste loin de moi. Ça devrait me rassurer, et pourtant je suis surpris d'éprouver un profond sentiment de solitude, comme si on était deux étoiles trop éloignées pour briller ensemble dans le ciel.

— Je ne voulais pas quitter Nova, mais tu étais prêt à tout pour sauver Brighton. Tu t'es montré tellement gentil avec moi que j'ai voulu te rendre la pareille. Mais quand on s'est fait coincer par Stanton sur le toit, j'ai dû changer de plan.

— Et c'est pour ça que tu m'as assommé avec l'urne, je dis. Et puis que Luna t'a forcé à me donner des coups de couteau.

— Elle ne m'a pas forcé, rectifie Ness. Elle était furieuse contre moi parce que je vous avais révélé ses plans au cimetière. Il fallait absolument que j'arrive à la convaincre que je jouais un double-jeu avec vous. Elle voulait te punir, je me suis donc porté volontaire pour lui prouver ma loyauté. Ça a été extrêmement dur pour moi, mais ça aurait été pire si quelqu'un d'autre s'en était chargé. Dione n'aurait pas été prudente. June n'aurait montré aucune pitié. Stanton serait allé trop loin et t'aurait peut-être tué. (Il n'arrive pas à me regarder dans les yeux.) Elle m'a cru.

— Je t'ai cru aussi.

Dans une autre vie, il aurait fait un acteur génial.

— Est-ce qu'Eva a désinfecté tes blessures ?

— Non. Entre ce qui est arrivé à Atlas et ses tentatives pour me soigner, elle est à bout de forces. Je n'ai pas voulu lui en demander plus. Mais ça devrait aller.

Ness ouvre un tiroir et en sort un tablier, qu'il découpe en morceaux avant de faire couler l'eau du robinet.

— Enlève ta chemise. Je vais t'aider.

— C'est pas la peine.

— Il faut nettoyer ça. Allez. (Il plisse les yeux.) C'est quoi ton problème ?

Je tripote la manche de ma chemise large.

— Je ne suis pas habitué à ce que quelqu'un dans ton genre me demande de retirer ma chemise.

— Quelqu'un dans mon genre ?

— T'as un visage parfait, et je suis sûr que ton corps est pareil.

— Est-ce que tu es en train de me dire que tu me trouves beau ? demande Ness en esquissant un sourire.

— À ma façon.

— T'es sympa, mais je ne passe pas ma vie à la salle de sport. Regarde. (Avant que je puisse l'arrêter, il retire sa chemise et se met face à moi, comme si son torse musclé et bien dessiné n'avait rien d'impressionnant.) Tu vois, il n'y a pas de quoi s'extasier. Au début, quand j'ai obtenu mes pouvoirs, j'ai vu des dizaines de versions différentes de moi. Mais j'aime bien celui que je suis.

— Je te comprends. Si je pouvais, je me métamorphoserais en toi.

— C'est gentil, dit Ness en remettant sa chemise. Tu as un beau visage aussi, luciole. Et je suis sûr que ton corps est pareil.

J'ai soudain très chaud. Je sais qu'il ne s'intéresse pas à moi – de toute façon, personne n'a le temps pour ça –, pourtant une partie de moi croirait presque ce qu'il affirme alors que personne n'a jamais réussi à m'en convaincre. Je parie que Ness ment parce qu'il veut m'aider, et parce qu'il a mauvaise conscience d'être responsable de ces cicatrices que je garderai toute ma vie.

Je lui explique pourquoi je porte toujours des chemises trois fois trop grandes. Mon corps est soit trop maigre, soit il ne l'est pas assez. Je n'ai jamais suffisamment de muscles, et je préfère me cacher dans des vêtements. À une époque je portais des débardeurs à la plage, même pour me baigner ; ça m'irritait toujours la peau, mais j'avais trop honte de mon corps devant tous ces mecs bien foutus. Tous les ans, je me promettais que je me baladerais torse nu en été, en me sentant désiré et accepté, mais je n'osais jamais me jeter à l'eau. Je ne peux pas m'empêcher de me comparer à tous ces types sur Instagram, et de zoomer sur leurs corps. J'essaie de suivre les programmes d'entraînement qu'ils postent, et je me prive de sucreries même si j'adore ça, parce que le plaisir qu'elles m'apportent n'est rien comparé à ce qu'être ignoré se révèle blessant.

— Même avec les Marcheurs du Ciel, je me sens complexé, j'ajoute, les larmes aux yeux. (Ness s'est assis par terre en face de moi.) Tout le monde a une idée bien précise de ce à quoi doit ressembler un héros, et je n'ai rien à voir avec ça.

— T'es vraiment sérieux, hein ?

— Je n'ai pas besoin que tu me dises que je suis maigrichon ou costaud, je le sais, mais il y a cette voix dans ma tête qui…

— Qui devrait vraiment la fermer, m'interrompt Ness.

— Je pense que je n'arriverai jamais à être fier de mon corps. Même si j'avais des abdos en béton et des pectoraux saillants, et des gens qui me disaient qu'ils me désirent, je ne me sentirais jamais assez beau pour tout le monde.

— L'important est de se sentir beau uniquement pour soi-même. Et d'être avec quelqu'un qui comprend que ta beauté vient de la personne que tu es. Écoute, luciole, le premier soir où je t'ai vu, j'ai failli perdre ma concentration et retrouver mon apparence. Déduis-en ce que tu veux. (Il rougit. C'est incroyable, mais c'est un métamorphe et il peut sûrement faire ça sur commande.) Je n'aurais pas dû insister. Mais tu devrais vraiment désinfecter tes blessures. Demande à ton frère ou à ta mère de t'aider. Il n'est pas obligatoire que ce soit moi.

Je me lève.

— Tu me promets de ne pas faire de commentaires sur mon corps ?

— Bien sûr. Si c'est plus simple pour toi, je peux même fermer les yeux.

— Allons-y.

On s'approche du lavabo. Il mouille le chiffon et ferme les yeux, et je soulève ma chemise. Je ne peux pas m'empêcher de bomber le torse – c'est devenu instinctif pour moi dans un vestiaire, et dans les rares occasions où je dois me changer devant des potes. Je guide le doigt de Ness jusqu'à la blessure sur mon bras et il la nettoie avec douceur, puis il appuie plus fort pour s'assurer que la plaie est assez propre. Je le dirige ensuite vers mes côtes en observant son visage ; je me demande s'il va avoir un mouvement de recul en sentant mes os sous ma peau, mais il reste très concentré – en tout cas autant qu'on peut l'être avec les yeux fermés. Il me demande s'il peut poser sa main sur le bas de mon dos pour avoir plus de stabilité, et je dis oui. Malgré tout, je suis pris de court par les vagues de chaleur qui me traversent. Je me mords la lèvre quand il applique un peu trop de pression sur ma cage thoracique, et il me demande de l'excuser.

Lorsqu'il désinfecte la dernière coupure sur mon bras gauche, nos cheveux se touchent.

— Je continue? demande Ness une fois qu'il a terminé.

— Ça va aller, je réponds, même si je n'ai aucune envie qu'il s'écarte.

— Dis-moi quand je peux rouvrir les yeux.

Même si je suis tenté de lui dire qu'il peut les rouvrir maintenant, je n'ai pas envie que ce souvenir soit entaché. Si la réaction sur son visage contredit ses paroles, je ne croirai plus jamais quelqu'un qui me dit que je suis beau. Je remets ma chemise.

— Merci, Ness.

Il ne me regarde toujours pas.

— Je ne me pardonnerai jamais de t'avoir infligé ça. Je suis désolé.

— Tu m'as libéré et grâce à toi on a Aurora.

— À propos, dit-il en ouvrant enfin les yeux et en montrant du doigt l'œuf d'Aurora, il faut que tu t'en occupes.

— Ne me demande pas de la tuer. On doit seulement attendre la constellation.

— On peut espérer que les Verseurs de sang ne prendront pas le risque de vous attaquer ici alors que vous avez l'avantage du terrain. Mais une erreur peut coûter cher. Il vaut mieux emporter cet œuf loin d'ici.

— On y travaille. Tu devrais venir avec nous, je dis. On va aussi devoir se cacher.

Brighton, Prudencia et maman auront besoin d'un peu de temps pour faire confiance à Ness, mais il faudra bien qu'ils y parviennent ; on a tous besoin de nouveaux départs et de deuxièmes chances dans la vie.

— Mais tout le monde va te chercher, tu es « Aile-de-feu », fait remarquer Ness.

Une raison de plus de détester ma nouvelle célébrité...

— Si ce n'était pas aussi dangereux, j'aurais du mal à refuser cette invitation, il reprend. Mais c'est mieux comme ça. Il faut que je trouve ma voie. Et c'est le moment idéal pour fuir et recommencer à zéro. Luna ne pense qu'à une chose en ce moment : récupérer l'œuf avant la disparition du Rêveur couronné. Je dois découvrir qui je suis quand je ne suis pas sous la surveillance du sénateur ou redevable envers les Verseurs de sang.

Ness n'a jamais pu faire ses propres choix, et je respecte particulièrement celui-là.

— Tu as raison de te protéger. J'espère que tu ne seras pas obligé de te cacher jusqu'à la fin de ta vie.

— Prie les étoiles pour que Luna et le sénateur meurent bientôt.

Je me demande qui doit mourir pour que je puisse devenir libre et vivre ma vie en paix.

— Je devrais y aller avant que la nuit tombe, dit Ness.

Je ne sais pas quoi ajouter. En le voyant franchir la distance qui nous sépare, je suis soudain extrêmement nerveux, mais dans le bon sens du terme. Je m'apprête presque à tendre les lèvres, pourtant je ne suis pas déçu quand il se contente de me prendre dans ses bras pour me serrer contre lui. Je me serais senti désiré s'il m'avait embrassé, mais dans ses bras j'éprouve autre chose : je me sens plus optimiste, prêt à affronter les moments sombres qui nous attendent. Je vais trouver un endroit pour vivre, cesser de m'en vouloir d'avoir renoncé à cette guerre, et élever Aurora même si je n'ai aucune expérience en la matière. Je pose mon menton sur l'épaule de Ness et nos oreilles se frôlent. Curieusement, je me prends à souhaiter de pouvoir lire dans sa tête pour savoir s'il pensera à moi une fois qu'il sera parti.

Lorsqu'il s'écarte de moi, je garde les yeux rivés au sol.

— J'espère que tu trouveras ta voie, je dis.

— J'espère que tu continueras à apparaître devant moi, luciole, dit Ness.

La porte se referme derrière lui avec un bruit sec.

QUARANTE
VRAI VISAGE

Ness

Avant de sortir du périmètre d'illusion, je me métamorphose en un homme à la peau blanche pour éviter qu'on vienne m'embêter. Chacun des pas qui m'éloignent de Nova est terrifiant, mais je ne montre pas ma peur. Je maintiens les apparences : je suis quelqu'un qui a une vie géniale et est juste sorti faire une promenade nocturne. Personne ne pourra s'imaginer que cet homme envisage de fuir en République dominicaine, le pays d'origine de sa mère, afin de renouer avec ses racines – ce que le sénateur ne l'a jamais poussé à faire quand il était enfant. De partir loin de tous ceux qui m'ont pourri la vie dans cette ville.

Peut-être que quand je serai plus vieux et que le monde m'aura oublié, je pourrai de nouveau exister sans déguisement. Les gens que je croiserai dans la rue se demanderont peut-être pourquoi je leur semble si familier, mais jamais ils ne feront le lien avec le gosse qu'ils pensaient avoir été tué pendant le Blackout.

Je m'apprête à demander mon chemin à quelqu'un, quand j'entends des sirènes s'approcher. Des voitures s'écartent pour laisser passer des chars d'exécuteurs, qui défilent à toute allure devant moi. Ils se garent un peu plus loin, et un jeune homme sort de l'un d'eux. Il donne des coups dans l'air avec sa main qui brille de mille feux, puis il recule son bras d'un coup, comme s'il tirait sur une nappe recouverte de vaisselle. Un flash de lumière éblouissante apparaît avant de s'éloigner, et soudain je vois tout : la station-service désaffectée, et, derrière, Nova.

Le céleste a rompu l'illusion.

Un instant plus tard, les chars foncent vers l'école. Je ne comprends pas comment des célestes peuvent tourner le dos aux leurs. Mais si je tourne le dos à Emil et aux Marcheurs du Ciel alors qu'ils s'apprêtent à vivre une catastrophe, qu'est-ce que ça fait de moi ?

QUARANTE ET UN

AURORA

Emil

Alors que je me dirige vers ma chambre pour faire mes valises, je regrette de n'avoir que des cicatrices et des souvenirs pour me rappeler Ness. J'aurais dû accepter sa proposition de me peindre quelque chose. Peut-être qu'il aurait représenté deux garçons assis par terre tout près l'un de l'autre. Mais vu la façon dont l'amour de Maribelle pour Atlas a été utilisé contre elle, il vaut sans doute mieux garder mes sentiments pour moi.

En rentrant dans la chambre, je manque d'entrer en collision avec Prudencia.

— J'allais partir à ta recherche. Ça va ?

— Ouais, je… je disais au revoir à Ness.

Maman est assise sur mon matelas gonflable à côté d'un sac en toile plein à craquer.

— Il est parti ? demande-t-elle, en s'arrêtant de plier une chemise.

Je hoche la tête.

— Comment vous allez toutes les deux ?

— On a fini, répond Prudencia. Mais les affaires de Brighton ne sont plus là. Ses vêtements, son sac et son ordinateur ont disparu.

Je suppose qu'il squatte dans la chambre de quelqu'un d'autre.

— Je vais le chercher.

J'ai à peine posé l'œuf qu'il se met soudain à briller d'un éclat plus fort et commence à éclore.

— Ça y est !

La température augmente dans la pièce. Je n'arrive pas à croire que je suis sur le point d'assister à la naissance d'un phénix – et encore moins d'un *séculaire*. Brighton devrait être là pour vivre cette expérience unique, pour filmer ce moment comme je l'ai toujours espéré pour lui, mais je n'ai pas le temps de courir à sa recherche. La coquille se fendille d'un côté et, quelques secondes plus tard, un bec couleur bronze martèle la coque en piaillant un chant chaotique. Aurora se libère alors de son œuf et apparaît dans toute sa splendeur, avec sa couronne de plumes bleu nuit et ses yeux aussi gros et brillants que des billes.

— Quelle beauté, je dis en la soulevant et en la posant sur une de mes chemises.

Elle est aussi légère et douce qu'un bouquet de fleurs. Ses cris belliqueux se font de plus en plus forts alors qu'elle se tortille autour de mes bras, en protégeant ses yeux de la lumière avec une de ses ailes.

— Il faut la nourrir, affirme maman.

— Bonne chance pour rendre Aurora végétarienne, dit Prudencia.

— Je relève le défi, je réponds pour plaisanter – je sais très bien que les phénix *séculaires* ne se nourrissent que d'animaux. Je vais voir s'il reste quelque chose dans la cuisine et…

Aurora s'agite dans tous les sens et son chant me glace le sang, comme quand je marche dans un quartier mal famé et que des gens louches me regardent.

Soudain, des sortilèges et des hurlements résonnent dans le couloir.

Les Verseurs de sang sont là pour mettre la main sur Aurora.

— Éteins les lumières et ferme la porte à clé, dit maman.

Aurora essayait-elle de nous prévenir ?

— On ne peut pas rester là. Aurora fait trop de bruit. Prue, emmène maman dans un endroit sûr.

— Tu viens avec nous, dit Prudencia.

— Il faut que je retrouve Brighton.

Je n'arrive pas à croire que j'inflige de nouveau ça à maman. Même si je sens son cœur se briser à chaque fois, je refuse de partir sans mon frère. Je jette un coup d'œil dans le couloir, et une forme floue familière passe de porte en porte, en tambourinant sur chacune d'elles.

Wesley apparaît devant nous, haletant et transpirant.

— Les exécuteurs. Les exécuteurs sont là. Allez à l'arrière du bâtiment et passez par-dessus la clôture. Des voitures vont attendront de l'autre côté.

— Comment est-ce qu'ils…

Wesley a déjà disparu. Je me demande bien comment ils nous ont trouvés, mais ça n'a pas d'importance pour le moment.

Je serre maman et Prudencia dans mes bras en leur promettant de les retrouver vite, puis, avant qu'elles puissent m'arrêter, je pars en courant avec Aurora dans les bras. Je monte d'abord sur le toit, en frémissant chaque fois qu'un sortilège éclate en faisant trembler le sol. J'appelle Brighton en criant, mais il n'est pas là. En regardant en bas, je vois six chars d'exécuteurs garés près de l'entrée principale. Je pose Aurora sur un coin de la terrasse, en priant les étoiles pour qu'elle soit en sécurité ici pendant que je cherche Brighton. Je l'embrasse sur le front puis redescends l'escalier en courant, poursuivi par ses cris.

Les couloirs sont bondés. Au milieu de la pagaille, je vois un exécuteur enfoncer une porte d'un coup de pied. Un sifflement retentit alors, et l'exécuteur s'endort immédiatement, permettant à un céleste, Zachary, et à une dame plus âgée de s'échapper. Je fais irruption dans chaque pièce en appelant Brighton, et j'en profite pour faire sortir les retardataires. Je tourne dans l'escalier quand un exécuteur lance une grenade-gemme citrine dans ma direction ; je réagis aussitôt en lui envoyant avec précision une fléchette enflammée. La grenade explose en plein vol, et l'onde de choc fait dégringoler l'exécuteur dans l'escalier. Mes blessures me font souffrir quand j'utilise mon pouvoir, mais tant pis, je dois me battre. Je descends tout en bas en courant et je tombe sur Eva qui est en train de soigner Grace, la fille à la voix puissante dont Maribelle espérait se servir pour assurer notre sécurité – comme ce soir. Des lumières de toutes les couleurs referment le trou béant dans l'estomac de Grace, qui se relève. Je les guide vers une salle de classe vide.

— Eva, qu'est-ce qui se passe ? je demande.

— Ils ont forcé l'entrée. Ils ont dû percer le périmètre de défense, et tous nos plans d'évacuation sont tombés à l'eau à cause de l'absence d'Atlas et de Maribelle. Je n'ai pas vu Iris…

— D'après Wesley, il y a des voitures à l'arrière, de l'autre côté de la clôture. Allez-y. Je vous envoie Iris si je la trouve.

J'ai du mal à croire que Brighton soit dans la salle de musique située juste à côté de l'entrée, mais si les exécuteurs ou quelqu'un d'autre l'ont capturé, j'y trouverai peut-être des preuves de son passage, comme son ordinateur ou ses fringues. Je croise un duo d'exécuteurs et j'esquive leurs sortilèges, qui explosent contre les casiers derrière moi. Je les neutralise avec des fléchettes de feu, puis je rentre dans la salle. Tout est sens dessus dessous – des pupitres gisent par terre, la batterie est criblée de trous, et le piano est renversé. Mais il n'y a aucune trace de Brighton.

Où peut-il bien être ?

Je marche vers la porte du fond qui mène à la scène de l'auditorium, quand soudain une voix me crie de ne plus bouger. Je m'exécute, sans savoir s'il y a un exécuteur ou s'ils sont dix à me tenir en joue.

C'est la fin pour moi. J'espère que Brighton va bien, que Prudencia et maman se sont enfuies, que Ness est parti loin d'ici, que les Marcheurs du Ciel vont gagner, et que je ne vais pas me réincarner dans un monde où Luna et les Verseurs de sang seront devenus éternels.

Je me prépare, quand j'entends un sortilège fuser derrière moi. Un exécuteur est propulsé devant moi et s'écrase contre le mur, inconscient. Je me retourne pour voir mon sauveur, en m'attendant à trouver Iris, mais c'est un autre exécuteur, à la large carrure. Il inspire profondément, tandis qu'une lumière grise l'enveloppe.

Ness.

— Tu es revenu, je dis dans un souffle.

Je me sens soudain plein de force et d'énergie, et j'ai le sentiment que je pourrais me battre tous les jours jusqu'à la fin de ma vie.

— J'ai vu les chars. Je n'ai pas eu le temps de t'avertir, mais je ne pouvais pas partir sans rien faire.

Je me jette dans ses bras et je le serre avec force contre moi. Tout va mal, mais il est revenu pour moi.

— Brighton a disparu, et Aurora est vivante et crie sur le toit. Je n'y arriverai pas tout seul.

— Je suis là. On va retrouver ton frère, récupérer Aurora, et se tirer d'ici.

On traverse en courant l'auditorium. Deux célestes sont étendus sur la scène, sans vie. Ness m'entraîne avec lui en me rappelant de rester concentré, comme s'il était facile de se sortir de la tête la vision de ces cadavres. À l'entrée de la cafétéria, Iris dévie des sortilèges avec ses poings tandis qu'Eva fait sortir par l'arrière une dizaine de personnes dont les visages me sont familiers. Elle est en vie, et elles se sont retrouvées. Et Ness est réapparu, comme si c'était lui la luciole ; tout ça me donne de l'espoir pour Brighton.

— Peut-être qu'il est déjà parti, suggère Ness.

Si seulement notre rêve d'être les Reys de Lumière devenait réalité ; Brighton et moi, on posséderait tous les pouvoirs et personne ne pourrait nous arrêter ;

on pourrait se faire savoir par télépathie qu'on est vivants, qu'on va bien, et qu'on est désolés d'avoir laissé cette guerre affecter notre relation de frères. Mais comme c'est impossible, je n'ai pas d'autre choix que de le chercher pièce par pièce, alors que ce bâtiment est en train d'être désintégré par les sortilèges et les grenades-gemmes.

Le rez-de-chaussée est saccagé, et on monte au premier ; alors qu'on parcourt l'étage une dernière fois, trois exécuteurs sortent du cagibi où Ness a passé sa captivité.

— Le voilà !

Je fais sauter les lampes suspendues au plafond pour les ralentir, et on profite de l'obscurité pour se faufiler dans une salle de classe.

— J'ai une idée.

Ness prend une profonde inspiration et commence à se transformer – sa peau mate devient pâle, il grandit de quelques centimètres, ses cheveux deviennent plus bouclés et son visage prend l'apparence du mien.

— Non.

— C'est toi qu'ils cherchent, pas vrai ? demande-t-il, avec sa voix à lui. Je vais les éloigner d'ici pendant que tu regardes dans les dernières salles. Mais si Brighton n'y est pas, il faut absolument que tu récupères Aurora et que tu quittes Nova. Promets-le-moi.

— Non, ça marchera pas, je…

— Promet-le-moi, luciole !

La terreur m'envahit et je cache mon visage dans mes mains, tout en hochant la tête en signe de promesse.

Non loin de là, des portes sont défoncées l'une après l'autre. En voyant Ness courir courageusement avec mon visage, j'ai presque l'impression de me voir agir, c'est aussi étrange que lorsque je me vois dans les vidéos de Brighton. Les exécuteurs se lancent à la poursuite de Ness, et des sortilèges illuminent le couloir. Dès que la voie est libre, je jette un coup d'œil dans le reste des salles de classe et des placards, mais Brighton n'est pas là. Le chant d'Aurora résonne de plus en plus fort dans les couloirs désertés, et une silhouette émerge de l'obscurité – June.

Son visage est couvert de bleus et de sang séché. Elle regarde en direction du toit.

Non.

Je me mets à courir, mais elle est plus rapide et ne cesse de disparaître et de réapparaître quelques mètres plus loin. Elle est juste devant moi dans l'escalier ; alors que je me jette sur elle, elle s'évapore sous mes yeux et je m'étale brutalement sur une marche. Je me relève péniblement et reprends ma course ; lorsque j'arrive sur le toit, Aurora est dans les bras de June. Il faut absolument que je la récupère. Je me précipite vers elles en manquant de trébucher, mais June disparaît dans le sol, et les cris d'Aurora s'évanouissent.

— NON !

Je me rattrape au rebord du toit, et c'est à ce moment-là que je vois des exécuteurs porter Ness – qui est étendu inconscient, et sans déguisement. Ils le chargent à l'arrière d'un camion blindé, qui démarre en trombe. Tous les exécuteurs regagnent leurs chars et suivent le camion.

Ils ne sont pas venus ici pour moi. C'est peut-être Ness qu'ils recherchaient depuis le début.

J'ignore comment ils ont appris qu'il était vivant. Je me sens complètement perdu sans lui, sans Aurora, et sans Brighton qui a disparu je ne sais où.

Mes ailes de feu gris et doré surgissent d'un coup, ravivant ma douleur. Je m'élance par-dessus le rebord du toit, en priant le Rêveur couronné qui scintille tout là haut pour que mon frère m'attende à la maison.

QUARANTE-DEUX
EDUARDO IRON

Ness

Je ne me sens pas bien à mon réveil.

Je ne connais pas la pièce où je me trouve, mais il n'est pas difficile de comprendre que je suis sur un bateau – un gilet de sauvetage traîne dans un coin, le plancher n'est pas stable, le mur de la petite cabine est décoré de cadres avec des dessins d'ancre, et une odeur d'eau salée flotte dans l'air. En revanche, je ne sais pas à qui appartient ce bateau.

Le bas de mon dos est douloureux, conséquence du sort d'immobilité que m'a jeté l'exécuteur. On m'a laissé par terre alors que j'aurais été beaucoup mieux installé sur le canapé en cuir blanc. Je me lève, mais je m'écroule aussitôt sur le plancher en poussant un cri de douleur. La porte s'ouvre. J'aurais le temps de me métamorphoser, mais ça ne sert à rien. Le propriétaire de ce bateau sait qui je suis. Il n'y a pas grand-chose autour de moi qui pourrait me servir d'arme : je m'empare d'un manuel de biologie marine sur l'étagère, qui aura au moins l'avantage d'être plus lourd que mon poing. La lumière éclaire le visage de l'homme qui vient d'apparaître, et je laisse tomber le bouquin.

Le sénateur. Son costume est impeccable et ses cheveux noirs sont plaqués en arrière. Je n'ai jamais compris comment quelqu'un qui consacre une telle énergie à détester les célestes trouvait le temps de s'occuper de sa personne. Mais il m'a toujours dit que l'apparence est quelque chose d'essentiel.

— Tu es censé être mort, dit le sénateur en ajustant ses lunettes.

Il ne me regarde même pas dans les yeux.

— Tu es censé te réjouir que je sois vivant.

Le sénateur passe en revue les livres qui restent sur l'étagère.

— Oui, peut-être ; malheureusement, ça me met dans une situation délicate à l'approche des élections.

— Tu es sérieux ?

— Très. J'ai consacré plusieurs années de ma vie à cette campagne.

— Plutôt que de les passer à élever ton fils, encore une fois.

— Je n'ai choisi qu'une seule de ces voies, Eduardo.

Je n'arrive pas à croire que je sois le fils de ce monstre.

— Pourquoi est-ce que tu ne m'as pas tué ?

— Crois-moi, cette pensée m'a traversé l'esprit. (Le sénateur sort une bouteille de whisky d'un minibar et se sert un verre.) Ça ne serait pas la première fois que j'essaie.

J'ai l'impression qu'il m'a jeté par-dessus bord et me regarde me noyer.

— Ce n'était pas toi… La responsable du Blackout, c'est Luna.

— Rien de tel pour se rassembler qu'un ennemi commun. Le soutien croissant de la population envers les Marcheurs du Ciel a remis en cause toute ma campagne. Ce n'est pas idéal quand on se présente contre une candidate céleste. Je me suis engagé à ne pas me mêler de ses affaires, et en échange Luna a accepté de passer un accord avec moi pour éliminer les Marcheurs du Ciel.

J'ai été élevé sous le toit du sénateur et j'ai fait confiance à Luna quand elle m'a injecté du sang de métamorphe. Pourtant, aucun d'eux ne m'aimait.

— Pourquoi moi ?

— Voyons, Eduardo, tu es plus intelligent que ça. En tout cas, je t'ai payé les études qu'il fallait. Grâce à ta mort, j'ai obtenu un soutien incommensurable. Le père en deuil qui réclamait justice pour la mort de son fils ? Qui plus est après avoir perdu sa femme des années plus tôt, également à cause de la violence des célestes ? La Maison-Blanche me tend les bras.

Le sourire du sénateur a beau tromper tout le monde, je le vois tel qu'il est réellement.

Je me jette sur lui, mais il me met au tapis d'un coup de poing entre les yeux puis me frappe si violemment dans les côtes avec son pied que je vois des étoiles. Voici l'homme que je craignais tellement que j'ai préféré mettre ma vie en danger, dans l'espoir de réussir à lui échapper. Comment peut-il brutaliser son fils juste après lui avoir révélé qu'il a organisé son assassinat afin de réaliser ses ambitions politiques ?

— Tu es un monstre sans cœur.

— Un monstre ? Ce n'est pas moi qui ai du sang de créature en moi. Luna est rusée. D'après les termes de notre accord, tu devais mourir. Je suppose qu'elle t'a laissé vivre par mesure de précaution, au cas où je n'agirais pas comme prévu ou lui mettrais des bâtons dans les roues. Révéler au monde que tu étais en vie aurait entraîné ma chute. Tu as dû la mettre très en colère pour qu'elle me fasse savoir que tu étais vivant, en sachant pertinemment que j'enverrais mes hommes te récupérer.

Je suis responsable de la destruction de Nova.

Emil s'en est-il sorti vivant ?

— Qu'est-ce que tu veux de moi ?

— Ton pouvoir pourrait m'être précieux. En te faisant passer pour la représentante du Congrès, Mme Sunstar, et pour les membres de son comité, tu pourrais lui faire perdre de nombreux soutiens. Et une fois que j'aurai décroché la présidence, on pourra te ramener à la vie, il faudra que tu restes discret sur tes pouvoirs, bien sûr. Les occasions d'y avoir recours pendant mes mandats ne manqueront pas.

— Jamais je ne t'aiderai.

— Tu changeras peut-être d'avis en passant un peu de temps dans les Limites.

C'est donc là qu'on va. On traverse le fleuve pour accéder aux Limites de New York, la prison où sont enfermés certains des célestes les plus durs à mater. Un endroit où ils s'entre-tuent pour leur survie et pour le plaisir.

— Je leur révélerai qui tu es vraiment ! La nouvelle se répandra, et tout le monde saura que ta campagne est un mensonge !

— Tu leur diras que tu es le fils de l'homme dont les mesures politiques sont responsables de leur emprisonnement? Je ne donne pas cher de ta peau. Il est bien trop tard pour révéler la vérité, Eduardo. Mais je suis un homme juste, et je te laisse le choix : m'aider à remporter cette élection, ou bien lutter pour ta survie dans les Limites. (Le sénateur me regarde sans l'ombre d'un de ses faux sourires.) J'ai besoin d'une réponse rapidement. Que décides-tu ?

QUARANTE-TROIS

LES ÉTOILES SCINTILLANTES

Brighton

Je détourne les yeux de mon ordinateur portable et je contemple le Rêveur couronné à travers la fenêtre de ma chambre.

Tant de choses ont changé depuis que la constellation est réapparue dans le ciel. Je m'apprêtais à partir pour l'université. Emil et moi étions tous les deux sans pouvoir. Mais à présent, les étoiles scintillent avec plus de force que jamais, avant de disparaître au lever du jour. Maribelle Lucero est assise sur mon lit, et j'ai passé le mois le plus incroyable de ma vie. Je suis célèbre ; j'ai une raison d'être. J'ai prouvé à de nombreuses reprises que même si c'est Emil qui détient des pouvoirs, je suis puissant à ma façon.

Maribelle rend hommage à Atlas sur Instagram – c'était mon idée. Elle connaissait le mot de passe de son compte, et elle a décidé de poster trois photos dessus : le premier jour d'Atlas à New York, devant une carte qui a inspiré son nom ; un selfie d'Atlas et Maribelle pendant un dîner en amoureux sur un rooftop, trop douloureux pour elle à évoquer ; et, enfin, Atlas en train de dormir avec un sourire aux lèvres. Elle écrit en silence un commentaire sous ses posts. Dès qu'elle aura terminé, on arpentera les rues pour essayer de retrouver la trace de Luna. Où qu'elle soit, June ne sera pas loin.

— J'ai fini, dit Maribelle en rangeant son téléphone dans sa poche.

Elle ne fait pas gaffe à tous les trucs de tocard sur les Marcheurs du Ciel qui sont exposés dans ma chambre, y compris l'affiche qui la représente. Ses yeux brillent comme des comètes filant dans le ciel. L'un d'eux se met à étinceler plus fort, et des flammes jaune foncé jaillissent entre ses paumes. Le feu de Maribelle ne produit pas le même son que celui d'Emil : c'est plus un rugissement qu'un crissement. Et elle maîtrise aussi mieux le sien. On verra ce qu'en dit Emil.

— Allons tuer June, dit-elle.

— Entendu, Fille de l'infini.

Ça ne la fait pas rire.

Je n'en reviens toujours pas de ce qu'on a appris sur les véritables origines de Maribelle. Je pensais qu'on avait déjà couvert le sujet avec Emil, mais, évidemment, l'histoire de mon frère est tellement extraordinaire qu'il fallait qu'elle soit liée à celle d'une Marcheuse du Ciel que j'admire depuis des années.

Je m'apprête à refermer mon ordinateur, quand une notification apparaît sur l'écran.

— Nova a été attaquée, je dis. « L'école a été infiltrée par des exécuteurs, et des célestes ont été emmenés en garde à vue. La population est appelée à rentrer chez elle et à ne pas sortir avant la disparition de la constellation ; les autorités s'attendent à ce que le chaos se poursuive dans la nuit, alors que les célestes profiteront du zénith du Rêveur couronné. » Huit morts ont été confirmées. Donne-moi ton téléphone.

J'ai perdu le mien au cimetière. Je ne connais aucun numéro par cœur hormis ceux d'Emil et de maman, depuis la maladie de papa. Je tombe directement sur leur répondeur. Ils ont peut-être oublié leur téléphone, ou ils n'ont pas pensé à le recharger ; il pourrait y avoir des tas d'autres raisons.

— Luna est sûrement derrière tout ça, dit Maribelle. On avait quelque chose qui lui appartenait et qu'elle ne pouvait pas récupérer sans aide ; c'est pour ça qu'elle est passée à l'action.

— Qu'est-ce qu'on fait ?

— On va à l'église. Partons du principe que Luna a le phénix. Tout son gang sera là en renfort. On va frapper et tout donner, avant qu'ils deviennent indestructibles.

— Emil est vivant, je dis. (C'est certain ; je le sens dans mes tripes.) Il sera là aussi.

— Si quelqu'un se met en travers de notre route, on n'hésite pas à frapper. C'est compris ?

Je hoche la tête.

— Je veux être un meilleur soldat pour toi, je déclare.

— Dis-moi ce que tu as en tête.

Il y a peu de chances que tout ce qu'on a prévu soit un succès : arrêter Luna, tuer June, sortir vivants de l'église, et mettre mon plan à exécution pour mettre fin à toute cette folie. Malgré ça, on est tous les deux animés par un espoir fou quand on sort de l'appartement : peu probable ne veut pas dire impossible.

QUARANTE-QUATRE

LE RÊVEUR COURONNÉ

Emil

Quand tout cela va-t-il prendre fin ?

Les phénix endurent des cycles éternels de vie et de mort, mais j'en ai ras le bol d'être le Fils de l'infini.

En rentrant, je trouve notre appartement vide et complètement saccagé. Brighton n'est pas là, et je suis à court d'idées. S'il a décidé de partir à Los Angeles pour se concentrer sur ses études, prendre un nouveau départ et ne plus jamais me parler, je pourrais m'y faire – tant qu'il est en vie. Je vais dans notre chambre, où une odeur d'allumette brûlée flotte dans l'air. Je m'écroule sur le lit de Brighton en pleurant sur son oreiller parce qu'il est peut-être mort, et que maman ne pourra jamais survivre à la mort de son fils, surtout pas aussi peu de temps après avoir perdu papa.

Pourquoi a-t-il fallu que je me réincarne de cette façon ?

Quand ma douleur devient trop insupportable, je sors du lit. Je me dirige vers la commode de Brighton et j'en sors une de ses chemises préférées, qu'il a dû oublier en faisant sa valise. Brighton a toujours eu la manie de fourrer son nez là où il ne fallait pas, mais ça ne veut pas dire que j'étais obligé de l'impliquer dans cette guerre. Je me traîne jusqu'à la salle de bains pour jeter un coup d'œil à mes blessures qui me brûlent. Je retire ma chemise devant le miroir, et pour rendre hommage à Ness, j'observe ce corps qu'il m'a dit trouver beau.

Je n'aurais pas dû le mêler à tout ça non plus.

Tous ceux que je touche prennent feu.

Je nettoie le sang en appuyant fort avec de la gaze, puis je recouvre mes plaies de bandages propres. J'enfile la chemise blanche de Brighton, dont la poche est décorée d'un dessin stylisé d'appareil photo. Ça fait des années que je ne me suis pas autorisé à porter un vêtement aussi près du corps. Ça sera mon armure.

Le verrou de la porte d'entrée s'ouvre, pourtant je n'entends aucune clé tinter à l'extérieur.

Refoulant ma douleur, je tente de faire apparaître une boule de feu mais je m'arrête en voyant entrer Prudencia, accompagnée d'Iris et de Wesley. Je me précipite pour la serrer dans mes bras. Prudencia m'emmène jusqu'au canapé et me raconte tout. Maman et Eva sont en route pour le refuge de Philadelphia, où Ruth veillera sur eux. Les autres célestes se sont réfugiés un peu partout, du New Jersey à l'Ohio. Personne ne sait où est Brighton, Maribelle aussi a disparu. Mais quand j'apprends qu'elle a récemment posté des photos sur le compte Instagram d'Atlas pour lui rendre hommage, j'ai soudain espoir qu'ils soient ensemble, car ça ressemble bien à une idée de Brighton. Je leur dis que Ness a été démasqué et fait prisonnier.

Wesley regarde la constellation par la fenêtre.

— Il faut qu'on arrête Luna. C'est elle qui est à l'origine de toute cette souffrance.

— On n'a aucune chance, je dis. Quatre contre je ne sais pas combien de disciples et de Verseurs de sang. Et Prue et moi, on n'a pas autant d'expérience que vous avec nos pouvoirs.

— Tous les pouvoirs seront amplifiés, mais le Rêveur couronné est avant tout dans le camp des célestes, affirme Iris. Wesley sera plus rapide, je serai plus forte, et Prudencia sera plus puissante. On ne sera pas aussi dépassés que tu le penses.

— Peut-être que ce serait le bon moment de s'en remettre aux autorités, je suggère. On pourrait convaincre les exécuteurs de détruire Luna.

— Ils ne s'en sont jamais préoccupés, je ne vois pas pourquoi ça serait le cas maintenant, répond Iris. On n'a pas besoin de battre tout le monde. Si on arrive à s'approcher suffisamment pour tuer Luna ou le phénix, on peut mettre fin à tout ça.

Je secoue la tête.

— Non. Aurora est un nouveau-né. Elle a besoin de vivre assez longtemps pour développer ses muscles. Si elle se fait tuer maintenant, elle ne renaîtra jamais.

— Luna non plus, dit Iris. On sauvera le phénix si on peut, mais si c'est impossible, il faudra quand même aller jusqu'au bout. Ce n'est pas toi qui tiens les rênes, Emil. D'autant que tu étais prêt à nous quitter. On a malgré tout besoin que tu te battes à nos côtés.

Ce serait plus facile si je ne participais pas à cette bataille. Je pourrais passer la nuit à chercher mon frère.

— Je dois avouer que ces derniers jours, il m'est arrivé plusieurs fois d'espérer une mort rapide. Mais ce que je veux vraiment, c'est vivre une longue vie. Et je sais que ça sera impossible si Luna obtient la vie éternelle.

Wesley hoche la tête.

— C'est ce qu'on désire tous, mais je te comprends. S'habituer à notre rôle demande du temps, et toi tu as été arraché soudainement à ton quotidien. Pour être honnête, je suis même étonné que tu sois resté aussi longtemps avec nous.

— Cette bataille est le combat de nos vies, dit Iris. Si on ne fait rien maintenant, on aura tout perdu en vain.

Si on perd, Luna pourra prendre le pouvoir, des alchimistes partout dans le monde seront prêts à tout pour découvrir sa formule. Et s'ils y parviennent, on sera condamnés à vivre dans un monde infesté d'immortels qui se battront au-delà de la fin des temps.

On part de la maison.

Pendant le trajet, on enfile les gilets pare-pouvoirs qu'Iris a pu emporter. Je me demande à quel point mon pouvoir serait plus fort si je n'avais pas été blessé par le terminateur d'infini, mais je ferai avec ce que j'ai. Aux feux rouges, Prudencia teste la puissance de sa télékinésie par la fenêtre, en soulevant une moto garée et en renversant une poubelle. Elle est fière et pleine d'espoir, et j'aimerais être dans le même état d'esprit.

On arrive à l'église Alpha de la Nouvelle-Vie. L'édifice a beau ne pas être très grand, il n'en est pas moins impressionnant. Il est en briques gris foncé, et ses clochers sont aussi bleus que les plumes d'Aurora. On est immédiatement repérés à notre arrivée, et lorsqu'on sort de la voiture, un sniper embusqué dans un bâtiment voisin tire un éclair dans ma direction, mais Prudencia s'empresse de modifier sa trajectoire avec son pouvoir. Wesley part en premier, plus vite que jamais. Il renverse des disciples à tout va comme s'il jouait au bowling, avant de défoncer la porte d'entrée. On se précipite à l'intérieur, les murs sont couverts de peintures murales qui représentent diverses créatures. Pour une fois elles sont mises en scène de façon paisible, vivant leur vie dans la nature. D'habitude, les hydres à trois têtes sont plutôt représentées en train d'attaquer sauvagement des villes, les basilics en train d'avaler des enfants tout crus, les métamorphes trompant leurs proches, ou les phénix se faisant noyer.

Je fais exploser une grande porte qui donne sur le jardin, et c'est là qu'ils sont tous réunis. Luna porte une cape de cérémonie qui descend jusqu'au sol; à côté d'elle se tient Anklin Prince. Quant à Stanton, June et Dione, ils sont tous les trois vêtus de combinaisons grises, et entourés d'une demi-douzaine de disciples. Par chance, ils ne sont pas protégés par un bouclier comme au cimetière.

Dos à nous, Luna marmonne une prière tout en abattant une faux énorme sur le cou de l'hydre, qui est maintenue au sol par Stanton. L'hydre rugit de douleur alors que Luna s'acharne sur elle. Du sang jaune gicle et forme une flaque dans un chaudron métallique. Aurora pousse des cris stridents dans sa cage. On se divise. June apparaît derrière moi et passe ses bras autour de mon torse, en me donnant plusieurs coups de genou dans le dos. Je fais apparaître mes ailes de feu et je m'élève dans les airs pour me débarrasser d'elle, qui s'écrase par terre. Je vole droit sur Anklin qui est en train d'ouvrir l'urne, mais un éclair provenant de la baguette d'un disciple atteint mon gilet en plein milieu. Tout tourne autour de moi, et je descends en tourbillonnant vers les pics en bronze du portail quand, soudain, je suis agité par une secousse et propulsé au milieu d'une haie de buissons.

— C'est pas passé loin, dit Prudencia en m'aidant à me relever. Avant que je puisse la remercier, on aperçoit Iris se faire acculer par Dione et Stanton.

— Je vais faire ce que je peux, dit-elle d'un air décidé.

— Fais attention ! je lui crie alors qu'elle s'élance vers eux.

Je mets au tapis un disciple en lui décochant une fléchette enflammée, puis j'en repousse d'autres pour essayer de parvenir jusqu'à Luna. Les fantômes ont été libérés de l'urne, et, bien que leurs lèvres soient en mouvement, aucun mot n'en sort. C'est le même hurlement que dans le cimetière, sauf qu'il est encore plus terrifiant, vide et glaçant. Tout le monde le ressent aussi, mais la bataille se poursuit. Cette fois, Luna n'a pas l'intention de capturer les fantômes. Elle a prévu de les tuer avec une dague entièrement faite d'ivoire : la dague de l'Oubli. Je lance une boule de feu vers elle quand un disciple me plaque au sol, me faisant manquer ma cible.

En un éclair, Luna tranche la gorge de sa mère et de son père. Leur sang gris se répand dans le chaudron, puis leurs corps fantomatiques s'écroulent la tête la première dans l'herbe et se volatilisent. Luna mélange les sangs avec des poudres et des liquides colorés, avant de se tourner vers la cage d'Aurora.

Je parviens enfin à me dégager de l'étreinte du disciple, et alors que Stanton fonce sur moi, un éclair rouge l'atteint en pleine poitrine. Il tombe à la renverse, et sa peau flamboie comme s'il brûlait de l'intérieur. Je me retourne.

Brighton est debout à l'entrée du jardin, une baguette magique dans chaque main. Maribelle est avec lui, et des boules de feu jaune foncé roulent sur les paumes de ses mains. Soudain, elles fendent l'air comme des flèches, et Dione s'effondre par terre.

Je suis en état de choc, mais je dois protéger Aurora. Anklin se met en travers de ma route, et je me bats comme si j'avais fait ça toute ma vie – coup de poing dans le ventre, coup de coude au menton, coup de pied dans le genou. Je m'apprête à lui asséner le coup final quand il tire une dague de sa ceinture et m'entaille le bras. Anklin tient la dague au-dessus de sa tête et alors qu'il la baisse pour me poignarder, son corps s'embrase.

Des traînées rugissantes de feu jaune foncé jaillissent des poings de Maribelle, et elle ne se calme qu'une fois que les hurlements d'Anklin Prince se sont tus.

Elle m'aide à me relever, et son visage ne laisse pas paraître le moindre remords.

— Pourquoi est-ce que tu me regardes comme ça?

— Tu l'as tué, je réponds.

— C'est elle la prochaine, dit Maribelle en apercevant June de l'autre côté du jardin et en se lançant à sa poursuite.

Luna ouvre la cage d'Aurora, mais je lui décoche une fléchette enflammée qui l'atteint à l'épaule, et elle tombe à la renverse. Je fais aussitôt sortir Aurora de sa cage en la tenant contre ma poitrine. Malgré l'aide de Brighton et de Maribelle, le vent tourne en faveur des Verseurs de sang. Stanton et Dione se sont remis et semblent plus féroces que jamais. La potion est presque terminée, il ne manque plus que le sang pur d'Aurora.

Je ramasse le terminateur d'infini.

— Je suis désolé, je dis à Aurora, qui lève vers moi son regard aimant.

Je suis la première personne qu'elle a vue à sa naissance, et je dois la sacrifier pour le bien d'un monde qu'elle n'a jamais connu.

Ce n'est pas juste, je ne peux pas…

La dague m'est arrachée des mains, et Luna l'enfonce droit dans le cœur d'Aurora alors qu'elle est toujours dans mes bras. Le cri bref que pousse Aurora semble rassembler toute la souffrance du monde. Je la regarde dans les yeux alors que mon feu s'éteint, et je me sens complètement gelé lorsque Luna sort la dague du petit corps d'Aurora et me l'enfonce dans l'estomac en la faisant tourner. La douleur m'aveugle. Elle s'empare d'Aurora et je m'écroule violemment sur le dos, les yeux levés vers le Rêveur couronné, dont la lumière éblouissante disparaît en même temps que mes paupières se ferment.

J'entends des hurlements tout autour de moi, et je prie pour que ceux de mon camp aillent bien. Tout est fini maintenant, et j'espère qu'ils s'enfuient et se cachent. Je retire péniblement le terminateur d'infini de mon abdomen et j'appuie sur ma blessure tout en essayant de respirer. Levant les yeux, je vois Luna faire couler le sang bleu foncé d'Aurora dans le chaudron. Je suis trop faible pour appeler à l'aide – chacune de mes respirations doit servir à me maintenir en vie. Luna recule d'un pas et jette un sac de poussière d'étoile dans le chaudron. Des flammes transparentes en jaillissent, et une odeur de soirée pluvieuse dans le parc et de maison en feu me parvient aux narines. D'une main tremblante, Luna remplit de potion une bouteille ronde qui ressemble à une boule à neige vide. L'élixir est d'un vert glauque.

Des éclairs rouges fendent l'air, faisant exploser le chaudron et traversant l'estomac de Luna. Elle écarquille les yeux et tombe par terre en s'étouffant. Des gouttes d'élixir s'échappent de la bouteille, mais l'essentiel y est encore. J'essaie de ramper vers elle ; je renverserai moi-même la bouteille puis je me tournerai pour ne pas voir Luna mourir.

Brighton et Maribelle arrivent en courant vers moi.

— Tu vas t'en sortir, dit Brighton en s'agenouillant à côté de moi.

— Arrêtez-la, je dis alors que Luna essaie de porter la potion à ses lèvres.

Maribelle marche sur le poignet de Luna et lui arrache la bouteille.

— Si près du but, se moque-t-elle.

Brighton s'approche de Luna et la regarde de haut.

— Tu pensais que je n'étais qu'un pion, et regarde qui t'a arrêté. (Il tend la main et Maribelle lui donne la potion.) Qui est le maître maintenant ?

— Vide-la, je dis.

Il n'en fait rien, et je sens mon cœur se serrer tandis que je prends conscience qu'il est encore plus avide de pouvoir que Luna.

— Brighton, fais pas ça. On ne connaît pas cette potion, tu pourrais mourir, comme papa !

Brighton regarde fixement l'élixir.

— Plutôt mourir que vivre sans pouvoir.

Tout en levant les yeux vers le Rêveur couronné, mon frère boit le sang de la Faucheuse jusqu'à la dernière goutte.

Ce livre existe grâce au travail de toute une équipe.

Communication : Caroline Babulle, Sandrine Perrier-Replein, Typhaine Maison, Adélaïde Yvert.

Coordination éditoriale et administrative : Céline Poiteaux, Martine Rivierre.

Studio : Pascaline Bressan, Barbara Cassouto-Lhenry, Joël Renaudat.

Fabrication : Muriel Le Ménez, Céline Ducournau, Bernadette Cristini, Phousa Chantharath, Isabelle Goulhot, Émilie Lapan (Canada).

Correction : Emmanuelle Coppeaux, Valérie Gautheron.

Commercial, relation libraires et marketing : Laetitia Beauvillain, Alexandra Profizi, Élise Iwasinta, Morgane Rissel, Aurélie Scart, Clément Vekeman.

Cessions de droits : Isabelle Votier, Benita Edzard, Lucile Besse, Sonia Guerreiro.

Gestion : Sophie Veisseyre, Chloé Hocquet, Isabelle Déxès, Camille Douin.

Services auteurs : Viviane Ouadenni, Jean-François Rechtman, Catherine Reimbold.

Ressources humaines : Mylène Bourreau.

Juridique : Laëtitia Doré, Anaïs Rebouh, Valérie Robe, Jean-Benoît Vassogne, Julia Crosnier.

Diffusion : Aurélia Spalacci (directrice des ventes), Nadine Eugénie, Céline Pitt, Arnaud Weill, Hervé Adamczyk, Annie Bourgade, Éric Charpentier, Gilles Couillard, Sandrine Ducrocq, Élisabeth Ehlinger, Guillaume Loras, Jean-Philippe Pilloux, Philippe Maulnier, Gilles Torché, Élisabeth Gastaldo, Jean-Pierre Stephany (Belgique), Olivier Béguin (Suisse), Jean Bouchard et Marie-Ève Provost (Canada), Emmanuelle Cadot, Virginie Godet et Caroline Pan.

Ainsi qu'à toutes les équipes d'Interforum et d'Editis qui participent à la création, la diffusion et la distribution de ce livre.

Canoros
Vehit
Canentes

Imprimé en France par CPI
en septembre 2021

La photocomposition de cet ouvrage
a été réalisée par
GRAPHIC HAINAUT
30, rue Pierre Mathieu
59410 Anzin

MIXTE
Papier
FSC FSC® C003309

L'éditeur de cet ouvrage s'engage dans une démarche
de certification FSC® qui contribue à la préservation
des forêts pour les générations futures.

Pour en savoir plus :
www.editis.com/engagement-rse/

N° d'édition : 62466/01
N° d'impression : 164859